Fantasie-Roman

Herausgegeben von
Marc Baron

Von Marc Baron bisher im
Pedunculum-Verlag erschienen:

1.   112 – Retter in der Not ISBN: 978-3-9817071-0-6

Endrik

Die Reise des Königs

Erste Auflage 2014
©copyright by Marc Baron
Cover: Christine Dumbsky
Lektorat: Corinna-Jasmin Kopsch, Pedunculum-Verlag

ISBN:978-3-9817071-2-0

Hat Ihnen das Buch gefallen? Schreiben Sie uns Ihre Meinung.
Pedunculum-Verlag.de

Pedunculum-Verlag
18311 Ribnitz-Damgarten
Am Wäldchen 6
www.Pedunculum-Verlag.de

Druck: BoD – Books on Demand

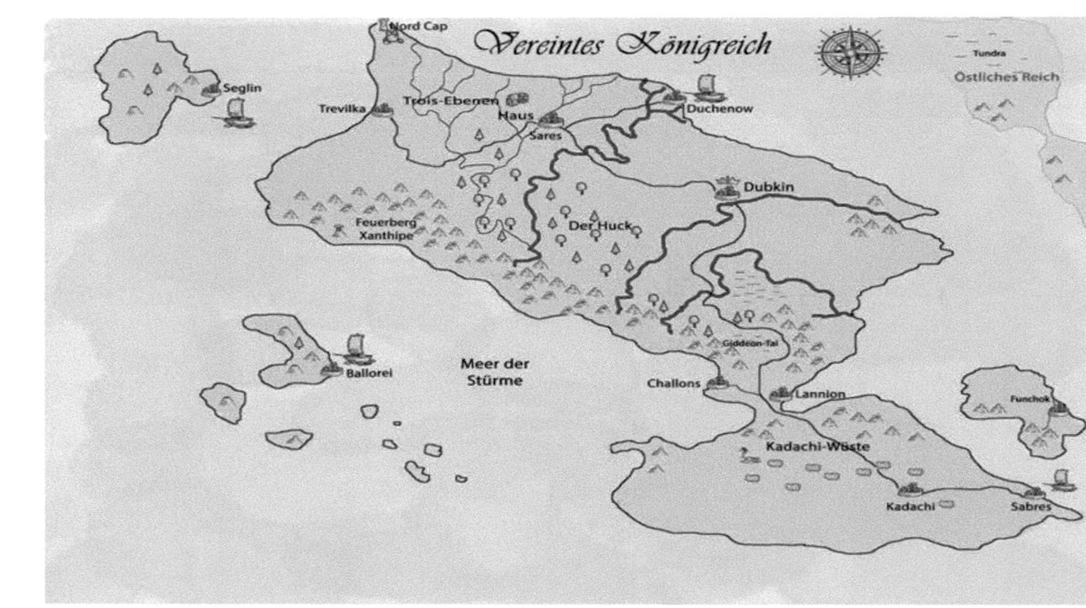
Vereintes Königreich
Nord Cap
Seglin
Trevilka
Trois-Ebenen
Haus
Sares
Duchenow
Tundra
Östliches Reich
Dubkin
Feuerberg
Xanthipe
Der Huck
Gideon-Tal
Ballorei
Meer der Stürme
Challons
Lannion
Funchok
Kadachi-Wüste
Kadachi
Sabres

Für

Susanne

in Liebe

Inhalt

Prolog

Es war dunkel und das einzig Vorhandene im Raum waren zwei Bewusstseine, eingehüllt von Massen an Gas und Staub. Um sie herum war nichts außer dem Raum selbst und vieles, das nicht elementar greifbar war, sich aber langsam zu etwas Großem verdichtete und ballte. Sie selbst waren sich ihrer selbst im Klaren und sie nahmen auch ihr Gegenüber wahr. In der hintersten Ecke des Nichts bildeten sich Kugeln aus Gas, die sich immer weiter verdichteten, bis das Feuer in ihnen entfacht wurde. Wie lange es gedauert hatte und wie lange sich alleine die Idee entwickelt hatte, dass die Beiden Kontakt aufnahmen, war nicht sicher. Sicher allerdings war, dass in dieser Zeitspanne tausende Sonnen entstanden und vergangen waren und der Raum sich zu unendlichen Weiten gedehnt hatte.

Langsam wurde ihnen bewusst, dass sie selbst keine Substanz hatten und dass sie ganz unterschiedliche Absichten hatten. Und wieder war wohl eine unfassbar lange Zeit vergangen. Denn jetzt, als sie sich realisierten, füllten riesige Strukturen die Leere aus, welche funkelten und strahlten.

Beide wurden sich immer mehr klar darüber, dass jeder sein eigenes Ziel hatte. Jeder von beiden wollte seine Ziele durchsetzen, um etwas Größeres zu erreichen. Was es war, wussten sie nicht, aber sie begriffen sehr schnell, dass sie sich gegenseitig im Weg standen. Aber sie begriffen auch, dass sie nicht selbst tätig werden konnten, denn sollten sich die Bewusstseine je selbst bekämpfen, würde das nicht nur das Ende ihres Universums sein, in dem sie gefangen waren, sondern das weiterer unendlicher Universen, vielleicht der Untergang aller Universen. Die Beiden realisierten immer mehr, dass etwas schief gelaufen war. Sie hätten nie hier sein dürfen. Das war im großen Plan nicht vorhanden und es musste etwas geschehen, um zu verhindern, dass der Plan in sich zerstört würde.

Also überzeugten sie sich gegenseitig, dass sie das hier und jetzt ändern mussten und es in der Hand anderer sei, eine Entscheidung über das Universum zu fällen.

So beschlossen sie, dass noch einmal ein Eingreifen nötig wäre, um eine Entscheidung herbeizuführen, eine Entscheidung, die nie mehr rückgängig gemacht werden sollte. Aus diesem Grund taten sie etwas Unfassbares, sie schlossen ihren Willen zusammen und formten einen Stein. Mit je einem Teil ihres Bewusstseins ausgestattet, fing dieser Stein wie aus dem Nichts heraus an, in einem gleißenden Licht aus blauer Energie zu glühen; die Voraussetzung dafür, dass zur richtigen Zeit das Richtige passieren würde, war geschaffen. Danach trennten sich die Beiden und jeder ging seinen Weg, wartend auf die richtige Stunde im richtigen Moment, damit der große Plan erfüllt werden konnte.

Ein kleines Geschenk

Ein warmer Sommerregen hüllte die Nacht in Stille und verbreitete Gerüche von Lehm, Erde und Pflanzen in unzähligen Nuancen. Die Tropfen erzeugten einen Vorhang, in dem die Geräusche des Reiters, der sich auf der lehmigen Straße bewegte, fast vollständig verschluckt wurden. Der Reiter trug einen dicken, schwarzen Umhang mit Kapuze, die er tief ins Gesicht gezogen hatte, um sich vor dem Wetter zu schützen. Vor ihm auf dem Sattel war ein Körbchen mit einem Bündel Decken befestigt.

Der Reiter wirkte gehetzt, trotzdem bemühte er sich in aller Eile, dass vor ihm befindliche Bündel mit Vorsicht zu behandeln. Aus vollem Galopp schaute er sich mehrfach um, nur um zu sehen, dass er alleine auf dem lehmigen Weg ritt, kein Verfolger war seinen Spuren gefolgt. Sein Ziel war nicht mehr weit, eine halbe Stunde gab er sich noch, das entlegene Gut, welches er bestens kannte, zu erreichen.

Die Regentropfen brannten während des harten Ritts auf seiner Stirn, auch wenn das schwülwarme Wetter es nicht ganz so unerträglich machte, kühlte er aufgrund des stetigen Regens aus, brannten die einzelnen Regentropfen wie Nadelstiche auf seinem Gesicht. Pedro kannte solche Ritte nur zu gut, als Soldat hatte er häufiger unschöne Situationen wegen des Wetters ertragen müssen, auch ohne einen Sinn zu sehen in den Befehlen, die er erhalten hatte. Heute war der Ritt wichtig für die Zukunft eines Menschen, also warum nicht ein kleines bisschen Ungemach für ein gutes Ziel auf sich nehmen. In diesem Geiste ritt er weiter, durchquerte einen Ausläufer des Huck, ein wildes, verwachsenes Waldgebiet.

Dieser Wald lebte von Legenden und Sagen, nicht nur eine Geschichte hatte er über Fabelwesen und Räuber gehört, die in diesem Wald ihr Unwesen trieben. Ursprünglich erhielt der Huck seinen schlechten Ruf im zweiten Jahrhundert, als er die Brutstätte für jene Banditen und Räuber gewesen war, die der Ursprung für diese Legenden waren. Aber diese Zeiten waren längst vorbei, zu seiner Dienstzeit waren ihm keine Fabelwesen mehr im Huck begegnet und er hatte viel Zeit in dem Wald, der die Hauptstadt umgab, verbracht.

Heute gab es andere Dinge, die einem Menschen das Leben schwer machten. Mit harter Hand streckte die Kirche ihren Schatten über das Land aus und tolerierte niemanden, der sich gegen ihre Autorität stellte. Mit gnadenloser Strenge zerschlug sie jeden noch so kleinen Hauch freien Willens. Sicher, Pedro war ein gläubiger Mensch, doch vertrat die amtierende Kirche nicht unbedingt seine Meinung über die Götter und schon gar nicht über die herrschende Staatsform. Kurz hinter dem Huck begannen endlich die

Trois-Ebenen. Die legendären Schlachtfelder seiner Vorfahren, tausende Soldaten waren auf den Ebenen begraben. Hier, am Rande des Huck, in den Ebenen, lag sein Ziel: Ein kleines Gutshaus, in dem ein guter Freund aus vergangenen Zeiten lebte. Er hatte vor nicht allzu langer Zeit seinen Dienst quittiert, zu sehr waren er und andere, die freiheitsliebend waren, in der Hauptstadt unter Druck geraten. Mit seinem Sold hatte er dann dieses Gut am Rande der großen Ebenen gekauft.

Das Haus lag auf einer kleinen Anhöhe, den Unwettern dieser unwirklichen und rauen Gegend ausgesetzt. Aber dafür war es vor den immer wieder auftretenden Überschwemmungen aus den Bergen sicher. Die Trois-Ebenen grenzten an das Kachas-Gebirge, Quellgebiet für viele kleine Flüsse, die die weiten Ebenen durchzogen und im Frühjahr die Ursache für die wiederkehrenden Überschwemmungen waren. Teilweise war so viel Wasser auf den riesigen Flächen, dass diese nur mit einem Boot zu bereisen waren. Die Laternen am Eingang des Gutshauses waren wie ein Leuchtfeuer. Da weit und breit kein anderes Gehöft zu sehen war, wiesen sie Pedro für den Rest des Weges die Richtung, schon von weitem konnte er die schwachen Lichter im Dunkeln sehen. Düfte nach Heu und Holzfeuer drangen ihm schon früh in die Nase und sagten ihm, dass sein alter Freund oder dessen Frau Amalia anwesend sein mussten.

Er legte schnell die letzten Minuten des Weges zurück und freute sich nach seinem langen Ritt auf einen guten Humpen und etwas Warmes zu essen. Lange hatte er seinen alten Kameraden nicht gesehen, viel war zu berichten.

Robert saß am Küchentisch, draußen klatschte der Regen gegen die Fensterläden und begleitete das Knistern des Herdfeuers mit einem gleichmäßigen Rauschen. Vor ihm stand ein Humpen heissen Groegs, ein würziges Gebräu aus Kräutern der Ebenen und Honig, vergoren in einem Fass. Robert war ein Mann im mittleren Alter, sein scharf gezeichnetes Gesicht und seine flinke, agile Art gaben ihm den Eindruck eines Wiesels. So nannten ihn dann auch seine Freunde und auch seine Feinde: das Wiesel.

Robert strich sich mit seinen Händen über das Gesicht und fühlte dabei die Narben, die es durchzogen, und die von Wind und Wetter gegerbte Haut. Er nahm einen großen Zug aus seinem Humpen und blickte in die lodernde Flamme des Ofens, der trotz der lauen Sommernacht brannte und ihm ein Gefühl von Geborgenheit vermittelte.

Seit Generationen waren seine Ahnen Bauern gewesen, nur er war aus der Reihe geraten und hatte den Militärdienst einem Leben als Bauer vorgezogen. Das Haus hatte er von seinem Schwager gekauft, der in die Stadt gezogen war, die weiß gekalkten Wände trugen die Spuren der vergangenen Jahre. Die schweren Küchenmöbel aus grob behauenem Holz waren im Laufe der Zeit durch die Benutzung verblichen und waren glattgeschliffen. Die Küche war vom Duft des brennenden Küchenfeuers erfüllt, sodass der Rauch in den Augen brannte.

Im Hintergrund hörte er das Klackern, dass seine Frau im Nachbarraum beim Spinnen erzeugte, die übliche abendliche Beschäftigung der Frauen auf dem Lande. Sie zeigte darin eine durchaus anzuerkennende Begabung. Amalia war damals, als er aus der königlichen Garde ausgeschieden war, eine Zofe am königlichen Hof gewesen, in die er sich unsterblich verliebt hatte. Sie war, neben den stetig zunehmenden Repressalien der Kirche gegenüber den Garnisonmitgliedern, der Grund gewesen, dass er sich aus dem Soldatenleben zurückgezogen hatte und das Landleben in vollen Zügen genoss. Hier war er sein eigener Herr, hier musste er nicht damit rechnen, dass Ziel eines Attentats zu werden. Auch brauchte er sich um das Finanzielle kaum Sorgen zu machen, als Soldat der Garde standen ihm selbst nach dem Ausscheiden aus dem aktiven Dienst noch Bezüge in nicht unbeträchtlicher Höhe zu. Als Soldat der ehemaligen Garde besaß er sogar einen Sapal-Splitter, einen jener legendären Juwelen, die äußerst selten und eigentlich den Klerikern der Kirche vorbehalten waren. Zwar konnte er damit nicht besonders gut umgehen, aber kleine Tricks mit dessen Hilfe beherrschte er ganz gut. Ein Feuer machen oder ein Schloss öffnen, für alles war dieser kleine Stein von Nutzen.

Dass sich jemand näherte, hörte Robert ziemlich früh, seine Sinne waren in der Zeit beim Militär aus überlebenstaktischen Gründen geschärft worden. Das Klappern der Hufe wurde durch die Ebene gut weitergeleitet. Auch wenn der lehmige Boden viel verschluckte, konnte er gerade am Abend, wenn der Wind aus östlicher Richtung kam, jeden sich nähernden Reiter gut entdecken. Obwohl er den Reiter gehört hatte, blieb er gelassen sitzen und wartete auf den ankommenden Gast. Unbewusst ergriff Robert den Sapal und schickte seinen Geist in das kleine, blaue Juwel. Wie immer, wenn er dies tat, wurde ihm kurz schwindelig und sein Geist erweiterte sich darauf in einer Art und Weise, die alles als möglich erschienen ließ. Er konzentrierte sich und versuchte sich auf den herannahenden Reiter zu fokussieren, mit dem Erfolg, dass er rein gar nichts merkte. Entweder ließen ihn der Sapal und sein Können im Stich oder der Reiter konnte sich gegen seine geistigen Tricks abschirmen, was ihn sofort verdächtig erscheinen ließ.

Robert atmete stoßweise aus und sein Geist verließ das kleine Juwel, um sich dem Hier und Jetzt und der Wirklichkeit zu stellen und den herbeieilenden Gast zu erwarten. Keine zehn Minuten später hörte er, wie der Reiter abstieg und sich dem Haus näherte, das Klackern einer Langwaffe war deutlich zu vernehmen.

8

Das schwere Klopfen an der Tür erschreckt Robert nicht, doch die Energie, die sich in den Schlägen verbarg, zeigte, dass der Ankömmling einen starken Charakter hatte und zielstrebig war. Robert war alarmiert, seine Vorsicht gewann die Oberhand.

„Herein, Tür ist offen", erklang die sonore Stimme Roberts. Die Tür öffnete sich und der sich ihm bietende Anblick führte dazu, dass Robert, der gerade einen Zug aus seinem Humpen nahm, sich verschluckte. „Was machst du denn hier?" Erstaunt blickte er den Besucher an.

„Hallo Robert, schön, dich wiederzusehen", erklang eine heisere Stimme, die aber durchaus Kraft und Energie enthielt. „Ist nicht gerade gestern gewesen", mit diesen Worten stellte er das Bündel, welches er im Arm hielt, auf den Küchentisch.

„Pedro, dich hätte ich hier als letztes erwartet! Bist du desertiert?", fragte Robert, nicht ganz im Ernst, selbst über seine Worte schmunzelnd. Er stand auf und zog den ihm gegenüberstehenden Mann an sich, umarmte ihn freundschaftlich, wie es sich für alte Kameraden gehörte. Pedro war ein Soldat durch und durch, seine Narben auf Gesicht und Körper waren markante Hinweise auf das wilde Leben und die vielen Schlachten, die er ausgetragen hatte.

„Robert, schön, dich zu sehen", erwiderte Pedro nicht nur der Höflichkeit wegen. Aus alten Zeiten heraus waren die beiden Männer eng verbunden. Jeder hatte das Leben des anderen nicht nur einmal gerettet und dieser Tatsache waren sie sich auch bewusst.

„Und warum bist du nun hier in den Ebenen? Ein Freundschaftsbesuch ist es wohl nicht", ein Lächeln huschte über Roberts Gesicht. „Du bist bestimmt nicht nur um der alten Zeiten willen hier? Wie lange warst du unterwegs, drei Tage?"

"Du musst mir glauben, ich bin sehr froh, dich nach all der Zeit mal wieder zu Gesicht zu bekommen, aber ich bin wegen etwas anderem hier, da...", in diesem Moment bewegte sich das Bündel und ein dumpfes Wimmern drang daraus hervor, sodass auch Robert sofort klar war, was sich im Bündel befand: Ein Baby.

„Pedro, jetzt bin ich überrascht. Das ist doch nicht deins?", staunte Robert.

„Nein, es ist nicht meines, ich habe hier einen Brief für dich. Hoffe, du stimmst zu", Pedro griff in sein Lederwams und holte mit spitzen Fingern einen Brief aus der Innentasche seiner Uniform. Die Schriftrolle trug das Wachssiegel des Königshauses, was schon beeindruckend genug war. Was der ganzen Sache noch mehr Gewicht gab, war die Tatsache, dass der Duft von Rosen durch den Raum zog, kaum war das Pergament aus seinem Versteck befreit.

„Du weißt, was drin steht?"

10

Pedro nickte: „Ich warte auf eine Antwort. Mir wurde aufgetragen zu warten, wie sie auch immer aussehen mag.“

Kaum hatte das Pergament den Besitzer gewechselt, brach Robert das Siegel und begann aufmerksam zu lesen.

„Amalia, kommst du mal bitte her!“, rief er seine Frau. Dabei blickte er in die Augen seines alten Freundes und wusste nicht, was er noch sagen sollte.
Amalia war eine hübsche Frau. Ihre braunen Haare hatte sie zu einem Zopf gebunden. Die grünen Augen leuchteten im Licht der Laternen, ihr blaues Kleid bildete einen starken Kontrast zu ihren Augen, ihr Auftreten war selbstsicher und vornehm. Sie war eine selbstbewusste Person mit einem Hang zur Aufopferung.

„Oh, Pedro“, begrüßte sie den Gast mit einem feinen grazilen Knicks und lachte ihr entwaffnendes Lächeln. Ihre Stimme hatte einen feinen elfenhaften Unterton und verzauberte jeden, der sich mit ihr unterhielt. Amalia überragte ihren Mann um Haaresbreite und mit ihren einen Meter sechsundachtzig konnte man sie nicht gerade als klein bezeichnen.

Wortlos nahm sie den Brief von ihrem Mann entgegen und las genauso aufmerksam die fein geschriebenen Zeilen auf dem Pergament.

„Das kann doch nicht wahr sein", richtete sie sich an niemand speziellen.

„Amalia, es ist der Wunsch des Königs", versuchte Pedro sie zu beschwichtigen.

„Aber warum?", mischte sich Robert ein. „Der Brief ist in dieser Sache nicht besonders exakt. Ich weiß nicht, ob ich dem zustimmen sollte." Vielsagende Blicke wechselte Robert mit seiner Frau, die genauso unschlüssig wirkte wie er selbst.

„Robert, ich kann dir trauen, das weiß ich. Was ich dir jetzt erzähle, muss unter uns bleiben." Schweigend nickte das Ehepaar und lauschte aufmerksam ihrem alten Freund. Aufgrund der Tatsache, dass das Ehepaar seit sechs Jahren kinderlos geblieben war, brannte der Kinderwunsch natürlich in ihren Seelen und schaffte eine Verlockung, die Amalia nicht einfach wegschieben konnte.

„Vor sechs Tagen erschien der Kammerdiener mit einem Sapal und testete den Jungen, wie es bei Neugeborenen immer Brauch ist. Man erwartete, dass nichts geschah, wie so oft, und der Knabe aus diesem Grunde zu gegebener Zeit seinen angestammten Platz auf dem Thron einnehmen könne. Aber was dann passierte, überraschte alle Anwesenden. Nach dem Bericht des Kammerdieners erstrahlte der Sapal in einem so hellen Licht, dass alle geblendet wurden. Du weißt, was das heißt. Er kann nicht auf den

Thron. Der Klerus hätte ihn vereinnahmt und umerzogen oder ihn früh getötet, da er eine Gefahr für die Kirche und deren Macht darstellte. Niemand mit königlichem Blut konnte je einen Sapal beherrschen und hatte es überlebt, geschweige denn der Kirche entkommen. Der Kleine wäre im richtigen Alter ein Risiko für die kirchliche Herrschaft geworden, sollte je herauskommen, dass er Sapale beherrschen kann, ohne durch die Kirche ausgebildet worden zu sein."

In der Zwischenzeit nahm Amalia das Kind und wiegte es in den Armen, Mutterinstinkte hatten von ihr Besitz ergriffen. Ein Lächeln umspielte ihre Lippen. Dass sie kinderlos geblieben war, schmerzte sie immer sehr, und nun erfüllte sich ihr Herzenswunsch durch dieses Kind, als Geschenk des Himmels.

„Ich sehe schon", sagte Robert, „die Sache ist gegessen, wir sagen Ja." Dabei schaute er voller Zuneigung auf seine Frau, die das Kind zärtlich in den Armen hielt.

„Ihr schwört, das Kind aufzuziehen und es zu beschützen als euer eigen Fleisch und Blut?"

„Pedro, mit allem, was in unserer Macht steht", erwiderte Robert mit zustimmendem Nicken seiner Frau.

„Dann soll es so sein, mein alter Freund. Ich werde einige Zeit in Seglin verbringen, solltet Ihr mich suchen, könnt Ihr mich dort finden."

Das Lächeln von Amalia war mittlerweile zu einem breiten Grinsen geworden, als sie in das zarte Gesicht des Kindes blickte, das sie in den Armen hielt. Sein Gesicht und die feine Lockenpracht gaben ihm fast ein elfenhaftes silbriges Aussehen und verzauberten die nun frisch gebackenen Adoptiveltern.

„Robert, du weißt, niemand hätte dir das aufgebürdet, wenn du nicht ein alter Gardist gewesen wärst, der sich noch dazu weit außerhalb des Einflussbereichs der Kirche befindet und das Vertrauen des Königs genießt. Außerdem ich bin froh, dass die Wahl auf dich gefallen ist." Ein zufriedenes Lächeln umspielte die Mundwinkel des Soldaten, dass er die Wahl getroffen hatte und niemand den Aufenthalt des Jungen wusste, verschwieg er zu diesem Zeitpunkt lieber.

Amalia konnte schon nichts mehr sagen, das Glück des Augenblicks überwältigte sie. Ihr Blick galt nur dem Kind, und man sah, wie das Glück sie erreichte, das traute Heim sich in etwas anderes, Großes verwandelte. Glückselig begann sie ein Lied zu summen, eines von denen, die auch ihre Eltern ihr vorgesungen hatten.

Die Trois-Ebene

Endrik spielte mit seinen sechs Jahren gern auf den Wiesen der Trois-Ebene, im Spätsommer stand das Gras immer so hoch, dass er sich gut vor seinem Vater verstecken konnte. Er hatte gelernt, dass alles hier ein Abenteuer sein konnte. Die wenigen Bäume der Ebene, die vereinzelte Inseln bildeten, trugen mittlerweile schon ihr herbstliches Gewand und strahlten in allen erdenklichen rot-braunen Farbtönen. Die ersten Blätter hatten bereits den Weg auf den Boden gefunden. Dieses Jahr kündigte sich der Winter früher an als üblich. Ein kühler Wind zog schon im August durch das Gras, welches sich sanft wiegte. Endrik fröstelte, als der Wind wie eine kalte Hand unter seine Kleidung fuhr.

Er war ein drahtiger Junge. Sein helles, strohblondes Haar stand im Kontrast zu seinen tiefdunklen Augen und zu seiner braunen Haut. Sein Blick war lebhaft und interessiert, die Augenbrauen waren schon jetzt in seinen jungen Jahren relativ voll und würden ihm im höheren Alter sicherlich einen Ausdruck von Stärke und Kraft geben.

Seine Mutter Amalia hatte ihn gegen die Kälte in eine dunkle Hose und ein Cape gekleidet, wie immer zeigten sich großflächige Spuren des Kontakts mit dem Boden auf der Kleidung des Kindes. Endrik war bei seinen Eltern für sein ungestümes Verhalten im Umgang mit möglichen Gefahren berüchtigt. Häufig ramponierte er sein Äußeres, weil er von einem der wenigen Bäume stürzte oder sich mit einem wilden Tier anlegte, ein typisches Kind eben.

Es war der erste Herbst, den Endrik bewusst als Herbst wahrnahm. Er bestaunte das Farbenspiel der Blätter und wunderte sich darüber, wie sich das grüne Gras der Ebene in einen braunen Brei verwandelt hatte.

Sein Vater hatte ihn früh in den täglich gleichen Arbeitsablauf des Gutes eingebunden und bei vielen dieser Arbeiten konnte Endrik helfen und seinen Vater entlasten.

Da der heutige Tag für Endrik ein ganz besonderer war, durfte er seine Arbeit früher beenden und sich zum Spielen in die Ebene begeben. Robert hatte ihm jedoch eingeschärft, rechtzeitig und sauber wieder zurück zu sein. Amalia hatte für ihren Sohn einen Kuchen zubereitet, denn heute war Endriks Geburtstag. Er wusste, dass seine Eltern etwas vorbereitet hatten und er sich auf einige Überraschungen zu Hause freuen konnte. Das alles tangierte Endrik aber nur nebenbei, viel mehr interessierten ihn die kleinen Nager, die er schon seit einiger Zeit dabei beobachtete, wie sie beflissen Nüsse und Früchte in ein Erdloch trugen; dass er sich dabei auf einen von den Nagern aufgeworfenen Erdhügel gesetzt hatte und seine Kleidung mittlerweile vor Dreck starrte, hatte er gar nicht wahrgenommen. Auch seinen Vater bemerkte er nicht, der sich langsam näherte und

16

bei dem Anblick des verschmutzten Jungen den Kopf schüttelte.

„Endrik. Kommst du nach Hause?", rief er dem Kind zu, hoffend, dass seine Frau beim Anblick ihres Sprösslings die Nerven behalten würde.

„Ich komme, Vater", erwiderte er mit einer feinen hohen Jungenstimme.

Robert drehte sich um und betrachtete das Kind nur kurz. Er wusste, dass Endrik sich nicht viel Zeit lassen und ihm so schnell folgen würde, sodass er nur mit Mühe vor ihm zu Hause sein würde.

Kaum zu Hause angekommen, stürmte Endrik auch schon an Robert vorbei in die Küche und schmiss sich in die Arme seiner Mutter, die in der Küche einen Kuchen für das Geburtstagskind vorbereitet hatte. Der Duft vom frischen warmen Kuchen schmeichelte der Nase, aber anstatt sich dem Kuchen zu widmen, entriss der Knabe, ohne lange zu zögern, Amalia eine Schale, in dem sich der Rest des Kuchenteigs befand, und begann zu naschen.

„Endrik, du bekommst Bauchschmerzen", schimpfte sie mit ihrem Ziehsohn. Robert, der die Szene belustigt beobachtete, grinste und verbarg es hinter der erhobenen Hand. Kaum hatte Endrik den Rest der klebrigen Substanz aus der Schale gekratzt, wand sich Robert an ihn.

„Kind, komm mal zu mir." Mit teigverschmiertem Gesicht blickte der Junge den Mann aus großen Augen an und stellte die Schale auf die Spüle, dann näherte er sich seinem Ziehvater, ohne seinen verschmierten Mund zu säubern. „Endrik, du bist nun sechs Jahre alt. Wie bei allen Männern aus unserer Familie üblich, möchte ich dir nun ein Geschenk machen." Mit diesen Worten erhob sich Robert und begab sich zur kleinen Speisekammer am hinteren Ende der Küche. Robert brauchte nicht lange zu suchen, um zu finden, was er seinem Ziehsohn schenken wollte. Er nahm ein längliches Paket und verbarg es mit seinem Körper vor den neugierigen Blicken seines Sohns. Umwickelt war das Paket mit einem roten Seidentuch und einer goldenen Schnur, dessen Enden durch einen Sapal-Splitter gefädelt war.

Robert konzentrierte sich auf den Stein, ohne dass der Junge sehen konnte, was sein Vater tat: Wie von Geisterhand begann das Band aus dem Sapal zu rutschen und die Versieglung freizugeben.

Mit sicherem Griff löste Robert den Rest der Schnur und wickelte das Tuch von einem etwa eineinhalb Meter großen Schwert. Andächtig betrachtete Robert die alte Waffe in seinen Händen und schaute auf die eleganten Verzierungen am Griff. Dort prangte ein Drache im Kampf mit einem Adler. Die beiden Fabelgestalten wanden sich um einen kleinen Rubin. Ein prachtvolles, kunstfertiges Stück handwerklicher Schmiedekunst.

„Dies erhielt ich von meinem Vater und er von seinem." Mit diesen Worten überreichte Robert Endrik das Schwert. Endrik nahm die Waffe entgegen. Bewundernd drehte er sie in seinen Händen, er betrachtete die Verzierungen der Scheide und den kunstvoll gestalteten Griff. Anders als sein Vater sah er nicht die Ausgewogenheit und die Schärfe der Waffe, sondern nur ein Stück Metall zum Spielen.

„Darf ich?" Freudig blickte Endrik auf seinen Vater.

„Sicher, es gehört dir. Du darfst es aus der Scheide befreien", nickte Robert ihm zu, in Erinnerung an den Tag, als er von seinem Vater dieses Stück Stahl bekommen hatte.

Als Endrik die Klinge mit einem Zischen aus der Scheide zog, erblickte er eine fein gearbeitete Klinge mit filigranen Verzierungen und einer Inschrift in der alten Sprache, die kunstvoll mit viel handwerklichem Können eingraviert worden war.

„Was steht da?", betrachtete Endrik die Schrift.

„Felix qui potuit rerum cognoscere causas... Das, mein Sohn, bedeutet: Glücklich, wem es gelang, den Grund der Dinge zu erkennen. Es soll dich immer daran erinnern, nachzufragen und nicht blind alles zu glauben."

„Das verstehe ich nicht..." Endrik wandte dabei nicht den Blick von seinem Spielzeug.

„Eines Tages wirst du es verstehen und nun leg
es weg und begib dich zu Bett, morgen werde ich
dir zeigen, wie man mit ihm umgeht."

Die Wochen und Monate vergingen von nun an
wie im Flug. Jeden Tag übte Endrik unter der
Anleitung seines Vaters mit seinem Schwert, trotz
seiner Aufgaben am Gut. Auch wenn er teilweise
nicht merkte, was er lernte oder warum er eine
Übung machte, verschafften die Übungen ihm mit
der Zeit eine gewisse Routine im Umgang mit der
Waffe. Endrik wurde stark und geschickt und
obwohl sein Vater ihm in Kraft und Erfahrung
überlegen war, merkte er schnell, dass er besser
wurde und langsam selbst seinen Vater in gewissen Kampfsituationen in Bedrängnis bringen
konnte, auch wenn alles nur Übung war.

Die Zeit verging schnell, und schon fiel der erste
Schnee. Schließlich wurde aus dem ersten
Schnee eine Schneedecke, die wie ein Leichen-
tuch das ganze Land überzog.

Es war in der Mitte des Monats nach der Jahres-
wende, die Sonne zeichnete durch die Bäume
verspielte Mosaike aus Schatten auf den glitzernden Schnee. Der Wind blies kleine Schneeteufel
auf, die über die weiten Ebenen tanzten. Auf der
glitzernden Oberfläche aus Eiskristallen zeigten
sich einzelne Fährten von Tieren, die bei ihrer

Futtersuche das weite Land durchstreift, hier und da die Schneedecke durchbrochen hatten, um das darunterliegende Futter zu erreichen.

Endrik tobte ausgelassen im Schnee. Seine Nase und Ohren waren gerötet, er erfreute sich übermütig seines jungen Lebens. Abends, nachdem er sich erschöpft hatte, fiel er todmüde ins Bett, träumend von Schwertern und Kämpfen, die er ruhmreich ausfocht.

Es war immer noch tiefster Winter, als Amalia in der Küche gerade Holz in den Ofen nachlegte und Robert an seinem obligatorischen abendlichen Groeg nippte, als sie das erste Mal in diesem Jahr das Heulen der Wölfe so nah hörten, dass sie glaubten, die Tiere wären schon in der Küche.
„Ich gehe nachschauen, Amalia", sorgte sich Robert um die Tiere in den Ställen. Er ergriff seinen Waffengürtel, schnallte ihn über seinen Rock und strebte mit sicherem Schritt in die Kälte der Nacht hinaus.

Er wusste, sie waren da. Robert konnte die vielen Augenpaare der Wölfe auf sich spüren, ja manchmal schien es so, als könnte er im fahlen Schein seiner Laterne das Leuchten in den Augen der Wölfe erkennen. Manchmal glaubte er, die schnüffelnden Geräusche der Tiere wahrnehmen zu können.

Robert ließ sich nicht ablenken, mit schnellen Schritten erreichte er den Stall und sicherte ihn mit geübten Handgriffen, schließlich strebte er schnellen Fußes dem Wohnhaus entgegen. Als er die halbe Strecke zurückgelegt hatte, hörte er hinter sich ein Knurren, zu nah, um es zu ignorieren und das sichere Haus noch zu erreichen.

In der Zwischenzeit war Endrik erwacht und hatte sich zu seiner Ziehmutter begeben. Er schaute aus dem Fenster und beobachtete seinen Vater, der sich trotz der gegenwärtigen Gefahr in die dunkle Nacht begeben hatte.

Endrik beobachtete, wie er plötzlich vier großen Wölfen gegenüberstand, Angst zeichnete sich auf seinem Gesicht ab, als ihm bewusst wurde, dass sein Vater in Gefahr war. Er begann, nach seinem Vater zu rufen und versuchte, sich durch Zerren von seiner Mutter zu befreien. Endrik musste einfach etwas tun. Amalia versuchte mit aller Kraft, ihren Sohn in den Armen und damit in der sicheren Küche zu halten, schaffte es jedoch nicht und Endrik riss sich los, schnappte sich sein Schwert, das irgendwie immer in seiner Nähe zu sein schien und rannte, so schnell ihn seine Füße trugen, in Richtung seines Vaters. Kaum hatte Endrik die Tür passiert, erhob er sein Schwert: „Vater, hier, fang auf", rief er, so laut er konnte.

Mit einer schnellen Bewegung warf Endrik Robert das Schwert zu, der es gerade noch rechtzeitig auffangen konnte, bevor sich einer der Wölfe auf ihn stürzte. Robert hieb in einer flüssigen Bewegung mit der Waffe zu, teilte das angreifende Tier in zwei Teile, sodass es, ohne einen weiteren

Laut von sich zu geben, zu Boden stürzte. In der Zwischenzeit hatte sich ein weiteres Tier genähert und umkreiste ihn, Robert ließ es nicht aus den Augen, auch die etwas weiter hinten stehenden Tiere waren mutiger geworden und näherten sich nun vorsichtig dem Mann, der alle Tiere gleichzeitig im Auge zu behalten versuchte. Angst zeichnete sich deutlich auf Endriks Gesicht ab, Amalia war zu ihrem Sohn geeilt, nahm das Kind schützend in den Arm und zog ihn so zurück in das Haus. Sie wusste, dass Robert mit den Tieren allein fertig werden würde.

Robert ging langsam in Richtung des Hauses, dabei ließ er keines der Tiere aus den Augen. Drohend ging er auf eines der Tiere zu, die ihm den Weg versperrten. Dieses kniff den Schwanz ein und ließ Robert unterwürfig passieren. Er betrat das Haus und schloss mit einem hörbaren Seufzen die Tür, legte den Riegel vor und ging zu Amalia, die immer noch ihren Sohn im Arm hielt. Dankbar streichelte er über die Haare seines Sohnes, kniete sich zu ihm und sah ihn in seine dunklen Augen: „Wölfe sind nicht so, normal haben sie mehr Angst vor uns als wir vor ihnen, der Hunger treibt sie dazu, Hunger treibt alle Lebewesen zu Taten, die sie nicht wollen. Merke dir das, mein Sohn."

„Sie wollten dich essen", gab der Junge von sich, Tränen kullerten über seine Wangen.

„Hunger und Not macht auch aus harmlosen Wesen Bestien." Ob Robert Menschen oder Wölfe meinte, ließ er offen und Endrik war sich der Eigenart der Aussage durchaus bewusst, er hatte in den Augen seines Vaters etwas gesehen, etwas, was sehr schmerzhaft gewesen sein musste. Als ob Robert seine Aussage unterstreichen wollte, ließ er den Kopf hängen und nahm sich einen Groeg, den er mit einem genussvollen Seufzen austrank.

Der Wechsel der Zeit

Wie fast jedes Jahr brachte die Schneeschmelze auch dieses Mal einen hohen Wasserstand mit sich, sodass die Ebenen kurzfristig zu einem riesigen See wurden. Das Wasser stand, wie fast jedes Frühjahr, knöchelhoch auf der gesamten Ebene. Nachdem die Frühjahrsschmelze in den Bergen ihren Höchststand hinter sich gelassen hatte, begann das Wasser in kurzer Zeit abzufließen und hinterließ für ein paar Tage eine schlammige Region, in die sich kein Tier traute, das größer als ein Schaf war. Nach kurzer Zeit, nachdem auch der Schlamm abgetrocknet war, erstrahlte die Ebene in einem Meer aus Gras und Blumen. Würzige Gerüche von Wildkräutern und Blumen ließen einen beinahe schwindelig werden, das Leben war zurück und entfaltete sich mit aller Kraft.

In der Ferne sah man gerasende Rinder- und Pferdeherden, die sich nach dem harten Winter an dem frischen Grün labten. Man sah Fohlen ungestüm und das Leben erkundend herumtollen, Schwärme von Mücken tanzten in der Luft und erfüllten sie mit ihrem summenden Lied. Und über allem schien wohlig und warm die Sonne und tauchte die Ebene in neues Leben. Aber auch der Frühling ging vorbei und mit ihm das frische Grün und die unbeschwerte Zeit des Überflusses. Der Sommer erschuf eine weite Fläche mit braunem, mannshohem Gras, in dem die Tiere Schutz und Nahrung fanden. Aber auch

die Jäger fühlten sich unter dem Schutz des Gra-
ses wohl. Robert hatte in dieser Zeit immer zwei
Augen für seinen Schützling, damit ihm auch ja
nichts passierte, er kannte die Jäger der Ebene
zu gut. Da gab es nicht nur die Wölfe, die in Ru-
deln umherstreiften, sondern auch Bären und
Raubkatzen, die sich hin und wieder aus den
angrenzenden Wäldern in ihre Gegend verirrten.

Und bald legte sich wieder der Herbst und der
Winter über das Land, der Wechsel der Jahres-
zeiten war nicht aufzuhalten und die Zeit schien
zu fliegen.

Und so ging Jahr und Tag ins Land und Endrik
wurde von einem Kind zu einem aufgeweckten
Jugendlichen. Sein wallendes, strohblondes Haar
umspielte sein langsam kantig werdendes Gesicht, gab ihm das Antlitz eines charmanten jungen Mannes. Durch das tägliche Training und die
Arbeit auf dem Hof stählte Endrik seine Muskeln,
die ihm schon bald das Aussehen eines durch-
trainierten Athleten gaben. Hätte Robert Endrik
nicht täglich seine Lektion mit dem Schwert erteilt, so wäre ihm sicherlich aufgefallen, dass ihm
etwas fehlte. Andere Jugendliche zum Spielen
und zum Austausch seiner Erlebniswelt waren
nicht greifbar. So war ihm gar nicht bewusst, wie
schnell er an seiner Verantwortung und seinen
Aufgaben wuchs, die ihm von Robert übertragen
wurden.

Es war Spätsommer, der siebzehnte in seinem
26

Leben, Endrik hatte gerade nach seinen täglichen Übungen die Pferde versorgt und wollte zum Mittagessen zu seiner Ziehmutter in die Küche gehen, als er am Horizont eine Gruppe aus vier Reitern bemerkte. Seit Endrik denken konnte, waren vielleicht eine Handvoll Besucher auf das Einsiedlergehöft gekommen, sodass dies jedes Mal ein besonderes Ereignis in seinem Leben war, er freute sich schon auf Nachrichten aus der Welt, er liebte es, den Erzählungen der Reisenden zu lauschen und sich ein Bild von der Welt zu machen.

„Vater", rief Endrik aufgeregt, „da kommen Reiter."

„Ich komme gleich, mein Sohn", rief Robert zurück, der gerade die Pferde im Stall versorgte.

Endrik beobachtete, wie sich die Reiter näherten und sich dabei die Konturen der einzelnen Personen immer mehr abzeichneten. Schon aus einiger Entfernung fiel Endrik besonders ein Mann auf, der sich in ein karminrotes Gewand gehüllt hatte und mit erhobenem Haupt an der Spitze der kleinen Karawane ritt. Angehörige des Klerus waren Endrik bisher noch nicht bekannt, diese kannte er nur aus den Erzählungen seines Ziehvaters, jedoch war ihm beim Anblick dieses Mannes sofort klar, dass er ein Geistlicher sein musste. Als der Geistliche näher kam, wurden genauere Details von seinem Gewand erkennbar und ihm fielen die üppigen Stickereien auf dem

Gewand auf, die in einem fluoreszierenden, dunklen Violett zu leuchten schienen.

Mittlerweile waren die vier Reiter so weit herangekommen, dass Endrik noch mehr Details auf dem Gewand des Klerikers erkennen konnte, auch die anderen, nicht so aufwendig gekleideten Männer ließen sich jetzt genau differenzieren. So sah er, dass neben dem offiziellen Kleriker ein Schreiber, gut an dem in sein schwarzes Gewand gesticktes Gildensymbol zu erkennen, sowie zwei bewaffnete Männer, Söldner der Kirche, zu der Gruppe gehörten.

Endrik, der mittlerweile recht geübt im Umgang mit Waffen war, beäugte die beiden bewaffneten Söldner misstrauisch, erkannte er doch, dass diese Männer die Leibgarde des Klerikers waren und er vermutete, dass dies nicht ohne Grund nötig war.

„Wo ist dein Vater, Junge?", fragte der Kleriker Endrik in einem fordernden Tonfall, er hatte seinen Grauschimmel neben dem Jungen gestoppt und schaute mit herausforderndem Blick auf Endrik herab.

Noch bevor Endrik auch nur antworten konnte, ertönte die selbstsichere Stimme Roberts aus dem Hintergrund: „Wer will das wissen?" Robert hatte sich, im Halbschatten stehend, vor den Herannahende verborgen, jedoch alles genau beobachtet.

Der Kleriker wand sich in Richtung der festen Stimme, die aus dem Hintergrund erklungen war. „Der Steuereintreiber der Kirche. Und wir möchten Speise, Trank und Unterkunft für die Nacht", verlangte der Kleriker, „so wie es Gesetz ist im Land des Prälaten."

„Ich erkenne nur das Land des Königs an", erwiderte Robert harsch, merkte aber schnell, dass er hier mit Konfrontation nicht weiterkommen würde. Also senkte er sein Haupt und wies den ungebetenen Gästen den Weg ins Wohnhaus. „Seid willkommen in unserem Haus." Anstand und Höflichkeit kamen bei Robert auch trotz seines offenkundigen Widerwillens nicht zu kurz.

„Geht doch", erwiderte der Kleriker knapp und stieg von seinem Ross. Die Soldaten und der Schreiber taten es ihm schließlich gleich und folgten ihrem Herrn, nicht ohne ihrem Gastgeber misstrauische Blicke zuzuwerfen.

„Versorg die Pferde, Endrik", wies Robert Endrik knapp an, mit dem Gedanken, seinen Sohn so wenig wie möglich mit dem Kirchenmann zusammenzulassen. Robert war bewusst, dass eine Unachtsamkeit oder ein falsches Wort eventuell die Entdeckung des Jungen heraufbeschwören konnte. Robert und Amalia waren in den letzten Jahren sehr vorsichtig gewesen, was den Kontakt Endriks mit der Außenwelt anging. Zu vorsichtig mussten die Beiden sein, denn Endrik ähnelte dem jungen König mehr, als sie es je erwartet hatten. Das war vor allem Robert schon früh aufgefallen, denn er kannte Broda noch aus seiner Dienstzeit.

Endrik ergriff die Zügel der Pferde und führte sie in den Stall, er versorgte sie, gab ihnen Heu, Hafer und Wasser. In der Zwischenzeit war Robert mit den Gästen ins Haus gegangen und seine Frau bereitete das Mahl für die Ankömmlinge vor, einen Groeg hatten sie sich, ohne vorher zu fragen, einfach gegriffen und sich in der Küche an den Tisch gesetzt.

Als Endrik in die Küche trat, durchzog ein Geruch nach Linseneintopf und frischen Kartoffeln den Raum und ließ ihm das Wasser im Munde zusammenlaufen.

In der Zwischenzeit war die Sonne untergegangen und Robert musste die Laternen im Haus entzünden, damit sie nicht nur in dem spärlichen Licht des Ofens sitzen mussten.

Die Gäste flegelten sich weiterhin um den Küchentisch und machten hier und da eine Bemerkung, wie schäbig und unsauber doch dieses minderwertige Haus sei. Sie nahmen so viel Platz ein, dass weder Amalia noch Robert an der großen Tafel Platz fanden und sie sich daher demütig vor ihre Gäste stellen mussten. Während Amalia das Essen zubereitet hatte, waren die Soldaten und der Schreiber über die Groeg-Vorräte hergefallen, man merkte ihnen mittlerweile deutlich an, dass sie nicht mehr nüchtern waren, ihre Ausdrucksweise wurde noch rüder und aggressiver, der Kleriker lächelte über seine Männer und sagte kein Wort, um ihnen Einhalt zu gebieten. Das Essen wurde von den parasitären Gästen ohne ein Wort des Dankes angenommen und verschlungen.

Der Kleriker stellte zwischen zwei Bissen seinen Teller zur Seite und schaute immer wieder zwischen Endrik und Robert hin und her, er runzelte mehrfach dabei die Stirn, so als ob er einen Widerspruch entdeckt hätte.

„Wie alt ist euer Sohn?", schien er nebenher belanglos zu fragen, bei Robert schrillten alle Glocken.

„Siebzehn, eure Heiligkeit", antwortete Robert knapp, mit dem Bewusstsein, dass er mehr als vorsichtig gegenüber diesem Mann sein müsste.

„Er ist in einem sehr interessanten Alter", brachte der Mann zwischen zwei Bissen hervor.

„Ich kann Euch nicht folgen", versuchte Robert, die Aussagen des Mannes zu konkretisieren.

„Nun, mir ist aufgefallen, dass euer Junge ein kleines bisschen Ähnlichkeit mit dem jungen König Broda hat, aber das ist sicher nur ein Zufall. Erinnert Ihr Euch an den Spätsommer vor sechzehn Jahren?", hakte der Kleriker nach, man konnte sehen, wie die Augen zu leuchten begannen.

„Ich kann Euch noch immer nicht folgen", misstrauisch beäugte Robert seine Gäste, während sich seine Stimmung spürbar verschlechterte, seine Muskeln spannten sich langsam an und innerlich machte er sich bereit, einzugreifen.

„Wisst Ihr, wir sind immer angehalten, unsere Augen offen zu halten, um Kinder im richtigen Alter zu überprüfen, wenn wir im Land unterwegs sind." Erneut stopfte sich der Kleriker einen Löffel des Eintopfs in seinen Mund, dabei aber nicht die Augen von Robert abwendend.

„Na, mein Endrik sicher nicht", lachte Robert und klang dabei so überzeugend wie nur möglich. Robert war bewusst, worauf der Geistliche hinaus wollte, aber er durfte es nicht zulassen, dass sie seinen Sohn mit einem Sapal prüften; dass er gerade einen Fehler gemacht und die unausgesprochene Frage des Geistlichen beantwortet hatte, erkannte er erst jetzt. Während des Gespräches hatte sich Amalia zurückgehalten und sich kaum merklich von den Männern wegbewegt. Die Anspannung, die ihr Mann an den Tag legte, kannte sie, sie wusste, dass Robert auf der Lauer lag und gleich reagieren würde.

Robert hatte in der Zwischenzeit versucht, unbemerkt an die Kammer mit seinem Schwert zu gelangen, als der Kleriker aber seine nächste Frage stellte, wurde ihm bewusst, dass er das Schwert auf keinen Fall erreichen würde, sodass er schnell davon Abstand nahm und sich im Geiste einen Notfallplan zurecht legte.

„Dann habt Ihr sicher nichts dagegen, wenn ich den Knaben teste", dabei legte der Kleriker den Löffel zur Seite und tastete für alle sichtbar nach seinem Sapal, dies fiel auch den Söldnern auf, die ihren Herrn etwas verblüfft ansahen.

„Ihr werdet hier gar nichts testen, dies ist mein Haus, Endrik ist mein Sohn und damit ist alles gesagt." Robert war sich nun bewusst, dass er handeln musste, eine Konfrontation war so sicher wie das sprichwörtliche Amen in der Kirche. Dass Robert militärisch geschult war, brachte ihm einen großen Vorteil. Er wusste, dass der Überraschungsmoment somit auf seiner Seite sein würde.

„Wovor habt Ihr Angst?", zischte der Kleriker, Robert fixierend. Auch Amalia war nun endgültig bewusst, dass eine Auseinandersetzung kurz bevor stand. Schützend nahm sie Endrik in ihre Arme und trat noch ein paar Schritte zurück, um aus der Gefahrenzone zu gelangen.

Ohne auf den unvermeidlichen Angriff zu warten, griff Robert eine der schweren Schalen vom Tisch und schmetterte sie dem ersten Söldner mit aller Kraft an den Kopf, der daraufhin bewegungslos wie ein nasser Sack zu Boden ging. Von dem schnellen Angriff überrumpelt war es dem zweiten Söldner, auch aufgrund der Enge am Tisch, nicht gelungen, sein Schwert zu ziehen. Trotz eines kläglichen Versuches, dem schnellen Angriff auszuweichen, traf Robert ihn mit einem schnellen Schlag gegen den Kehlkopf und setzte ihn damit ebenfalls außer Gefecht. Sabbernd und röchelnd rutschte er zwischen Tisch und Bank und konnte nicht mehr eingreifen, als Robert das Schwert des ersten Söldners ergriff und es dem Kleriker an die Kehle setzte. Dieser, nicht ganz so überrascht wie seine Männer, hatte seinen Sapal ergriffen und versuchte sich in Bruchteilen einer Sekunde auf den Juwel zu konzentrieren.

„Versucht es nicht einmal“, raunte Robert dem Geistlichen zu. Dieser erhob seinen Blick von dem Sapal und unterbrach somit seine Konzentration. Hass starrend wurde sich der Geistliche seiner Situation bewusst, ein kleiner Tropfen Blut floss von der Stelle seinen Hals hinab, an dem Robert die schartige Klinge angesetzt hatte. Von allen unbeachtet und zitternd saß der Schreiberling in der Ecke, versuchte so wenig wie möglich aufzufallen und damit einem Angriff aus dem Weg zu gehen. Er war ein Häuflein Elend, dass sich zitternd und schwitzend in die hinterste Ecke verkroch. Kein Tropfen Mut hätte dem Schreiberling zu irgendeiner Tat veranlasst, geschweige denn dazu, seinem Dienstherren zu Hilfe zu kommen.

„Nun, ich denke, es ist Zeit zu gehen“, bemerkte der Kleriker knapp, half dem am Boden liegenden röchelnden Söldner auf, der langsam die Luft wiedererlangte und sich stöhnend und schnaufend aufrichtete. Der als Erster zu Boden gegangene Söldner rührte sich nicht mehr, Blut tropfte ihm aus Ohr und Nase, sodass Robert davon ausging, dass er nirgendwo mehr hingehen würde. Sein Schädel zeigte eine Delle an der Stelle, wo ihn die Schale getroffen hatte. Ohne sich um den am Boden Liegenden zu kümmern, verließ der Kleriker mit den beiden übriggebliebenen Begleitern das Haus, immer durch Robert bewacht, der das alte Schwert des Söldners durch sein eigenes ersetzt hatte. Der Kleriker erkannte, dass mit diesem Mann nicht zu spaßen war. Eilig sattelten die Überlebenden unter Roberts Aufsicht ihre Pferde und machten sich eiligst davon, die ganze Zeit war nur der Hass in den Augen des Klerikers zu sehen, der immer wieder auch auf Endrik blickte und ihn musterte.

„Robert, was nun?", Amalia stand, noch immer Endrik in ihren Armen schützend, in der Ecke und starrte auf den Toten. Angst stand in ihren Augen. Robert war sich sicher, dass der Trupp zurückkommen würde und sich der Kleriker nun auf den Weg in die nächste Stadt begab, um Verstärkung zu holen. Nochmal würde dieser so einen Fehler nicht begehen. Er würde, mit einigen Männern mehr, erneut erscheinen und Robert war sich im Klaren, dass sie dann weit weg sein sollten.

„Wir haben vier Tage, bis sie mit Verstärkung zurück sind, schneller kommen sie nicht durch die Ebenen zur nächsten Stadt. Und sie werden zurückkommen. Fange an zu packen, Amalia." Robert schulterte sich den toten Söldner und trug ihn aus dem Haus, um ihn notdürftig zu verscharren, für eine ehrenhafte Bestattung des Toten war keine Zeit. Ihr eigenes Leben stand auf dem Spiel.

Amalia unterdes machte sich Sorgen um Endrik, sie wusste, dass er noch nie einen Toten gesehen hatte und dass er das Gesehene erst noch verarbeiten musste.

Ihr Sohn überraschte sie allerdings erneut, indem er sich von ihr löste, in sein Zimmer ging, um einige seiner Sachen zu packen. Erleichtert über dessen Reaktion bereitete auch Amalia alle nötigen Dinge für ihre Flucht vor. Dass trotzdem noch Klärungsbedarf mit ihrem Sohn bestand, war ihr klar, sie würde Endrik gemeinsam mit ihrem Mann das Geschehene später erklären und dafür sorgen, dass ihr Sohn das Erlebte aufarbeitete. Endrik grübelte. Er dachte über die neue Situation nach; was jetzt auf sie zukommen würde, war ihm immer noch nicht klar, trotz oder vielleicht gerade wegen des gerade Erlebten fühlte er eine tiefe Erschöpfung, irgendwie war das alles nicht richtig. Er legte sich auf sein Bett, wollte Ruhe finden, nachdenken. Es dauerte jedoch einige Zeit, bis er endlich die ersehnte Ruhe fand und eindämmerte, im Hintergrund hörte er noch eine geraume Zeit Robert und Amalia, die sich leise und für ihn unverständlich unterhielten.

Irgendwann in der Nacht erwachte Endrik aus unruhigen Träumen, mehrfach glaubte er, gehört zu haben, dass jemand seinen Namen gerufen hatte, eindringlich und aus der Ferne rief ihn jemand zu sich. Er hatte geträumt, einen Traum, den er nicht fassen konnte, von Geistern und Juwelen, etwas hatte seine Hände nach ihm ausgestreckt und wollte seinen Tod, schließlich war er schreiend erwacht.

Das Haus lag still in der Nacht, seine Eltern hatten sich vor der Abreise noch einmal zur Ruhe begeben und waren wohl eingeschlafen, hatten nichts von seinen Albträumen mitbekommen. Erneut hatte Endrik das Gefühl, als würde da in der Nacht etwas sein, nach ihm rufen. Er stand auf, trat vor die Tür und sah sich um, suchte die Stimmen, die ihn so eindringlich riefen, ihn lockten. Angst verspürte er nicht, nur eine rastlose Neugier, die ihn weiterzog. Die Nacht schien ihm weniger dunkel, weniger einsam als sonst zu sein, irgendetwas war da und hielt eine schützende Hand über ihn, es fühlte sich fast wie eine Decke an, die ihn wohlig umgab.

Etwas abseits, in südwestliche Richtung befand sich ein kleiner Hain von Weiden und Nussgehölzen, in dem er früher sehr gerne gespielt und sich häufiger vor seinem Ziehvater versteckt hatte. Das Gebüsch war so dicht, dass man darin vor den Blicken Dritter sicher war.

Doch diesmal schien irgendetwas anders zu sein, tief im Inneren des Haines erkannte er ein diffuses, blaues Licht, das eine unheimliche Stimmung zu verbreiten schien, er spürte, dass dort die Stimme herkam, die ihn angezogen hatte.

Gegen den gesunden Menschenverstand ging Endrik weiter auf das Licht zu, Neugier trieb ihn. Leise schlich er sich vom Haus davon, sich langsam und vorsichtig dem blauen Licht nähernd. Auf Knien und Händen rutschte Endrik ins Unterholz, reckte sich und versuchte, mit den Fingerspitzen die Quelle des Lichtes zu ertasten. Schließlich, unter Aufbringung sämtlicher Kräfte, schaffte er es und fühlte etwas Hartes, etwas Glattes zwischen seinen lehmigen Fingern. Als Endrik das Etwas aus dem Dickicht herauszog, sah er, dass es ein Stein war. Dieser illuminierte in einem sanften, warmen Blauton. Selbst durch eine Schicht Erde und Lehm war das Licht gut zu erkennen und beleuchtete ihn sanft. Endrik nahm einen Hemdzipfel, um die Reste des an dem Stein haftenden Lehms zu entfernen. Als der gröbste Dreck entfernt war, starrte er voll Verwunderung auf einen Sapal. Es musste ein Sapal sein, sein Ziehvater hatte einen dieser kleinen Sapal-Splitter, aber dieser Stein war anders, viel größer, kraftvoller leuchtend, etwa von der Größe einer Pflaume und von glatter, einheitlicher Struktur. In seinem Inneren lebte ein blaues Feuer, das sich in Kaskaden durch den Stein bewegte. Andere dieser Juwelen, die er bisher zu Gesicht bekommen hatte, waren klein, splitterartig, kaum größer als ein Fingernagel und nicht in einem solchen reinen blauen Licht illuminierend.

Als Endrik seinen Blick auf den glatten Juwel richtete, schien es, als ob in dessen Innerem kleine Funken tanzen würden, die von Energie

38

erfasst umherwirbelten und ein Kaleidoskop aus Licht bildeten. Bilder taten sich vor Endriks innerem Auge auf, Gefühle von Dankbarkeit und Zuversicht, aber auch Angst und Hass strahlten ihm entgegen, verbanden sich mit seinem Geist zu einer Einheit, die hinausdriftete und ihm ein ganzes Universum offenbarte mit all der Kraft und Energie, die versteckt in den kleinsten Dingen verborgen lag. Er erkannte, dass sein Wille es fertig bringen würde, alle Energien um ihn herum zu beeinflussen. Er reiste weiter durch die Materie der Welt, bis er sich schließlich im Nichts befand. Als Endrik sich umschaute, sah er Lichter im Dunklen schillern, die sich wie Murmeln in Bahnen um sich selbst herum bewegten, bis sie sich schließlich sammelten, um in einem Tanz aus Energie in kleinen Sternen zu verlöschen. Die Dunkelheit, die ihn dann umfing, war tröstlich und wenn er genau hinschaute, meinte er, kleine Lichter zu sehen, die sich in elliptischen Bahnen anordneten und ganze Haufen bildeten. Und je weiter Endrik in die Dunkelheit fiel, umso ruhiger und gelassener wurde er.

Das Erste, was Endrik wieder registrierte, war Roberts Hand, die sich schwer auf seine Schulter legte und ihn herumzog, Schweiß war auf seine Stirn getreten und ließ ihn in der Morgenluft leicht frösteln.

„Junge, was machst du hier?“, wunderte sich Robert über den verdreckten und zitternden Jungen, den er seit einer Stunde auf dem Gutshof gesucht hatte. Die Sonne war mittlerweile über den Horizont geklettert und schickte die ersten wärmenden Strahlen. Nebel hatte sich um das Haus gelegt und verbarg es vor seinen Blicken.

„Ich weiß nicht, ich…", stammelte Endrik und zeigte dabei Robert den hier gefunden Juwel, seine Hände zitterten merklich und sein Atmen ging stoßweise und schnell. Er klimperte mit seinen Augenlidern, um den herunterlaufenden Schweiß zu beseitigen. Und über allem bewegte sich dieses Etwas, jetzt weiter entfernt, aber doch noch deutlich zu spüren. Jenes Etwas, welches nach seinem Leben trachtete. Und alle, die ihn beschützten, würde es mit Leid und Schmerz überziehen, dessen war sich Endrik sicher und das erschreckte ihn mehr als alles bisher in seinem Leben.

„Du meine Güte", war alles, was Robert herausbrachte. Zu verwundert war er, der Fund seines Ziehsohnes war schon außergewöhnlich, aber dass Endrik den Stein scheinbar benutzt hatte, war für ihn eine Sensation. Kein Ungeübter sollte und konnte einen Sapal benutzen. Als er schließlich seinem Sohn in die Augen schaute, sah er darin ein Leid, das ihm das Herz zerriss. Irgendetwas musste Endrik zugestoßen sein, da war er sich sicher, ebenso wusste er aber auch, dass sein Sohn mit ihm reden würde, wenn er Bedarf daran hatte.

„So viele Schmerzen, so viel Leid", brachte Endrik noch heraus, bevor er in den Armen seines
40

Vaters zusammensackte. Er war körperlich so erschöpft, als hätte er den ganzen Tag gearbeitet. Robert nahm ihn liebevoll in seine Arme und brachte ihn zurück in das Haus und obwohl Endrik bewusstlos war, hielt er den riesigen Sapal so fest umklammert, dass seine Knöchel weiß wurden.

Ruhm und Ehre

Broda war alleine, vielmehr lümmelte er alleine in seinem Thronsaal herum. Lässig saß er vor seinem Thron auf dem Boden, eine ganz und gar nicht königliche Position, aber er fühlte sich so am wohlsten, auch wenn die Kälte des Marmors langsam durch seine edle Kleidung hindurch in seine alten Knochen kroch. Er blickte gelangweilt in den langen Raum. Mehrere Kronleuchter hingen von der Decke und spendeten ein sanftes, diffuses Licht, die Atmosphäre war edel und vornehm und abweisend und kalt zugleich. Zu beiden Seiten des Saales vervollständigten Säulengänge mit Nischen und Statuen der alten Könige das Bild des bedeutungsschweren Raumes. Hier wurden die vergangenen Jahrhunderte repräsentiert, in vollem Prunk und Ansehen. Der Thronsaal war erkennbar nur für einen Zweck gebaut worden: zu repräsentieren. Und Broda war sich dessen im vollen Maße bewusst. Bequemlichkeit fehlte vollständig, so war sein Thron aus hartem Rosengranit nur mit einem dünnen Kissen belegt, welches ganz und gar nicht zum Sitzen einlud. Er mied ihn deshalb auch, wann immer es ihm möglich war.

Broda, König des Großreiches, war seit siebzehn Jahren Witwer. Seine Gemahlin war bei der Geburt seines einzigen Sohnes verstorben. Er hatte lange gebraucht, um über diesen Verlust hinwegzukommen, viel zu lange. Vor allem auch, weil der Knabe aus politischen Gründen an einen sicheren Ort gebracht worden war. Das Risiko, dass der Erzprälat sich seines Sohns bemächtigt hätte, war seiner Zeit viel zu groß. Damals hielt er es für eine gute Idee, dass er den Erben seiner Krone vor dem Zugriff des Prälaten versteckt hatte. Er konnte seinen Sohn nicht bei sich behalten, das war ihm klar, doch heute vermisste er den Knaben. Er litt darunter, nicht zu wissen, was aus ihm geworden war.

Broda war mit seinen fünfzig Jahren nicht mehr der Jüngste, aber in seinen Augen, seinem Herzen und seinen Lenden brannte noch immer das Feuer der Jugend und der Leidenschaft. Einige Geliebte hatte er in den letzten Jahren gehabt, keine konnte aber seine Frau ersetzen, die er immer noch abgöttisch liebte. Seine graumelierten Schläfen passten zu seinem karminroten Wams mit den saphirblauen Intarsien an Schultern und Brust und dem in Purpur gefärbten Umhang mit Hermelinbesatz. Gerade wegen seiner lässigen Haltung war Broda mit seiner großen Statur vom Aussehen her der Inbegriff von Stattlichkeit und königlicher Macht.

Schritte schwerer Stiefel mit Lederabsätzen rissen ihn schließlich aus seinen Gedanken. Leicht verwirrt schaute der König sich um. Am Ende des Saales sah er seinen ersten Minister und Schatzmeister mit schnellen Schritten näher kommen.

„Was kann ich für Euch tun, Minister?", fragte
Broda, ohne sich zu erheben. Er betrachtete den
Mann als Freund und Vertrauten, was ihn dazu
veranlasste, ihm gegenüber Schwächen zu zeigen, die er anderen Menschen nie offenbart hätte.

„Ihr könnt den Erzprälaten hängen und den Rest
der Kirche in die tiefsten eurer Verließe einsper-
ren", lächelte der Minister seinen König an. Auch
er sah den König als Freund, zu viel hatten sie
zusammen durchgestanden, jeder war dem anderen ein Leben schuldig. Er war ein stattlicher
Mann im Alter des Königs, sein Gesicht zierte
jedoch eine lange, weißliche Narbe, die von seinem linken Auge über die Wange bis zu seinem
Mundwinkel hinab reichte. In seinen dunkelbrau-
nen Augen blitze ein aufmerksames Funkeln,
seine dunklen mittellangen Haare zeigten eine
ausgeprägte Tendenz zum Ergrauen und stetig
war eine Art wissendes Grinsen in sein Gesicht
gezeichnet. Er trug ein klassisches Hofgewand in
Blau, das ihn als oberen Staatsdiener kenntlich
machte. An seinem Gürtel war ein Säbel mit gol-
denem Griff und Elfenbeinintarsien befestigt, die
ihn zudem als obersten Befehlshaber der königlichen Garde kennzeichnete, eine Ehre, auf die er
am liebsten verzichtet hätte. Noch dazu, da Garion nicht besonders gut mit Säbeln umgehen
konnte, Schwerter waren mehr nach seinem Geschmack.

„Was hilft es uns, Wunschträumen nachzuhängen, die nie in Erfüllung gehen werden, Minister? Was wollt Ihr wirklich, Ihr wisst, dass heute der Todestag meiner Frau ist und ich nicht gestört werden will?", Broda sah wirklich nicht glücklich aus, sein Blick war leicht verklärt. Minister Garion kannte diesen Ausdruck, er wusste, dass er seinen Freund lieber seinen Gedanken nachhängen lassen sollte, aber leider trieb ihn wieder einmal ein Ansinnen des verhassten Prälaten dazu, Broda zu stören. Wenn er nicht gewusst hätte, dass der Prälat selbst ihn bei einem Widerwort sofort getötet hätte, hätte er diesen Mann am liebsten wie ein Kind ausgeschimpft und ihm eine Tracht Prügel verpasst. Außerdem war sich Garion darüber im Klaren, dass der Prälat seine Gefühle durchaus wahrgenommen und seine Absichten schnell durchschaut hätte.

„Der Prälat wünscht, dass Ihr die letzten Urteile unterschreibt, damit sie vollstreckt werden können", Garion musste schwer schlucken, gerade so eine Aufgabe fehlte seinem Freund an diesem Tag noch, dabei war er sich sicher, dass der Prälat diese Aufgabe durchaus bewusst gestellt hatte, um seinen alten Freund zu verletzen.

„…und was hilft es, sich zu widersetzen?", murmelte Broda ohne wirklichen Ernst hinter seiner Frage. „Helft mir auf, Minister, ich werde dem Willen des Prälaten ein weiteres Mal nachkommen", Broda hielt seinem Minister die Hand entgegen, der diese ergriff und seinem König beim

Aufstehen half. Gemeinsam setzten sich die Beiden in Bewegung, um sich in die Büroräume hinter dem Thronsaal zu begeben.

„Es muss nicht so weitergehen, Majestät, es war auch einmal anders", versuchte Garion seinen König an alte Zeiten zu erinnern, in dem Wissen, dass die politische Situation im Land äußerst angespannt war.

„Habe ich eine Wahl? In meiner Leibgarde ist nicht ein freier Bürger mehr, die Kommandostellen in der Armee sind mit kirchentreuen Dienern besetzt, Ihr seid der Einzige, dem ich noch trauen kann." Man konnte sehen, wie das Kinn des Ministers bei diesen Worten auf dessen Brust fiel, umso mehr, als Broda fortfuhr. „Und was denkt Ihr, wie viele der Kurtisanen Agentinnen der Kirche sind? Selbst wenn ich es wollte, mein lieber Minister, es wäre reine Zeitverschwendung, jeder Schritt, den wir unternehmen, wird im Vorfeld vereitelt. So bleibe ich also am Leben und was ich seit siebzehn Jahren an dieser Stelle bin: eine Marionette des Erzprälaten."

„Ihr wisst, Ihr könnt auf mich zählen, eure Majestät." Mit einem wohlwollenden Lächeln schaute Broda seinen Minister an. Dieses Gespräch war nicht das Erste seiner Art und es sollte auch nicht das letzte Mal gewesen sein, dass die Beiden sich ein wenig Luft machten, der Lösung ihrer Probleme nicht einen Schritt näherkommend. Mittlerweile waren sie in den Büroräumen hinter dem Thronsaal angelangt und Broda nahm hinter

46

seinem schweren Schreibtisch Platz, ergriff einen Teil der sich stapelnden Dokumente und begann, ohne groß zu lesen, die Unterschriften an den dafür vorgesehenen Stellen zu platzieren. Broda war sich bewusst, dass er die Hälfte des Tages mit dieser ungeliebten Tätigkeit verbringen, den anderen halben Tag an der Ratssitzung würde teilnehmen müssen, bei der er doch nur als Abnicker fungierte, denn seine Stimme hatte kein wirkliches Gewicht im Rat. Und wenn er aufbegehren sollte, so war er sich im Klaren darüber, dass der Prälat einen Weg finden würde, wie seine Unterschrift unter die Dokumente gelangen würde.

Die Ratsversammlung wurde wie immer im großen Versammlungssaal veranstaltet, ein einem Auditorium gleichendem Saal, in dessen Zentrum die Vertreter von Kirche und Monarchie saßen. In früheren Zeiten war dies die gemeinsame Legislative des Landes gewesen, jetzt unterminiert vom machthungrigen Erzprälaten. Schon seit geraumer Zeit hatte die Kirche alle wesentlichen Positionen und Vertreter gekauft oder die, die sich nicht bestechen ließen, aus dem Weg geräumt. Noch vor zwanzig Jahren bestand die gesetzgebende Versammlung an dieser Stelle aus einer Vielzahl von Mitgliedern, zu einem Drittel aus Vertretern der Bürgerschaft, der Kirche und des Adels. Durch Intrigen, Mord und Bestechung hatte es der oberste Prälat jedoch geschafft, seine Interessen maßgeblich durchzusetzen und freie Ratsmitglieder durch seine Marionetten zu ersetzen. Alle anwesenden Mitglieder des Rates hatten Angst, sich dem Erzprälaten zu widersetzen, der Verlust von Privilegien, Macht oder gar der Tod wäre sonst sicherlich schnell über sie gekommen. Eine ungewisse Anzahl an Ratsmitgliedern hatte aber auch kein Interesse daran, etwas zu ändern. Das Land wandelte sich in dieser Zeit von einem Staat mit einer freien Monarchie zu einem diktatorischen Gottesstaat. Die Exekutive war in drastischer Art und Weise abhängig gemacht worden und die Kirche herrschte mit eiserner Hand und mit der Verbreitung von Angst über das Land.

Daniel, der oberste Prälat der Kirche, saß zur Rechten Brodas. Zur Linken saß ein kleiner gedrungener Bürgerlicher, eine jener Marionetten der Kirche, die monatlich in den Gotteshäusern der Städte in die Vertretung gewählt wurden. Der Versammlungsraum war eine Hinterlassenschaft von Brodas Ahnen, steil reichten die Sitzreihen in die Höhe, damit die Vertreter einen Platz hatten, von dem aus sie auch alles mitbekamen. In der Mitte stand ein großer, ovaler Tisch, an dem je ein Vertreter der drei Kasten saß. Da der Platz des Prälaten sicher war und der des Königs auch, blieb nur ein freier Platz, der besetzt werden musste, auch das war in der Vergangenheit anders gewesen. Damals war nur der Platz des Königs fest besetzt.

„Eingabe zweihundertsechsundfünfzig, Beschränkung des Versammlungsrechtes außerhalb der Kirchen", deklarierte Daniel zur nächsten Abstimmung. „Gibt es Gegenstimmen?", dabei schwenkte er einem Adler gleich seinen Blick über die Reihen der Vertreter.

„Daniel, Ihr wisst ganz genau, dass dieses Gesetz die weiteren freien Meinungsäußerungen der Bürger einschränken wird", versuchte Broda eine Diskussion anzustrengen und erhob sich herausfordernd.

„Habt Ihr etwas dagegen, eure Majestät? Eine Meinungsäußerung sollte nur im Antlitze des Herrn erfolgen, er wacht über alles!", die unausgesprochene Drohung dieser Worte war kaum zu überhören. Daniel fixierte dabei Broda mit starrem, leerem Blick, sodass dieser sich mehr als nur unwohl zu fühlen begann.

„Nein, eure Heiligkeit", ergab sich Broda in sein Schicksal und ließ sich resigniert direkt wieder in seinen Stuhl fallen. Broda war sich darüber im Klaren, dass Daniel gerade mit seinem Sapal gespielt hatte und er wahrscheinlich dem Tod gerade noch von der Schippe gesprungen war.

„Nun, da es keine weiteren Einwände und Diskussionen über diesen Punkt gibt, wird die Eingabe einstimmig angenommen." Kurz hatte man den Eindruck, dass ein Lächeln über das Gesicht des Erzprälaten huschte, der fing sich aber sogleich wieder und setzte sein Pokergesicht auf.

„Hätte es irgendeinen Einfluss darauf, wenn ich noch etwas sagen würde?", versuchte Broda mehr brummend als motiviert, noch einmal seinen Einfluss gelten zu machen.

„Ihr könnt Euch glücklich schätzen, dass die Monarchie in der Bevölkerung noch immer einen so hohen Stellenwert genießt, eure Majestät." Keine Regung huschte über Daniels Gesicht. Die Drohung verhallte aber nicht wirkungslos, Broda war sich über die Situation sofort im Klaren.

„Ich werde ja hier nicht weiter benötigt", er spürte, wie sein Innerstes gegen das widerstandslose Spektakel rebellierte, aber er hatte hier nichts mehr zu tun, er verließ schnellen Ganges die Ratskammer, sich einer Fortführung der Konfrontation entziehend. Auf dem Weg zu seinen Privaträumen gab sich Broda gewalttätigen Gedanken hin, die mit einem bestimmten Prälaten zu tun hatten, von denen er aber wusste, dass sie reines Wunschdenken bleiben würden, jedenfalls noch zurzeit. Ja, es hatte einmal andere Zeiten gegeben und er erinnerte sich ihrer immer mehr. Vor seinen Privatgemächern fing ihn Garion ab, der das Spektakel mitbekommen hatte. In seinem Gesicht konnte Broda ein gewisses Maß an Ablehnung, aber auch Belustigung erkennen. Garion war für den König wie immer ein Stein in der Brandung, ein Spiegel, in den er viel zu wenig blickte.

„Ihr seid nicht einverstanden, Minister?", Broda schaute Garion herausfordernd an, im Grunde hoffte er, dass sein Freund ihn zwingen würde, etwas zu unternehmen.

„Ich weiß nur nicht, ob das klug war, eure Majestät. Der Prälat hat schon mehr als eine Leiche im Keller", beschwichtigte Garion seinen König.

„Sie werden es nicht wagen, mich zu töten", entgegnete Broda forsch. „Noch nicht…", fügte er leise hinzu, trotzdem hatte ihn Garion gehört und bewunderte erneut diesen König, der in seiner Hilflosigkeit trotzdem immer versuchte, das Beste aus der Situation zu machen.

„Seid Euch dessen nicht so sicher, eure Majestät. Die Assassinen-Gilde war schon für den Tod mehrerer Könige verantwortlich und Ihr wisst, dass der Prälat diesmal seine Finger im Spiel hat. Ich würde mich nicht wundern, wenn er euer Ableben schon geplant hat."

„Garion, ich würde den Tod wie einen alten Freund empfangen. Außerdem kann er mich noch nicht töten lassen, er hat noch nicht die komplette Kontrolle über den Thron und den Verwaltungsrat, noch braucht er mich." Mit diesen Worten betrat Broda seine Gemächer, seinem Minister die Tür vor der Nase verschließend. Er wollte sich nur noch schlafen legen. Seine Erinnerungen an die vergangene Zeit zurückrufend und sich seinem Leid hingebend. Die Ruhe und die Abgeschiedenheit seiner Privaträume waren für ihn wie eine Flucht in die Freiheit, denn frei war er schon lange nicht mehr, eher ein Gefangener in seinem eigenen Haus. Er hoffte inständig, dass das Schicksal ihm irgendwann seinen Sohn zurückgeben würde und er damit den Thron vor dem Prälaten retten konnte.

Daniel, oberster Erzprälat der Theokratie und Kirche, schritt mit fünf Priestern im Schlepptau durch das Seitenschiff des Domes. Allabendlich plante er hier in Ruhe seine Schritte, die ihn in seiner Macht festigten. Sein weißes Gewand, bestickt mit goldenen Intarsien, blähte sich bei jedem Schritt, keiner seiner Priester wagte es, mit ihrem Herrn auf einer Höhe zu gehen. In der Luft lag ein Duft von Weihrauch und Rosenwasser, hunderte Kerzen sendeten kleine Rauchfahnen in das Kirchenschiff, wie Seelen, die dem Himmel entgegenstrebten. Nur wenige Besucher beteten und erbrachten Opfer zu dieser späten Stunde, es war für Daniel ein großes Geschenk zu wissen, dass trotz seiner abendlichen Muße seine Macht mit jedem hier betenden Pilger stärker wurde. Mit einem Lächeln begutachtete Daniel die wenigen anwesenden Bürgerlichen und spielte gedankenverloren mit seinem Sapal in der Hand. Der Stein war einer der größten, die es gab, von der Größe einer Kirsche und glatt mit einer Vielzahl an Flächen, ununterbrochen schien es, als loderte ein blaues Feuer in seinem Inneren und brachte diesen kleinen Stein zum Leuchten.
Daniel war schon immer machthungrig gewesen,

noch bevor er der Theokratie beigetreten war. Er hatte Egomanie zu einer Kunstform erhoben. Sein Vater war damals Kaufmann gewesen und hatte ihm, nachdem beim Sapal-Test aufgefallen war, dass er eine gewisse Begabung hatte, mit seinem Geld Weg und Tor in der Kirche geöffnet. Nie hatte sein Vater den Kontakt zu seinem Sohn verloren, er hatte immer versucht, den Einfluss des Vaters auf den Sohn aufrechtzuerhalten, anders als dies bei anderen Priestern der Kirche üblich war, die, nachdem sie in die Kirche eingetreten waren, sämtliche Brücken zur Familie abbrachen. Mit diesem Einfluss und Geld in der Hinterhand konnte sich Daniel nach dem Eintreten in die Kirche durch Bestechung und Intrigen den Weg bis nach ganz oben ebnen. Schließlich hatte Daniel seine Brücken abgebrochen, als er es endlich an die Spitze der Macht geschafft hatte, er hatte selbst den Befehl gegeben, seinen Vater in den Kerker zu bringen und ihm dann eigenhändig die Kehle durchgeschnitten; bedacht darauf, dass dieser Mann langsam das Zeitliche segnete, hatte er den ersten Schnitt nur oberflächlich gemacht, um dann nach einer Vielzahl weiterer seine Gefäße mit einem starken Streich zu durchtrennen. Es gab einige Gerüchte darüber, was damals passiert war, aber die Wahrheit kannte nur er selbst. Nur er wusste, dass er sich im Blut gebadet und jede Sekunde genossen hatte, als das Leben aus seinem Vater spritzte. Während er sich weiter durch das Seitenschiff des Doms bewegte und den Sapal in seiner Hand drehte, fing Daniel aggressive Gedanken eines

der wenigen Besucher auf, dies war nicht ungewöhnlich, aber die Heftigkeit der Gefühle, die ihm
entgegengebracht wurden, waren wie ein Alarm-
signal in seinem Geiste. Es waren weniger die
Gedanken, als die aggressive Stimmung und
Haltung des Besuchers ihm gegenüber. Alles
warnte ihn und ließ ihn den Sapal etwas fester in
die Hand nehmen, er erwartete den Angriff nicht
nur, er sehnte sich nach einer solchen Aktion. Er
genoss es, seine Macht auszuüben.

Seine ihm folgenden fünf Priester ahnten nichts
von den Vorgängen und wurden vollständig überrascht. Hinter einer glatten Marmorsäule schoss
ein Mann im mittleren Alter hervor, in seiner rechten Hand hielt er einen langen, spitzen Dolch,
dessen Spitze leicht rötlich von dem aufgetragenen Gift glänzte. Die tödliche Waffe durchschnitt
in einem Bogen die Luft, als der Besucher seinen
Angriff auf den Erzprälaten begann. Ein Sirren lag
in der Luft und die Priester wichen aus Reflex
zurück, nur das Ziel der Attacke blieb wie ein
Baum im Wind stehen, bewegte sich nur leicht
zur Seite und wich damit der Waffe aus.
Aus reinem Reflex konzentrierte sich Daniel
durch den Sapal auf den Angreifer, besser gesagt
auf den Geist des Angreifers. Dieser wurde von
der Energie, die der Sapal freisetzte, wie von
einem Blitz getroffen und vier Bänke weiter gegen
die Marmorwand geschleudert, sodass er einen
Abdruck in der Wand hinterließ. Daniel grinste
innerlich, er genoss seine Macht erneut in vollen
Zügen.

Wie ein nasser Sack rutschte der Mann zu Boden, sein Dolch klirrte noch einige Male, als er über den Boden rutschte, um dann vor den Füßen des Erzprälaten liegenzubleiben. In dieser Sekunde hätte man eine Stecknadel fallen hören können, so verwirrt waren alle Anwesenden, bis auf eine Person.

Ohne Angst nahm Daniel den Dolch des Mannes an sich, betrachtete die tödlich schillernde Klinge und beugte sich über den bewusstlosen Mann, um sich zu vergewissern, dass er noch am Leben war.
Daniel lächelte und schickte einen kleinen Befehl durch seinen in der Hand glühenden Sapal in den Geist des Attentäters, der sich darauf hörbar stöhnend regte.

„Du wolltest mich töten?", fragt er den noch immer benommenen Mann „Wer hat dich geschickt?" Auge in Auge stand Daniel dem Attentäter gegenüber, sah dessen Hass und ergötzte sich an ihm. Daniel war sich bewusst, dass nur die Angst der Bevölkerung ihn weiterbringen würde und dazu gehörte eben auch ein großes Stück Hass.

Mit schwacher und zitternder Stimme formulierte der Mann seine Antwort, die vor Verachtung nur so tropfte: „Nur mein Gewissen."

Der Hass des Mannes schlug Daniel wie eine Mauer entgegen und nur um seiner sadistischen Neigung zu entsprechen, nahm Daniel den Arm

des Mannes und ritzte kurz mit dem vergifteten
Dolch die Haut des Attentäters an, die Wunde
war so fein, dass sie nur ein Kratzer war, aber es
reichte. Er schickte erneut eine kleine Welle
durch den Sapal in den Geist des Mannes, er
sollte merken, was mit ihm passierte, wie das Gift
langsam durch seine Adern rann. Der Erzprälat
hatte durch seinen letzten Befehl die Muskeln des
Mannes gelähmt, er war aber bei vollem Bewusstsein und konnte alles fühlen. Die Panik in
den Blicken des Mannes befriedigte Daniel zu-
tiefst.
Das Gift brauchte nicht lange, um seine Wirkung
zu entfalten, sich langsam steigernde Muskelzuckungen sowie ein sich vor dem Mund bildender
Schaumpfropf kündigte das Ende des Attentäters
an. Daniel hörte, wie im Todeskampf einige Knochen des Mannes unter seinen Zuckungen brachen. Eiskalt lächelnd stand der Erzprälat vor
seinem Opfer, bewunderte die Panik in den Augen des Mannes und ergötzte sich an seinen
sichtbaren Schmerzen, die sich in einer Grimasse
auf dem Gesicht des Attentäters abzeichneten.
Minuten dauerte der Todeskampf, Daniel genoss
jede Sekunde und badete in seinen Empfindungen.

„Beseitigt diesen Abfall", wies Daniel seine Geistlichen lächelnd an, als es vorbei war und verschwand schnellen Schrittes hinter einem der
Altäre, um sich der Aufgabe des Regierens hinzugeben und sich noch eine Weile an den Leiden
des eben erloschenen Lichts zu ergötzen.

Daniel war sich durchaus bewusst, dass das Leiden der Menschen für ihn eine erotische Komponente hatte.

Minister Garion, eines der ältesten Mitglieder des Rates, saß hinter seinem Schreibtisch und grübelte über die Situation im Rat nach. Nicht zum ersten Mal wünschte er dem Erzprälaten den Tod an den Hals. Die letzten Vorkommnisse, das war ihm nun klar, bereiteten den endgültigen letzten Schritt zur Machtfestigung des Erzprälaten vor, die Ermordung des Königs. Und da war noch mehr, was er berücksichtigen musste. Vor mehr als siebzehn Jahren war er für den Schutz der königlichen Familie verantwortlich gewesen. Damals starb bei der Geburt des Prinzen die Königin am Kindsbett, als dann noch der Sapaltest positiv auf den Knaben reagierte, musste Garion den kleinen Erben aus dem Einfluss des Erzprälaten und der Theokratie schaffen, ihn schützen, damit das Reich einen Erben haben würde, wenn es soweit sein sollte. Der Erbe sollte vor dem Zugriff der Theokratie absolut sicher sein, zumindest so lange, bis er ein eigenständiger gefestigter Mann sein würde.

Damals war gerade der Erzprälat Daniel an die Macht gekommen und dieser ging bei der Festigung seiner Macht über Leichen. Mehr als ein Mitglied der königlichen Familie war unter undurchsichtigen Umständen ums Leben gekommen. Wenn der Stammhalter des Königs einen

Sapal beherrscht hätte, wäre eine Säule der Macht der Kirche weggebrochen und dies konnte die Theokratie nicht zulassen, besser gesagt Erzprälat Daniel konnte es nicht zulassen. Aus diesem Grund hatte er damals den Kleinen schweren Herzens verstecken lassen. Dass Pedro nach seinem Auftrag untertauchte, war genauso beabsichtigt gewesen wie die Tatsache, dass niemand aus seinem Umfeld wusste, wohin der Knabe gebracht worden war. Selbst er und der König sollten es nicht wissen. Er hatte sich initial überlegt, den Knaben für alle Anwesenden scheinbar sterben zu lassen, aber er konnte es nicht, zu sehr litt er mit Broda, erst der Verlust der Königin und dann sollte er auch noch seinen Sohn an den Tod verlieren, denn nur wenn Broda vollkommen überzeugt gewesen wäre, hätte seine List zum Erfolg führen können. Garion war sich sicher, dass dieser Weg dem König das Herz endgültig zerrissen und ihn letztlich getötet hätte. So ging er den etwas weniger schmerzhaften Weg und ließ den Knaben wegbringen, Broda hatte sich verabschieden können und der König wusste, dass irgendwo da draußen noch sein eigen Fleisch und Blut lebte.

Dies war jetzt allerdings ein Problem. Daniel wusste, dass der Erbe noch irgendwo sein musste, doch weder er noch der König hatten Einfluss auf den Jungen geschweige denn wussten sie, wo er sich zurzeit aufhielt. Zu allem Überfluss waren nur wenige vertrauenswürdige Männer in der Regierung übrig geblieben und keiner von ihnen hatte eine Ahnung, wo sich der Knabe aufhielt. Garion musste den Erben jetzt finden. Nur mit ihm wäre es möglich, der Kirche die Stirn zu bieten und das musste bald passieren. Er war sich sicher, dass der Erzprälat bald versuchen würde, die Macht des Königshauses noch weiter einzuschränken und damit bliebe ihm nur noch eine Gegenseite im Rat, die er allerdings schon mehr oder weniger vollständig in der Hand hatte. Angst und Korruption beherrschten die obersten Schichten der Bürgerschaft. Es war nicht auszudenken, was der Prälat ausrichten konnte, wenn Broda kein Kontrapunkt zum Erzprälaten mehr war und der Prälat so freie Hand mit der Gesetzgebung hätte.

Garion konnte nicht auf Dauer still halten, irgendetwas musste passieren. Der Tag, an dem ihm keine andere Wahl blieb, als zu handeln, auch gegen das Geheiß des Königs, war gekommen. Einen Plan hatte er nicht, dass er aber einen brauchte, war für Garion klar. Allerdings war es schwierig für ihn, etwas im Geheimen zu planen, zu gut waren die Agenten der Kirche – nicht nur im direkten Sinn. Ein Großteil der Agenten konnte mit den Sapalen umgehen und somit direkten Einfluss auf die Gedanken und Gefühle anderer nehmen sowie diese manipulieren. Garion wusste, dass mindestens drei Spione die ganze Zeit auf ihn angesetzt waren. Er hatte zwar in der Garde gelernt, wie man sich gegen die Manipulation und Spionage der Gedanken schützte, aber er war sich nicht hundert Prozent sicher, dass seine Maßnahmen ausreichten.

Während er über alles nachdachte, wurde Garion immer klarer, dass er handeln musste. Das Erste, was geschehen müsste, wäre das Auffinden des Erben. Damit würde er Daniel Macht aus der Hand nehmen und der Bevölkerung die Sicherheit geben, dass auch nach dem Ableben Brodas jemand für sie da sein würde. Und er würde bei Pedro anfangen, er kannte seine Männer von damals und war sich sicher, dass er Pedro finden könnte. Er hatte bislang jedoch keine Ahnung, wo sich Pedro zurzeit aufhielt, sollte er noch am Leben sein, was Garion sehr stark hoffte. So beschloss er, seinen Kämmerer zu rufen und seine Aufgaben kurzfristig ruhen zu lassen. Er würde einfach eine Zeitlang verschwinden, um freie Hand zu haben. Der alte Kämmerer würde ihn für eine gewisse Zeit gewissenhaft vertreten können.

Allein

Seit mehreren Wochen waren sie unterwegs. Amalia, Robert und Endrik lebten mittlerweile von der Hand in den Mund und ihre Vorräte waren aufgebraucht, sodass sie von dem leben mussten, was ihnen die Natur gab. Endrik und Robert gingen regelmäßig auf die Jagd, Amalia sammelte Früchte, Beeren und Pilze. Trotz allem war es eine täglich karge Mahlzeit, die sich die drei erstritten. Robert war sich aber sicher, dass sie nur durch Unauffälligkeit und schnelles Reisen den Häschern entgehen konnten. Dafür hatten sie mittlerweile die gesamten Trois-Ebenen in nordwestlicher Richtung durchwandert und näherten sich dem Nordkap und der Küste des Meeres der Stürme. Eine raue Gegend, die vom Wind gepeitscht noch weniger zu bieten hatte als die Ebene selbst. Das Gras wurde vermehrt durch Flechten und Moose abgelöst, sodass an das Sammeln von Früchten und Beeren immer weniger zu denken war.

Auch war das Wetter rauer geworden, häufig jagten nun mit Regen versetzte Böen über das Land und durchnässten die drei Reisenden dabei bis auf die Haut. Zu allem Überfluss hatte es in den letzten Tagen einen Temperatursturz gegeben, die klamme Kleidung klebte wie Eis auf der Haut und brachte die Drei zum Frieren und Zittern.

Es war Robert, der den Turm zuerst am Horizont

auftauchen sah. Wie ein erhobener Finger zeichnete sich das spitze, eingefallene Gerippe des alten Leuchtturms gegen den grauen Himmel ab. Er stand am Rand einer Klippe, gegen die die Wellen des Meeres mit aller Kraft schlugen und zusätzlich zum Regen noch ihre Gischt in der näheren Umgebung verteilten.

„Ein perfekter Unterschlupf für die Nacht", kommentierte Robert seine Entdeckung, „ich kenne ihn, vor ein paar Jahren haben wir hier während einer Jagd genächtigt und er diente uns als Stützpunkt."

„Wird es trocken sein? Es wäre toll, wenn wir uns mal trocknen könnten und ein Feuer hätten, um wieder warm zu werden", wandte sich Amalia an ihren Mann.

„Soweit ich es in Erinnerung habe, ist das Zwischengeschoss trocken und windgeschützt. Damals funktionierte der alte Kamin noch, wir hatten eine relativ angenehme Nacht und werden dies, wie ich hoffe, auch heute haben", verkündete er um einiges besser gelaunt als zuvor, die Aussicht auf eine trockene Nacht erfreute nicht nur Amalia.

„Ich freue mich, mein Geliebter, etwas Ruhe tut uns allen gut", stimmte Amalia ihrem Mann zu.

„Endrik", sagte Robert zu dem Jungen, „versuche bitte etwas Treibholz an der Küste zu finden, damit wir unsere Sachen am Feuer trocknen

können und etwas Wärme bei diesem unange-
nehmen Wetter haben."

„Ja Vater, ich werde mich beeilen." Endrik war
nicht besonders erfreut darüber, bei dem Wetter
das Ufer nach etwas Brennbarem abzusuchen,
vor allem, weil die Gischt und der Regen ihn noch
weiter durchnässen würden.

Noch vor dem Sonnenuntergang erreichten die
Flüchtigen die Ruine des alten Nordkap-
Leuchtturms, der zu besseren Zeiten den Handelsschiffen die Einfahrt zum Nordmeer gewiesen
hatte.
Von dem Turm selbst war nicht viel übrig.
Schlanke Mauerreste reichten, grob behauen,
etwa zwei Stockwerke hoch in den grauen Himmel, der obere Teil des Gemäuers fehlte komplett. Die Spitze des Turms war vor langer Zeit
über die Klippen in das Meer gestürzt. Der Fuß
des Gemäuers bildete einen als Keller angeleg-
ten Vorraum, dessen Seiten als leicht ansteigen-
der Hügel emporragten, vom Gras bewachsen,
dem rauen Klima in dieser Gegend Widerstand
leistend. Die Eingangstür fehlte bereits seit Jahren, sodass Moos und Flechten sich einen Weg
in das Innere des Gemäuers gebahnt hatten. Die
Decke war an mehreren Stellen eingestürzt, dort
hatten sich höheren Pflanzen in den windge-
schützten Bereichen einen Platz erobern können.
Am hinteren Ende des Vorraums führte eine
schmale Treppe, aus dem Fels gehauen, durch
das Fundament in den Ansatz des Turmes. Hier

war es trocken und geschützt, die Decke noch erhalten, Wind und Regen hatten hier keine Chance, tiefer in das Gemäuer einzudringen. An einer Seite der Treppe zeigte ein schwarzer Fleck, dass dieser Platz schon häufiger als Feuer und Raststätte für Reisende gedient hatte.

Während Robert die wenige Habe, die ihnen geblieben war, von den Pferden in ihre provisorische Unterkunft schleppte, machte sich Endrik auf, Holz vom Strand zu sammeln.

Die Gischt peitschte in Schwaden aus Meerwasser über den Strand, einzelne Böen trieben Regen vor sich her, bildeten dabei eine Wand aus Tropfen, die sich in kleinen Rinnen an den Klippen zu Bächen vereinigten. Der Wind pfiff um Endriks Ohren, durchdrang seine nasse Kleidung und ließ ihn vor Kälte zittern. Der Einstieg zur Steilküste war circa fünf Minuten Fußmarsch vom Leuchtturm entfernt. An diesem Küstenstück waren in vergangenen Zeiten Schiffe gelandet und durch die Jahre der Benutzung hatte sich ein kleiner Weg gebildet, der trotz der wenigen Besucher, die nun hierher kamen, immer noch zu sehen war. Endrik hatte seine Kleidung zusammengezurrt und ein Stück Segeltuch um die Schultern geworfen, so hatte er wenigstens einen kleinen Schutz vor dem Wetter.

Als er zurückschaute, sah er auf dem Kreidefelsen die Ruine des Leuchtturms, der wie ein Mahnmal über den Felsen thronte. Zu Füßen der Klippen befand sich ein weißer Sandstrand, der
64

sich bis zum Horizont ausbreitete, unterbrochen nur durch ein paar Felsen, die sich von den aufragenden Kippen gelöst hatten.

Vorsichtig bewegte Endrik sich an einer Klaff entlang zum Strand, von hier aus bewegte er sich zu beiden Seiten der Küste weiter, sammelte das verstreut liegende Treibholz ein. Das gefundene Strandgut stapelte er am Eingang zum Strand zu einem kleinen Haufen, der durch Endriks Fleiß schnell wuchs. Mehrfach machte er sich auf, um das teilweise sperrige Holz auf den Haufen zu schleppen. Der Regen und der Wind hatten mittlerweile etwas nachgelassen, sodass er weiter den Strand entlangsehen konnte als zuvor. Als er sich erneut aufmachte, merkte Endrik erst gar nicht, wie weit er sich von dem Einstieg zum Strand entfernte hatte, die verbliebenen Regenschwaden nahmen ihm immer wieder den Blick zum Einstieg, der ihm als Landmarke diente. Als Endrik sich das nächste Mal umdrehte, erkannte er, dass er sich ein gehöriges Stück entfernt haben musste, denn den Weg konnte er beim besten Willen nicht mehr erkennen. Etwas weiter voraus zeigte eine dunkle Stelle in den Klippen eine Vertiefung an, ja vielleicht sogar den Eingang zu einer Höhle, hier würde er mit etwas Glück ein wenig trockenes Holz finden und sich kurz vor dem Wind verstecken und aufwärmen können. Die Kälte hatte sich wie eine schwere Decke über ihn gelegt und ließ jeden Schritt, den er im Sand machte, schwerer werden. Endrik näherte sich der Vertiefung, so schnell es das unwirkliche Wetter zuließ und er erkannte, dass es sich tatsächlich um eine Höhle im Felsen handelte. Unter einer leicht vorspringenden Klippe hatte das Wasser eine längliche Höhle in den Felsen gewaschen, spitze Steine erschwerten seine Schritte, immer langsamer und ermüdender war das Vorankommen. Als Endrik die Höhle gerade erreicht hatte, verspürte er ein leichtes Zittern, fast ein Vibrieren, welches ihn in seiner Tasche unbewusst nach dem Sapal tasten ließ. Verwirrt starrte Endrik in das blaue Juwel, in dem sich erneut ein tanzendes Kaleidoskop von blauen Farben zeigte. Fast wie Schneeflocken an einem Wintertag tanzten die blauen Funken vor seinem geistigen Auge und Endrik verlor sich langsam in einer blauen Masse aus Zeit und Raum. Es war, als würde er in der hintersten Ecke des Juwels Bewegungen und Stimmen wahrnehmen, die im etwas zuflüstern wollten, dies aber immer ganz knapp unter der Hörschwelle, sodass er immer kurz vor der Erkenntnis stand, was die Stimmen ihm sagen wollten, allerdings entglitt ihm die Erkenntnis sofort wieder, wenn er versuchte, sich den Stimmen zu nähern.

Verlorenheit. Erwartungen. Liebe. Hass. All jenes sah Endrik in einem Augenblick im Inneren des Steins. Er wusste, dass etwas passiert sein musste, die Stimmen ließen so viel zu, dass er erkannte, dass Gefahr drohte. In welcher Art blieb ihm jedoch genauso verborgen wie das Verstehen der Stimmen, die eindringlich seinen Geist quälten.

Irgendwann brach der Kontakt ab und er blickte von seinem Juwel auf, die Sonne war schon längst untergegangen. Es musste einige Zeit vergangen sein. Was für ihn wie der Bruchteil einer Sekunde war, waren offenbar mehrere Stunden gewesen, die er in Trance in dem Juwel verbracht hatte.

Schnell raffte sich Endrik auf, überrascht von dem Erlebten und eilte über den Strand auf den Einstieg zu. Dort angekommen, raffte er sein gesammeltes Holz zusammen und trug es auf den Armen den Hang zum Leuchtturm hinauf. Dabei rutschte er immer wieder auf dem feuchten Sand und den glitschigen Felsen aus.

Zuerst entdeckte Endrik nichts Auffälliges. Der alte Leuchtturm stand wie auf einem Gemälde vor dem zunehmenden Mond, der gerade genug Licht spendete, dass Endrik den Weg zur Ruine finden konnte. Doch als er näher kam, fiel ihm sofort auf, dass etwas nicht stimmte, weder die Pferde noch seine Zieheltern waren zu sehen. Die drei Pferde hätten eigentlich weit sichtbar vorne, am Eingang des Turmes, festgebunden zu sehen sein müssen, doch er erkannte keine Pferde, kein Feuer und auch seine Eltern zeigten sich nicht.

Eine tiefgreifende Angst machte sich in dem Jungen breit. Irgendwas stimmte hier ganz und gar nicht, passte nicht in das Bild. Er ließ sein gesammeltes Holz fallen und rannte, so schnell er konnte, zum Eingang der Ruine, eine Ahnung hatte sich in seinem Hinterkopf eingepflanzt, zermarterte ihn, ließ seine Angst immer stärker werden. Tränen mischten sich mit Angstschweiß und brannten in seinen Augen, verwischten seine Sicht.

„Vater, Mutter?", rief er in die Dunkelheit und begab sich langsam in den Vorraum des Leuchtturms. Das Licht einer schwachen Laterne drang aus dem Inneren hervor und markierte die Stelle, an dem Robert das Lager aufgeschlagen hatte. Noch immer sah er nichts von seinen Eltern. Langsam bewegte sich Endrik auf das Licht zu. Am Boden liegend zeigte sich schemenhaft eine Gestalt. Dann erkannte er in einer Lache aus Blut liegend seinen Ziehvater, Robert, das Schwert noch in der Hand haltend. Eine Brustwunde zeigte sich durch die aufgerissene Kleidung, dunkles Blut quoll aus der Wunde und färbte sein Wams in ein fast schwarzes Rot. Erstarrt vor Angst verharrte Endrik, blickte auf seinen Vater hinab. Er war sich sofort klar darüber, dass er nichts mehr für ihn tun konnte. "Mutter?" Endriks Blicke durchsuchten erschrocken den Raum in der Hoffnung, seine Mutter lebend und unversehrt zu finden. Er rannte durch die Ruine, fand sie aber nicht. Immer verzweifelter rief er nach ihr, suchend nach einem Lebenszeichen. Erst als er die untere Etage verlassen hatte und sich in Richtung der Zwischenetage des Turms begab, sah er seine Mutter sitzend an einer Wand lehnend, ihre Hände blutverschmiert auf den Unterleib drückend. Blut sickerte langsam durch ihre Finger

68

und verströmte ihr kostbares Leben auf dem kalten Lehmboden. Endrik eilte zu ihr und nahm sie in den Arm. Jeder Herzschlag pumpte mehr ihres Lebens und ihres Bewusstseins aus ihrem geschwächten Körper in die kalte Nacht.

„Mutter, wer war das, was ist passiert?", quetschte Endrik zwischen seinen Tränen hervor.

„Kirchenmänner, Priester, sechs an der Zahl", hauchte Amalia immer schwächer werdend, sie erhob ihre blutverschmierte Hand und tastete nach seinen blonden Haaren.

„Warum? Das wird schon wieder, ich hole Hilfe, halte durch, du schaffst es, Mutter", weinte Endrik verzweifelt, sich bewusst werdend, dass nie rechtzeitig Hilfe da sein würde. Von seinem Vater wusste er, dass die nächste Siedlung mindestens drei Tagesmärsche entfernt war, und außerdem war dort kein Heiler zu finden.

„Mein Endrik", strich Amalia mit ihrer blutverschmierten Hand durch das blonde Haar ihres Ziehsohns, „glaubst du, der Vorfall auf den Trois-Ebenen sei so schnell vergessen? Wir wussten, dass sie uns suchen würden. Es tut mir leid, mein Endrik, wir haben dich aufgezogen wie einen Sohn, aber das bist du nicht." Zwischen den einzelnen Silben sickerte Blut zwischen ihren Lippen hervor, das Leben entrann merklich immer schneller ihrem geschwächten Körper.

„Ich verstehe nicht, Mutter", drückte Endrik die Worte hervor, seine Stimme zitterte in Trauer.

„Seglin, gehe nach Seglin. Finde Pedro Alfaro, den Gardisten, den Sarrazen, versprich es." Endrik nickte, ohne es zu merken, leistete einen Eid, an den er sich von nun an gebunden fühlte.

„Ja, Mutter."

„Mein Sohn." Amalia hauchte ihre letzten Worte, in den Armen ihres Ziehsohnes, noch eine Träne rollte zwischen ihren Lidern hervor, dann verschlossen sie sich mit einem Seufzer. Endrik schrie in Verzweiflung auf, Blut klebte an seinen Händen, als er sich die Tränen aus dem Gesicht wischte. Ein kleiner Tropfen ihres Blutes vermischte sich mit einem Tropfen Wasser aus seinen Haaren, der langsam über seine Lippen rann. Erst als Endrik den Geschmack des Blutes und den metallischen Geruch bemerkte, wurde ihm die endgültige Stille des Todes, der sich wie ein Vorhang über die Szenerie gelegt hatte, bewusst. Das alles konnte Endrik nicht begreifen und wollte es auch nicht. Der Schmerz in ihm drohte, ihn zu verbrennen und immer wieder dröhnte eine Frage durch seinen Kopf, die aber keiner beantwortete: WARUM?

„Seglin, WARUM?", wiederholte Endrik immer wieder, ohne eine Antwort zu erwarten. Er wusste, dass noch eine Aufgabe vor ihm lag, bevor er sich seinem Versprechen widmen konnte. Seine Eltern hier einfach liegen zu lassen konnte und wollte Endrik nicht, er musste ihnen die letzte Ehre darbringen, den beiden geliebten Menschen, die bisher das Zentrum seines Lebens gewesen waren. Er musste sie bestatten, und nicht nur verscharren, wie es sein Vater mit dem Söldner getan hatte. Dies sollte würdevoll sein, eine stetige Erinnerung. Endrik suchte kurz in den Bündeln und Satteltaschen nach passendem Werkzeug, mit dem er die beiden Gräber ausheben konnte.

Es dämmerte schon zum Morgen, als er mit den beiden flachen Aushüben für die Gräber fertig war. Mit dem Aufgehen der Sonne legte er die letzten Steine über die Gräber in Position und steckte am Kopfende seines Vaters das alte Militärschwert in den Boden, in dessen Klinge er mit einem kleinen Stein den Namen und das Datum ihres Todes eingeritzt hatte.

„Auf dass Ihr in Frieden ruhen werdet." Endrik sprach die letzten Worte mit Tränen in den Augen, ihm war bewusst, dass er hier wegmusste. Er hatte schon zu viel Zeit hier verbracht. Den Häschern der Kirche musste klar sein, dass er noch irgendwo sein musste und sie würden ihn sicherlich suchen kommen. Vor allem die Priester waren dafür bekannt, mit ihren Juwelen die Spur von Flüchtigen über Tage verfolgen zu können, aus diesem Grunde wunderte sich Endrik auch, dass sie ihn nicht sofort gefunden hatten. Aber vielleicht hatte es ja etwas mit seinem Sapal zu tun. Er würde sich mehr über die Fähigkeiten der

Juwelen informieren müssen, das war ihm klar geworden.

Seine Mutter hatte gesagt, er solle nach Seglin gehen, aus Erzählungen seiner Pflegeeltern wusste er, das Seglin eine große Hafen- und Handelsstadt war. Er wusste auch, dass er sie ohne ein Boot nie erreichen würde, Seglin lag auf einer Insel. Soweit er wusste, war aber im Südwesten vom Nordkap die Stadt Trevilka, von dort würde er sicher eine Passage nach Seglin ergattern können. Leider war kein Geld mehr in den Sachen seiner Eltern zu finden. Die Patrouille musste das wenige Geld, was ihnen geblieben war, gefunden und mitgenommen haben. Sein Vater hatte sicher dafür gesorgt, dass sie diese Reise nicht mittellos angegangen waren. All diese Gedanken schwirrten Endrik in seinem Kopf herum, als er sich mit einem kleinen Bündel der wichtigsten Dinge, die er noch finden konnte, auf den Weg nach Südwesten machte. Als Stock diente ihm dabei sein Schwert, welches er vor so langer Zeit von seinem Vater überreicht bekommen hatte, die Scheide verkratzte dabei zwar, aber das war ihm in dieser Situation egal. Endrik würde die Erinnerung an seine Eltern hochhalten und obwohl er ein friedliebender Junge war, kamen Rachegelüste gegen die Priester in ihm hoch, die seinen Eltern dies angetan hatten. Er nahm sich vor, dass er seine Eltern rächen würde, wenn er sein Versprechen seiner Mutter gegenüber eingelöst hatte. „Finde Pedro."

Die Morgensonne schien dieses Mal von einem blauen Himmel, der Wind war verstummt und kleine Schwaden Nebel legten sich wie ein Leichentuch über das Land. Endrik schaute noch einmal zurück, die Grabhügel grenzten sich dunkel vom blauen Himmel ab, genauso wollte er es in Erinnerung behalten, ein Ort, an dem sein Schicksal geprägt wurde.

Garion reiste mit kleinem Gepäck, keiner aus der Theokratie sollte und durfte erfahren, wohin er sich begab. Er war sich sicher, er musste den Erben finden, um dem Reich wieder eine Zukunft und Hoffnung zu geben. Nur mit einem Erbe des Broda, der auch noch die Geheimnisse der Sapale beherrschte, würde er dem Erzprälaten Kontra bieten, und dem Reich die benötigte Stabilität geben können.

Er konnte sich noch gut an den Tag erinnern, als der Kammerdiener den Stein für den Test zu dem Kind brachte und dieser in einer Art und Weise reagierte, die jeden überraschte. Ein Glühen oder auch mal ein Funke waren zwar selten, aber durchaus als normal anzusehen und die damit auffallenden Kinder wurden meist zu Priestern ausgebildet oder in bestimmte Heime aufgenommen, damit sie weder sich noch anderen durch ihre Fähigkeiten schaden konnten.

An dem berüchtigten Tag wurde der Sapal dem Kind wie immer auf die Stirn gelegt, dabei erstrahlte der Sapal in einem hellen Licht, alle Anwesenden waren von der Reaktion minutenlang geblendet und konnten nichts mehr sehen, so etwas war noch nie bei einem Test geschehen. Schnell war allen klar, dass dieses Kind etwas Besonderes im Königshaus sein würde und dass es vor dem Zugriff der Kirche geschützt werden musste. Sollte der Erzprälat herausfinden, was hier passiert war, würde der Junge keine drei Tage überleben, und dass er es herausfinden würde, war allen Anwesenden klar. So beschlossen alle in Übereinkunft mit dem König, der nun nicht nur den Verlust seiner Frau zu betrauern hatte, das Kind vom Hauptmann der Wache, Pedro, an einen Ort bringen zu lassen, wo der Knabe sicher sein sollte. Außerdem sollte Pedro sein Wissen verbergen und unter keinen Umständen durfte er sich in die Fänge der Kirche begeben, damit der Aufenthalt des Erben so lange wie möglich sicher und geheim bleiben würde. Garion wusste, dass Pedro nahe der Wüstenstadt Kadachi geboren worden war und die Sarrazenen eine besondere Bindung zu ihrer Herkunft hatten, also sollte er dort mit der Suche nach ihm beginnen, in der Hoffnung, dass die alten Verhaltensstrukturen der Sarrazenen ihn leiten würden. Garion beschloss, nur einen Menschen mitzunehmen, wenn dieser zustimmen würde. Er konnte sonst keinem anderen trauen.

Kloth, ein ehemaliger Gardist und Gelehrter, der einer der Erfahrensten im Umgang mit den Sapalen in der Garde war, war ideal dafür. Er war gerade zu ihm unterwegs, um ihn zu überzeugen, seine Suche zu begleiten. Kloth hatte damals im Streit mit ihm die Garnison verlassen, aber in der Zeit danach war er Garion ans Herz gewachsen, da Kloth immer wieder ein Quell an Wissen und zu einem Gewissen für ihn geworden war. Garion wusste, dass er den alten Mann im Hof der Bibliothek finden würde, hier ging Kloth seit Jahren seinen Studien in Bezug auf die Sapale nach. Die Bibliothek lag am Rand des Palastes und wurde von Priestern wie von Gelehrten benutzt. Immer, wenn Garion an einem Priester vorbeikam, versuchte er, seine Gedanken zu verschleiern, um seine Reise nicht schon zu Beginn zu gefährden. Ihm war nur allzu bewusst, wie schnell die Sapal-Kundigen einen nicht abgeschirmten Geist sondieren konnten und damit alle seine Geheimnisse enthüllten. Jahre hatte er geübt, seine Gedanken von seinen eigentlichen Zielen wegzubewegen. Zwar war es illegal, mithilfe der Sapale im Geist anderer Menschen zu schnüffeln, aber seit wann scherten sich Priester um das Gesetz?

Kloth und Garion gerieten immer wieder aus theologischen und rechtlichen Gründen aneinander, allerdings war sich Garion auch sicher, dass Kloth nicht den kleinsten Teil Sympathie für die Theokratie hatte und er ihm so vertrauen konnte. Schließlich waren die Umstände, die damals zu seiner Kündigung geführt hatten, vor allem durch Probleme mit der Theokratie entstanden, er war damals einfach seinem Gewissen gefolgt und sich selbst treu geblieben. Garion musste nicht lange durch die Säulengänge und über die edelsten, mit Marmor belegten Böden gehen, bis er seinen Freund fand, vertieft in ein paar alte Pergamente.

„Guten Tag, Kloth, was machen die Studien?", unterbrach er seinen alten Freund. Kloth war ein stämmig gebauter, kleiner, aber kräftiger Mann. Als Kleidung trug er meistens die graue Kutte der Gelehrten, die perfekt zu seinen grauen Haaren passte. Seine dunklen Augen funkelten interessiert und seine Nase schien die ganze Zeit irgendwelche Gerüche zu erschnüffeln und in sich aufzunehmen. Im Ganzen machte er den Eindruck eines gehetzten Mannes, der nur auf die richtige Zeit wartete, um loszuschlagen. Die Kutte hatte noch einen Vorteil für Kloth, sie verbarg perfekt die scharfen Dolche und sein kleines Schwert, die er immer bei sich zu tragen pflegte.

„Wie immer sind mehr Fragen entstanden als Antworten. Ich verstehe einfach nicht, warum die Sapale sich jeder fassbaren Untersuchung widersetzen", murmelte Kloth mit einer aufgeweckten hellen Stimme, sein Blick blieb dabei auf den kleinen Sapal geheftet, der in seiner Hand lag.

„Wie immer kann ich dir dabei nicht helfen. Vielleicht solltest du die Priester fragen", lächelte ihn Garion an.

„Du bist sicher nicht zu mir gekommen, um mit mir über meine Studien zu reden, was willst du

76

heute von mir?", genervt blickte Kloth auf seinen Freund, der sich demonstrativ vor ihm aufgebaut hatte.

„Wie immer hast du recht, ich will nicht mit dir reden, ich habe eine große Bitte, erinnerst du dich an die Geburt des Prinzen?"

„Wie könnte ich es je vergessen, als ein Neugeborenes mit einem Sapal beinahe einige der einflussreichsten Leute im Reich geblendet hatte." Ein Grinsen konnte Kloth nicht verbergen und er versuchte es auch gar nicht. Aufmerksam blickte er sich um, schaute, ob sie jemand beobachtete.

„Ich will ihn suchen." Die Beiden schauten sich einige Sekunden schweigend an.

„Nach all den Jahren. Wie kommt es?" Kloth schien nicht sehr interessiert, aber seine Augen begannen förmlich zu leuchten und Garion wusste, dass er das Interesse seines Freundes geweckt hatte.

„Ich glaube... Nein, ich weiß, der Erzprälat wird versuchen, die Macht innerhalb eines Jahres an sich zu reißen und was dann mit dem König passiert, ist dir ja wohl klar."

„Du hast also ein Problem und kommst zu mir, weil du sonst keinem trauen kannst, armer Minister." Seine Ehrlichkeit war wie immer gnadenlos, zeigte aber auch, dass Kloth seine Auffassungsgabe mit Begeisterung einsetzte.

„Hilfst du mir, Gelehrter Kloth?", bat Garion.

Kloth legte das vor ihm liegende Manuskript beiseite und blickte Garion mit festem Blick an: „Es gibt nur einen Grund, warum ich das machen würde, ich will wissen, was damals mit dem Sapal passierte und dafür brauche ich den Jungen, nur er kann mir helfen, es zu verstehen. Ja, ich helfe dir."

„Gegen zwei am Westtor, kleines Gepäck. Ich besorge Pferde und Proviant", bemerkte Garion, mit sich zufrieden. Garion war sich bewusst, dass sich hier ein Konfliktpotential aufbaute. Kloth hatte ausdrücklich gesagt, dass er nur seinen eigenen Bewegründen folgen würde. „Dann sollten wir aufbrechen. Ich hole dich heute Nachmittag ab." Garion verneigte sich knapp und drehte sich um, er hatte noch ein paar Utensilien für die Reise zu organisieren. Im Großen und Ganzen war das Gespräch so verlaufen, wie er es sich gedacht hatte, mit einer Ausnahme, sein Freund würde ihm die ganze Zeit einen Spiegel vorhalten und ihn mit Haarspalterei zu ärgern versuchen, darüber war sich Garion bewusst.

Gegen zwei Uhr nachmittags trafen sich die Beiden auf dem Platz vor dem Westtor. Garion führte zwei Schimmel der Garde an der Leine, die er sich aus der Garnison geliehen hatte. Die Satteltaschen waren schwer bepackt, an der linken Seite der Sättel baumelte je ein Schwert und ein Bogen, die Standardausrüstung der Garnison. Kloth schaute voller Unbehagen auf die Waffen:

„Standardausrüstung der Garde, wie ich sehe." Alte Gewohnheiten konnte Garion eben schlecht ablegen.

„Wir haben es schließlich eilig", kommentierte Garion kurz, stieg auf sein Pferd und wartete, dass es ihm Kloth gleichtat, damit sie die Reise beginnen konnten.

„Darf ich fragen, wohin wir reiten?" Kloth war sich klar, dass er sich auf eine Sache eingelassen hatte, die eine gewisse Zeit in Anspruch nehmen würde, wie lange, würde er trotzdem gerne anhand von Eckdaten einschätzen können.

„Sicher, ursprünglich sollte Pedro nach Seglin gehen und dort auf neue Befehle warten." Garion hatte Mühe, sein Grinsen zu verstecken.

„Ursprünglich?"

„Er verschwand nach kurzer Zeit, meine Agenten verloren ihn am Hafen. Er hat sich uns entzogen, ich hatte aber damit gerechnet und war damals ehrlich froh darüber."

„Und wohin begeben wir uns jetzt, wenn wir ihn verloren haben? Oder denkst du, er erwartet dich in voller Uniform zum Rapport?", hakte Kloth nach, seinem Ziel immer noch nicht näher als zuvor.

„Nun, er ist ein Sarrazen, ich denke, wir versuchen es in seiner alten Heimat." Kloth zügelte sein Pferd, zu überrascht war er diesmal.

„In die Kadachi–Wüste, na dann. Du weißt, wie weitläufig sie ist, und dann einen einzelnen Mann suchen." Kloth kannte nur zu gut die Berichte und Legenden, die es über diese Gegend gab, in letzter Zeit waren viele Reisende überfallen und von Beduinen getötet worden. Er war sich daher darüber im Klaren, dass es nicht ungefährlich werden würde, gerade wegen der Beduinen-Stämme, die sich gegen alle Obrigkeiten auflehnten. In diesen Stämmen konnte ein Mann sehr gut untertauchen, vor allem, wenn er dort geboren war.

Endrik taten die Füße weh. Ohne Pferde, beladen mit seinen Habseligkeiten, war er drei Tage nach Südwesten marschiert, drei Tage, an denen er am Rande der Trois–Ebene und der Küste entlang marschierte. Er war der Küste gefolgt, um schließlich, kurz vor der Dämmerung, Trevilka am Horizont auftauchen zu sehen. Rauchschwaden von Feuern legten die gesamte Gegend in einen grauen Dunst, selbst das Grün der Blätter schien nicht so rein wie sonst üblich zu sein. Schon von weitem roch man diese Hafenstadt. Der Müll der Fischerei und der Unrat der Bürger tauchten die Gassen in einen Gestank, der einem die Tränen in die Augen trieb. Durch den Schein der Laternen, die in der Stadt brannten, wurde der Himmel erhellt wie unter einer Glocke und es schien, als ob ein Heiligenschein über der Stadt stehen würde.

Als Endrik das Stadttor passierte, schlug ihm der Gestank wie eine Mauer entgegen, Unrat, Fischabfälle und der Müll tausender Menschen türmten sich in den Gassen zu Bergen auf. Wie konnte ein Mensch nur in dieser Umgebung leben, fragte er sich nicht nur einmal. Hätte er sein Ziel nicht klar vor seinen Augen gehabt, wäre er dieser Stadt weit ausgewichen. So machte er sich ohne lange zu warten auf den Weg in den Hafen, um eine Passage nach Seglin zu ergattern. Die Promenade war erfüllt von handeltreibenden Kapitänen und deren Besatzungen, die ihre Waren neben ihrem Liegeplatz aufgestellt hatten. Man sah Datteln aus der Kadachi-Wüste, Gewürze und Farben, Stoffe und Juwelen, alles zusammen stand im Kontrast zum widerlichen Gestank der toten Fische, der Fäkalien und des anderen Unrats, den Endrik erst gar nicht genauer definieren mochte.

Endrik bewegte sich unsicher an den einzelnen Ständen der Händler vorbei, immer Ausschau haltend nach einem Boot oder Schiff, das möglicherweise in seine Richtung aufbrechen würde. Allerdings wusste er nicht, nach was für einem Gefährt er Ausschau halten musste. Die ersten Händler, die er einfach fragte, betrachteten ihn nur mit Unwissen und Kopfschütteln. Einer der Seemänner gab ihm schließlich den Tipp, im „Verlorenen Anker", einer Spelunke, zwei Minuten vom Hafen entfernt, nach einer Passage zu fragen. Endrik machte sich also erneut durch die verdreckten Straßen auf, die Spelunke zu finden, was ihm dank der Beschreibung, die er bekommen hatte, auch leicht gelang.

Endrik betrat neugierig und etwas nervös die Kneipe. Ihm schlug ein Geruch aus abgestandenem Alkohol und kaltem Pfeifentabak entgegen, was eine willkommene Abwechslung zum Gestank der Straßen war.

Hinter der alten, abgenutzten Theke beugte sich ein fettleibiger Wirt über dreckige Gläser, die er notdürftig mit einer undefinierbaren Brühe im Waschtrog zu reinigen versuchte. Auf der anderen Seite trug eine nicht minder dickliche Frau mit Schürze Humpen voll Groeg zu den Gästen. Der Wirt sowie seine Bedienung passten gut zum Interieur der Spelunke und zu den wenigen Gästen die sich an den alten Tischen aufhielten.

„Guten Abend", wandte sich Endrik an den Wirt, der kaum von seinen Gläsern aufblickte, „ich brauche eine Passage nach Seglin, man sagte mir, ich solle hier danach fragen." Der Wirt schaute nur flüchtig auf sein Gegenüber, mit einem Nicken zeigte er auf einen Mann in der hintersten Ecke der Kneipe: „Frag Kapitän Rolfes."

„Danke." Endrik näherte sich dem Seebären in der hintersten Ecke. Der Bart des Mannes war gelb von dem Tabak, den er aus einer großen Pfeife genoss. Die Haut war gegerbt von Sonne und Salzwasser und seine schlohweißen Haare wellten sich unter seiner Kapitänsmütze hervor. Die Kleidung zeigte Ränder von dem Salzwasser der Gischt, die während der Reisen aufgewirbelt worden war.

Kapitän Rolfes schaute kurz von seinem Humpen auf, als sich Endrik vor seinen Tisch stellte. Seine Augen zeigten das wache, aufmerksame Funkeln eines Mannes, der durch seine Erfahrungen geprägt worden war und der unzählige Probleme gemeistert hatte, aber der auch seinen Willen und seine Entscheidungen durchzusetzen wusste, da er sich seiner Verantwortung bewusst war.

Endrik war zu recht leicht verunsichert, als er vor diesem Mann stand: „Entschuldigen Sie, Kapitän, ich wollte Sie fragen, ob es möglich ist, mich mit nach Seglin zu nehmen."

Rolfes schaute den Jungen eindringlich an, schien ihn mit seinen Augen zu durchbohren, als versuchte er, die Seele seines Gegenübers zu durchdringen.

„Wir laufen um vier Uhr morgens aus. Zwanzig Taler. Wer zu spät kommt, bleibt da, Geld ist vorher zu entrichten", grummelte der Seebär, senkte seinen Blick wieder auf den Humpen und nahm einen tiefen Schluck.

„Entschuldigen Sie, Kapitän, aber ich habe kein Geld", gestand Endrik dem Mann etwas verlegen.

„Ohne Geld keine Passage", tat Rolfes die Sache ab.

„Ich dachte, ich könnte für Sie Arbeiten erledigen und mir die Überfahrt verdienen", versuchte Endrik es verzweifelt, dabei wippte er verlegen von einem Fuß auf dem anderen.

Der Kapitän blickte erneut auf, wischte sich mit seinem schweren Ärmel den Mund ab und fixierte den jungen Mann vor ihm. Irgendwie schien er Mitleid mit dem Jungen zu haben, denn seine Augen flackerten auf und wirkten plötzlich interessiert.

„Das ist nicht gerade üblich." Die tiefbraunen Augen des Mannes durchbohrten Endrik. „Nun gut, ich kann einen Küchengehilfen gebrauchen", überlegte er, in der Hoffnung, dass Endrik einen Rückzieher machen würde.

„Ich werde gut arbeiten und alles tun, was sie mir sagen, Kapitän", sagte Endrik demütig. Rolfs fixierte Endrik erneut aufs Schärfste und versuchte hinter die Fassade des Jungen zu blicken, sah dabei aber nur einen verwahrlosten jungen Knaben, der in dieser erbarmungslosen Stadt untergehen würde, dessen war sich der Kapitän sicher.

„Ich glaube dir ja, sei pünktlich am Hafen, das Schiff heißt Viktoria." Das Grinsen beim Aussprechen des Namens war deutlich zu sehen.

„Dürfte ich jetzt schon… Ich habe keine Unterkunft", versuchte es Endrik erneut, sich bewusst,

84

dass er viel von dem unbekannten Kapitän verlangte.

„Nun gut, sage dem Zahlmeister einen Gruß von mir, er soll deine Hängematte in den vorderen Laderaum schaffen." Rolfes Blick schien Endrik zu durchdringen, als er ihm die Erlaubnis erteilte.

„Ich danke Ihnen", verneigte sich Endrik vor dem Seebären.

„Dank mir erst, wenn wir angekommen sind", sagte Kapitän Rolfes verheißungsvoll und winkte den jungen Mann mit einer eleganten Bewegung weg, widmete sich wieder seinem Humpen. Endrik schaute sich beim Verlassen der Spelunke nochmal um und ging Richtung Hafen davon, dass es so einfach sein würde, eine Passage zu bekommen, hätte er nicht gedacht.

Nach kurzer Suche fand er die Viktoria am Kai liegend. Der alte Kahn war ein Zweimaster, seine besten Tage hatte das Schiff wohl schon einige Zeit hinter sich. Die Farbe blätterte vom von der Sonne und dem Meer verblassten Holz und die Bugfigur, ein goldenes Reh, zeigte nur noch Spuren des Blattgoldes, das einst verwendet worden war. Die Farben auf dem Holz des Seglers blätterten an vielen Stellen ab und hinterließen beim Betrachter einen nicht sehr zuverlässigen Eindruck.

Wenn man davon absah, dass Endrik die dreckigsten Arbeiten entrichtete und abends nach einem anstrengenden Tag völlig müde und erschöpft in seine Hängematte fiel, war die vierzehntägige Überfahrt für ihn recht kurzweilig. Endrik freundete sich oberflächlich mit einigen Seeleuten an. Der Smut, ein drahtiger, älterer Mann, hörte sich gerne reden und Endrik erfuhr so einiges über seinen Zielhafen, die Handelsstadt Seglin.

Seglin war eine große Hafenstadt, als Handelszentrum der Nordterritorien war sie Umschlagplatz für allerlei Güter und Waren, außerdem war Seglin ein kultureller Kessel, alle möglichen ethnischen Schichten fanden sich in der Stadt ein, um Handel zu treiben. Berühmt war die Stadt auch für ihren Markt, auf dem auch einige der größten Handelshäuser ihren Sitz hatten. Egal, was man in Seglin kaufen wollte, man bekam es auf dem Markt. Nach Gerüchten, die der Smutje erzählt hatte, gab es auch einen geheimen Markt für Sklaven, deren Handel im ganzen Reich untersagt war.

Über alles wachte der Klerus mit einem großen Kloster und einer Garnison vor den Toren der Stadt. Außerdem waren im Hafen zwei mächtige Kriegsschiffe der Kirche stationiert, sicherten die Handelswege und sollten ursprünglich ein Garant für den freien Handel in Seglin sein. Sie waren in der Zwischenzeit aber ein Druckmittel geworden, um Händlern und Reisenden die Politik der Kirche, und damit die Steuer, aufzuzwingen. War Trevilka dreckig, so war Seglin eine Jauchegrube, nicht nur, dass die Gassen als Kloake genutzt wurden, in dieser Handelsstadt blühte die versteckte Seite der Wirtschaft seit Jahrhunderten; Raub, Diebstahl und Erpressung. Je mehr die Kirche versuchte, ihre Macht in dieser Stadt durchzusetzen, desto mehr blühte die Unterwelt auf und desto mehr wurde versucht, Geld an den Steuereintreibern vorbeizubringen, auch das hatte Endrik erfahren. Aufgrund all dieses Wissens sah Endrik dem Aufenthalt in Seglin nicht freudig entgegen, vielmehr hoffte er, dass er schon bald diesen Schandfleck verlassen konnte. In seiner freien Zeit beschäftigte sich Endrik mit seinem Sapal, er erkannte, dass dieser Stein eine Linse für Gedanken und Energie war. Er teste Verschiedenes mit seinem Stein, zum Unmut der Seeleute passierten ihm dabei einige Missgeschicke, Seeleute schliefen plötzlich ein, Lampen erloschen und schließlich wurde die Tagessuppe auf einen Schlag saurer, nachdem er versucht hatte, sie mit Hilfe seines Sapals zu erwärmen, sodass er vom Kapitän ein Verbot erhielt, den Stein während der Reise nochmals anzufassen. Endrik konnte sich aber nicht an dieses Verbot halten, der Stein übte eine unbändige Anziehungskraft auf ihn aus.

„Junger Endrik", rief der Kapitän am dreißigsten Tag ihrer Reise über das Vorschiff hinweg.

„Kapitän?", er eilte auf den Kapitän zu, so schnell
es der Seegang und das feuchte Deck gestatteten.

„Junger Mann, in ein paar Stunden sind wir in
Seglin. Ich will es gerade heraus fragen, wisst Ihr,
wohin Ihr gehen werdet?", es war das erste Mal,
dass der Kapitän Endrik bewusst beachtete.

„Ich suche einen Mann mit Namen Pedro, der
wohl mal mit meinem Vater in der Garde des
Königs gedient hatte."

„Es ist schade, dass Ihr gehen wollt, einen fleißi-
gen, jungen Mann wie Euch kann ich gebrauchen. Der Smut hat mir berichtet, wie fleißig Ihr
gewesen wart, ich stehe zu den Leuten, die mir
positiv auffallen." Rolfes kramte in den Taschen
seines Südwesters. „Hier, das ist für Euch. Ihr
habt Euch als nützlich erwiesen, ich hatte gehofft,
Ihr bleibt an Bord. Abzüglich der Passage natürlich." Rolfes gab Endrik einige kleine Münzen in
die Hand.

„Ich muss einfach weiter, Kapitän." Endrik über-
blickte kurz die paar Münzen, die der Kapitän ihm
in die Hand gelegt hatte, ein Reichtum war es
nicht, aber ein Zimmer und eine Mahlzeit würden
mit dem Geld möglich sein. Es war ein Anfang, er
war nicht mehr mittellos und konnte sich zumindest etwas leisten.

„Wenn Ihr je eine Anstellung braucht, dann meldet Euch bei mir", Rolfes überlegte kurz. „Zu eu-

rer Suche, wenn er ein alter Soldat war, versucht es im Handelshaus Kois, der Besitzer, Lord Kois, war früher Diplomat und Attaché im Dienste des Königs, wenn Euch einer hier helfen kann, dann er."

„Ich danke Euch, Kapitän." Endrik hielt dem Kapitän seine Hand hin, die dieser jedoch ausschlug und sich mit einem Lächeln entfernte.

Endrik schaute noch ein wenig hinterher, wie sich der Kapitän mit staksenden Schritten in Richtung des Achterdecks auf den Weg machte. Nachdenklich über das Gesagte ließ der Kapitän Endrik zurück, der sich ernsthaft fragte, ob er das Angebot nicht hätte annehmen sollen, war ihm das Schiff in der vergangenen Zeit doch ans Herz gewachsen.

Erzprälat Daniel saß über seinen Berichten der letzten zwei Wochen der Steuereintreiber und Agenten des Reiches. Immer wieder schüttelte er den Kopf und zeigte sich unzufrieden mit den Zahlen. Es hätte viel mehr an Steuern sein müssen, die die Kirche von den Landbesitzern eintreiben hätte müssen, schließlich hatte er eine große bürokratische Einrichtung zu finanzieren. Vor allem aber war ihm ein Bericht über einen Einsiedlerhof ins Auge gestochen. Dabei war einer seiner Soldaten ums Leben gekommen und der Eintreiber, ein nicht ganz untalentierter Priester, musste fliehen, um sein Leben zu retten.

Der Sohn der Familie hatte eine eigenartige Ähnlichkeit mit König Broda, zwar waren die Angaben des Priesters ungenau, aber vernachlässigen durfte er diesen Bericht nicht, vor allem weil der Vater des Jungen sich vehement gegen eine Überprüfung des Jungen gewehrt hatte. Als Nächstes fiel ihm der Bericht desselben Priesters auf, der die flüchtige Familie in einem alten Leuchtturm am Nordkap dingfest gemacht hatte und sie ihrer gerechten Strafe zugeführt hatte, der flüchtige Sohn der Familie war jedoch nicht auffindbar gewesen und auch in der näheren Umgebung nicht gefunden worden, obwohl der Priester mit seinem Sapal die Gegend gründlich sondiert hatte. Erzprälat Daniel wollte aufgrund dieser Berichte mehr über die Ereignisse um den Jungen erfahren. Ihm war nur zu gut in Erinnerung, dass der Sohn des Königs aus seiner Reichweite geschafft worden war, das passte ihm gar nicht, vor allem, weil er nun seit Jahren allen Hinweisen auf den Bengel nachging, um ihn aus dem Weg schaffen zu können, sollte er ihn nicht in einen kirchentreuen Gläubigen verwandeln oder ihn als Druckmittel gebrauchen können. Nach kurzer Überlegung begann er, ein Pergament mit Zahlenkolonnen und Ziffern zu beschreiben, seinem privaten Code, nur von dem jeweiligen beabsichtigen Empfänger zu lesen. Sicherlich hätte Daniel auch den Sapal benutzen können, aber er wusste nie, wer zuhörte, also benutzte er die alte Methode, er hatte ja Zeit.

„Diener!“, schallte seine Stimme laut im Arbeitsraum wieder, die Marmorwände verstärkten seine Stimme, die laut hallte.

„Erzprälat?“, betrat ein schüchterner Diener die Arbeitsräume.

„Ich möchte, dass Ihr diese Nachricht an die Garnison in Trevilka schickt.“

„Wie Ihr wünscht.“

„Ich denke, Ihr versteht mich nicht. Ihr werdet selbst reisen und diese Nachricht nur dem Garnisonsvorsteher übermitteln.“ Der Diener verneigte sich und nahm die ihm dargebotene Nachricht ohne ein weiteres Wort entgegen.

Sich so schnell wie möglich aus der Reichweite dieses Erzprälaten entfernend, verbeugte sich der Diener rückwärtsgehend und hoffend, dass der Erzprälat nicht noch weitere Aufgaben für ihn hatte. Allen in der Nähe des Erzprälaten waren die teilweise sadistischen Vorlieben des obersten Kirchenmannes bewusst und waren froh, nicht eine seiner Aufgaben ausüben zu müssen. Erzprälat Daniel war sich sicher, dass der Junge wieder auftauchen würde, dann würde man ihn befragen und sollte er nicht von Interesse für ihn sein, würde man ihn liquidieren, schließlich war er an der Ermordung eines Untertan der Kirche beteiligt gewesen.

Sollte es jedoch wirklich der Sohn des Königs sein, so hatte er endlich mehr als nur eine Handhabe, um seinen verhassten Widersacher im Rat endlich zum Schweigen zu bringen. Vielleicht würde er dann endlich den Thron mit einem kirchentreuen Mann besetzen können. Außerdem würde er Broda so demütigen können, dass er sein Gesicht verlieren würde.

Letztendlich war es schade, dass Broda nicht doch noch geheiratet und der Krone einen neuen Erben geschenkt hatte, damit wäre einiges für ihn problemloser verlaufen.

So war er weiterhin auf den König angewiesen, denn die südlichen Regionen des Reiches konnte er immer noch nur mittels der Hilfe des Königs regieren, zu weit weg war die Region um Kadachi vom Einflussbereich der Kirche und deren Machtstrukturen entfernt. König Broda hatte dort jedoch einige gefestigte Regierungsstrukturen, die es der Kirche nicht gestatteten, die Hand nach der Herrschaft in den Gebieten auszustrecken und den König völlig aus den Regierungsgeschäften zu entfernen. Gerade die Region um Kadachi war wegen seiner Erz- und Juwelenvorkommen ein wichtiges Gebiet im Königreich.

Garion und Kloth ritten von Dubkin, der Hauptstadt, auf der einzigen befestigten Straße durch den Huck in Richtung Challons, einer der wenigen Hafenstädte am westlichen Ufer des Meers der Stürme. Von hier aus wollten sie dann schließlich Richtung Lannion reiten, um dann über die Karawanenroute nach Kadachi zu gelangen, ein weiter Weg, aber mit ihrer militärischen Ausbildung und ihren hervorragenden Pferden gut zu meistern.

Mittlerweile hatten die Beiden den großen Ausläufer des Hucks erreicht, große Bäume verdunkelten den Weg, sodass sie durch ein ständiges Zwielicht ritten. Nur an einigen Stellen drang Sonnenlicht auf den Weg. Hier tanzten tausende von stechenden Insekten, die über Reisende und Tiere herfielen, um ihren Blutdurst zu stillen. Dem Weg würden sie mindestens für drei Tage folgen müssen, ehe sie an der südlichen Waldgrenze das Giddeon-Tal durchqueren und die Landenge bei Challons erreichen würden.

„Ich muss verrückt sein, dir auf dieser Reise zu folgen", murmelte Kloth nicht das erste Mal, seit sie die Reise angetreten hatten, er schien seine Entscheidung zu bereuen.

„Gelehrter Kloth, solange wir uns kennen, hattest du einen Hang zum Wahnsinn", lächelte Garion seinen Begleiter an.

„Ich war wenigstens so klug, das Militär zu verlassen, als der Erzprälat es schaffte, die halbe Garnison zu meucheln", neckte der Gelehrte zurück.

„Wenn weniger Mitglieder unseres Militärs so gedacht hätten, wäre es dem Prälaten nicht gelungen, so weit fortzuschreiten." Garion war klar, dass viele Faktoren maßgeblich für den Anwuchs an Macht beim Erzprälaten waren, doch diese kleine Spitze konnte er sich seinem Freund gegenüber nicht verkneifen.

„Na klar, gib mir noch eine Teilschuld an der Situation." Kloth war sich bewusst, dass er nicht Schuld an der Situation war, wollte sich aber auf keine der Diskussionen einlassen, die er schon so oft mit Garion geführt hatte.

„Wir kennen einander doch und ehrlich, ein paar Leute haben es dir nie vergeben, dass du gegangen bist. Warum nur eine Teilschuld?" Garion gab seinem Pferd die Sporen und ritt aus der Hörweite seines Freundes, der ihm leise fluchend folgte, das verschmitzte Grinsen seines Freundes konnte Kloth nicht sehen.

„Und du gehörst natürlich dazu", versuchte Kloth sich noch gegen den Minister durchzusetzen und zu rechtfertigen, er hatte Garion eingeholt und wollte das Thema nicht auf sich beruhen lassen.

„Nein, ich habe dich sogar bewundert, diese Entscheidung getroffen zu haben." Verblüfft schaute Kloth seinen Gefährten an, diese Art von Ehrlichkeit war er von Garion nicht gewohnt. Er wusste, dass der Minister anderen Gesetzen folgen musste und häufig seine Bedürfnisse hinter die des Staates gestellt hatte.

„Warum hast du das nie gesagt? Wir hätten viele Streitigkeiten verhindern können.“

„Manchmal ist es besser, einen Freund zum Feind zu haben als einen Feind zum Freund“, philosophierte Garion vieldeutig.

„So viel Weitsicht von deiner Seite. Ich bin nicht überrascht, aber fühle mich wegen des Kompliments geehrt.“

„Wir sollten uns ein Lager für die Nacht suchen. Im Huck gibt es keine Gasthäuser“, versuchte Garion das Thema zu wechseln, was ihm allerdings nicht gelang.

„Und du wärst auch in keines gegangen, soweit ich dich kenne. Nur um mir mal wieder das Gardistenleben in Erinnerung zu rufen“, stichelte Kloth weiter.

Grinsend ritt Garion weiter, gefolgt von seinem alten Freund. Es dauerte keine Stunde mehr, da entdeckten sie eine kleine Lichtung, umsäumt von einer Hecke aus Dornenbüschen, zu einer Seite zeigte die wilde Hecke eine zwei Meter große Öffnung. Ein kleiner Bach rundete das Bild ab. Der Stratege in Garion erkannte sofort die Gunst der Stunde, ein idealer Lagerplatz war ihnen geschenkt worden.

„Hier bleiben wir heute Nacht“, entschied Garion aus diesem Grunde spontan.

Schnell war das spärliche Lager errichtet, trockenes Holz gesammelt und das kleine Zelt aufgebaut, sodass die Beiden vor Wind, Wetter und den Attacken der unzähligen Stechmücken geschützt waren. Während Kloth weiteres Holz für das Feuer zum Kochen besorgte und die restliche Ausrüstung vorbereitete, ging Garion auf Patrouille, die Gegend erkundend, um eventuell etwas zum Essen zu jagen. Er schulterte seinen Bogen und machte sich auf den Weg in das Dickicht des Hucks.

Nach etwa einer halbe Stunde, die sich Garion durch den Wald vorgearbeitet hatte, die Sonne warf bereits lange Schatten in einem verwirrenden Muster durch die hohen Bäume, vernahm er am Rande seiner Hörschwelle eine leise Unterhaltung. Vorsichtig tastete sich Garion voran, dabei versuchte er Lärm und Geräusche zu vermeiden. Menschen im Huck zu treffen war ungewöhnlich, dass diese auch noch freundlich sein könnten, würde an ein Wunder grenzen. Vorsichtig schlich er sich, im Unterholz versteckend, weiter in die Richtung der Stimmen. Er erkannte relativ schnell, wen er hier vor sich hatte, die Männer vor ihm trugen zerrissene Kleidung, an ihren Gürteln hingen einfache, verrostete Messer und Schwerter. Es war die Art von Männern, die den Huck als Räuber und Mörder seit Jahrhunderten unsicher machten und dem Wald aus diesem Grund den schlechten Ruf verpassten. Man sah ihnen deutlich an, dass sie nicht besonders gut genährt waren. Ihre Lumpen konnte man kaum noch als Kleidung bezeichnen. An zwei

Bäumen lehnten Bögen und Köcher. Vier Männer zählte Garion auf den ersten Blick. Ihre verrosteten Waffen hatten sicher schon bessere Zeiten gesehen, waren aber durchaus genauso ernst zu nehmen wie gepflegte Waffen, wenn sie von einem erfahrenen Mann geführt wurden.

„Der letzte zuckte noch, als ich ihm die Kehle durchschnitt", lachte ein hagerer Mann in der Mitte der Männer, „hatte aber wenigstens etwas Geld dabei."

„Das Kind nervte nur, war es nicht wert."

Garion hatte von dem Gesprächen der Männer genug gehört, auch wenn er nicht wegen den Männern hier war, konnte er sie nicht ungeschoren weiter morden lassen, immer noch war er ein Gardist des Königs, hatte Rechte und Pflichten. Diese Situation gehörte eindeutig zu einer der Pflichten, weitere Straftaten der Männer würde er unterbinden. Außerdem wurde ihm schnell klar, dass ihr Lager mit diesen in der Nähe befindlichen Männern nicht sicher sein würde, also schlich Garion zum Lager zurück, um sich kurz mit Kloth zu beratschlagen.

Auf dem direkten Weg brauchte er eine Viertelstunde, bis er im Lager angekommen war und wurde sogleich von Kloth mit neckischen Worten begrüßt: „Ahh, nichts erlegt, Garion? Das Alter macht sich wohl bemerkbar?"

„Ganz ruhig, dahinten sind Gesetzlose", flüsterte Garion zurück, Kloth mit Gesten gebietend, leise zu sein. Kloth nickte, seine Lippen waren zu einem Strich geworden, da ihm sofort klar geworden war, dass sie reagieren mussten. Ohne weiter auf Kloth zu warten, nahm er ein schweres Schwert vom Sattel seines Pferdes, befestigte dieses an seinem Gürtel und schaute Kloth erwartungsvoll an. Dieser zuckte kurz mit den Schultern und nahm sich ebenfalls sein Schwert, ergriff zusätzlich einen Bogen vom Sattel. Schweren Herzens folgte Kloth seinem Freund in den Wald, sich darüber im Klaren, dass er zum ersten Mal seit langer Zeit Blut vergießen musste. Still schlichen sich die beiden Männer an die kleine Lichtung an, Kloth legte einen Pfeil auf die Sehne des Langbogens. Er zielte nur kurz und entließ, ohne weiter zu zögern, mit einem sirrenden Geräusche den gefiederten Tod auf einen der Banditen.

Kaum schlug der Pfeil in sein Ziel ein, stürmten Garion und Kloth aus ihrem Versteck, um sich den verbliebenen drei Gesetzlosen zu widmen. Keiner der Banditen war ein wirklicher Gegner für die beiden Männer, Kloth, der als Erstes an seinem Gegner heran war, entwaffnete diesen, indem er ihm das Messer mitsamt der Hand vom Arm trennte. Noch in derselben Bewegung hieb er mit seinem Schwert auf den Mann ein und trennte ihm den Kopf vom Rumpf ab, wand sich dann zielsuchend um, im Innersten hoffend, dass ihm ein weiterer Kampf erspart blieb.

Garion hatte, wenn auch mit etwas mehr Mühe, seinen Gegner zu Boden gebracht, dieser hatte mit letzter Kraft seinen Säbel gezogen und den ersten Schlag Garions pariert. Nach einer kurzen Finte durchbohrte jedoch das Schwert den oberen Bauch des Banditen, der darauf noch kurz stöhnend zu Boden ging. Die beiden Freunde drehten sich dem noch vorhandenen Gegner zu, blickten in dessen panisches Gesicht. Obwohl sie sich darüber einig waren, die Gesetzlosen ihrer Strafe zuzuführen, waren sie keine Mörder. Allein die Tatsache, dass die anderen Bandenmitglieder tot am Boden lagen, würde verhindern, dass dieser Bandit hier weitermachen konnte. Der übriggebliebene Bandit drehte sich um und floh schreiend ohne Waffen in das Dickicht des Hucks, allein waren seine Überlebenschancen im Huck gleich null. Sollte der Wald ihm seiner Strafe zuführen.

„Ich hasse es, Leben zu nehmen. Um ihn wird sich der Huck kümmern." Kloth wischte während seiner Worte die blutige Waffe an einem der Verstorbenen ab.

„Hatten wir eine andere Wahl?"

„Ja, hatten wir, nur sind die Straßen jetzt ein klein wenig sicherer." Kloth sah man förmlich an, wie ihm das Töten zusetzte. Obwohl er Soldat gewesen war, wollte ihm dieser Teil seines Berufes nie so richtig leicht von der Hand gehen.

„Naja, zumindest hatten sie gerade etwas zu essen erlegt", deutete Garion auf den mageren Vogel, der neben den Bögen der toten Männer lag.

„Eine Ente für vier erwachsene Männer, kein Wunder, dass sie so schwach waren", grinste Kloth, nahm aber die tote Ente an sich, sie würde nun ihnen als Abendmahl dienen.

„Wie immer suchst du nach zu vielen Antworten, Kloth." Garion bewegte sich zwischen den Toten und durchsuchte sie kurz, Geld war Toten nicht mehr von Nutzen.

„Lass mich doch auch mal, irgendwann muss das Leben ja auch mal Antworten liefern." Dabei durchschnitt Kloth die Sehnen der Bögen, diese würden keinen Unschuldigen mehr zum Verhängnis werden.

„Lass uns zurückgehen, ehe es dunkel ist. Wir wollen den Vogel ja noch braten." Ohne eine weitere Minute zu verlieren, machte sich Garion und Kloth auf dem Weg zu ihrem Lager. Das Feuer war vorbereitet, Holz aufgeschichtet, Steine waren als Brandschutz um die Feuerstelle herumgelegt.
Kloth, sich seiner Aufgaben bewusst, nahm seinen Sapal aus der Tasche, konzentrierte sich auf den Edelstein und versank in den Tiefen des Juwels. Er verinnerlichte das Bild einer Flamme, stellte sich die Gegebenheiten auf atomarer und subatomarer Ebene vor und ließ, sobald er die-

100

ses Bild entwickelt hatte, seine Gedanken auf den Juwel los. Wie aus Zauberhand entstand um das Holz des Lagerfeuers erst ein klein wenig Rauch aus dem Nichts, dann eine lodernde Flamme.

„Wenn das nicht immer so anstrengend wäre", rieb sich Kloth den Schweiß von der Stirn.

„Du bist besser geworden, vor ein paar Jahren brauchtest du noch viel länger, um das Feuer zu entfachen."

„Man lernt eben nie aus", lächelte er gequält zurück.

Nachdem die beiden Männer gegessen hatten, legten sie sich schlafen, wissend, dass jedes kleine ungewöhnliche Geräusch sie wecken würde und dass aus diesem Grund eine Wache nicht wirklich nötig war. Kloth selbst betete noch für die verlorenen Seelen des Tages und hoffte inständig, dass es die letzten sein würden, die durch seine Hand verloren waren.

Seglin

Endrik fühlte sich unsicher. Die wenigen Kupfer-
münzen, die er von dem Kapitän erhalten hatte,
rieben unangenehm in seiner Hosentasche, in
seinen Ohren lagen noch die Geschichten des
Smuts, der ihm mehrfach erzählt hatte, wie gefährlich die Stadt war. Dazu kam auch noch das
Schwert, welches er auf Anraten des Kapitäns
unauffälliger an seiner Seite trug. Trotz seines
Alters machte er einen durchaus selbstbewussten, erwachsenen Eindruck auf Beobachter. Er
hatte, zum Abschied den Rat bekommen, sich
zuerst ein Zimmer in Seglin zu suchen, um dann
seine Suche nach Pedro gezielt zu beginnen.
Außerdem wurde er vom Kapitän eindringlich
gewarnt, sich aus bestimmten Stadtteilen fern zu
halten. Dass er sich in dieser Stadt überhaupt
nicht auskannte, wurde jedoch schnell klar. Trotz
größtmöglicher Sorgfalt fand sich Endrik in einem
Viertel der Stadt wieder, welches er am liebsten
gemieden hätte.

Die Straßen waren glitschig und dreckig, die
Gassen eng und dunkel. Ihm wurde schnell bewusst, dass er zurück in eine sichere Gegend
musste.

Trotz großer Mühen konnte sich Endrik jedoch
nicht erinnern, welchen Weg er gegangen war, er
wusste nur, dass er Richtung Westen in die Stadt
hineingekommen war, also müsste er Richtung

Osten erneut den Hafen erreichen, überlegte er sich. Endrik drehte sich um und versuchte den Weg, den er gekommen war, zurückzugehen. Alles sah irgendwie gleich aus. Die Straßen rochen alle gleich, die Häuser schienen ihm die Luft zum Atmen zu nehmen und von beiden Seiten der Straßen bedrohlich auf ihn zuzukommen. Er marschierte schnell, versuchte Selbstbewusstsein und Souveränität auszustrahlen. Während er seinen Weg fortsetzte, bemerkte er nicht, dass er längst beobachtet wurde und sich ein paar zwielichtige Gestalten in den Schatten der Gassen und Häuser an seine Fersen geheftet hatten. Als er merkte, dass etwas nicht stimmte, war es zu spät, er war in eine enge Sackgasse abgebogen. Beim kurzen Blick über seine Schulter bemerkte er die beiden Männer, die sich vor den dunklen Wänden der Häuser nur wenig abhoben. Dass die Beiden hinter ihm her waren, lag auf der Hand, auch war ihm klar, dass es keinen Raum für eine Flucht gab, er musste sich stellen.

„Können wir dir helfen, Jungchen?", schlich einer der Beiden mit krächzender Stimme näher, er war wohl der Anführer, der Andere folgte ihm in geringer Entfernung.

„Nein, geht schon, will zum Hafen zurück", versuchte Endrik sich an ihnen vorbeizudrücken.

„Ich glaube, da können wir dir helfen, gegen einen kleinen Wegzoll natürlich." Dabei grinsten die beiden und stellten sich fordernd in seinen Weg.

„Ich habe nicht viel Geld", versuchte Endrik sich aus der Affäre zu ziehen, seinen Fehler erkannte er zu spät, hatte er so doch zugegeben, dass er Geld dabei hatte.

„Ach, uns reicht dein Käsemesser und das, was du in den Taschen hast", deutete der Anführer auf sein Schwert.

„Das geht nicht, es ist ein Erbstück."

Grinsend schauten sich die Beiden an: „Glaubst du...."

„Hey, ihr drei, ich denke, ihr geht besser mal auseinander und der Kleine kommt mit mir. Ich habe was gegen Leichen vor meiner Tür", ließ sich eine weibliche Stimme aus dem Hauseingang zur Rechten vernehmen. Dabei störte es die beiden Diebe überhaupt nicht, dass sie nicht mehr alleine waren, sie gaben den Weg für Endrik immer noch nicht frei, schirmten ihn vielmehr noch etwas mehr ab.

„Kindchen, was willst du denn?", tönte der Wortführer in aggressiver Weise.

In dem Moment trat eine junge Frau in die Gasse, sie konnte nicht älter als Endrik selbst sein. Ihr dunkelbraunes Haar hatte einen kupfernen Schein im Zwielicht der Gasse. Ihre Haut schien einen silbrigen Glanz zu haben und ihre kleine Nase sah elfenhaft aus. Sie war etwas größer als Endrik und strahlte eine Selbstsicherheit aus, die bemerkenswert war. Auch bemerkenswert waren die drei Dolche, die glänzend an einem Ledergurt über ihrer Brust hingen, eine silberne, sternförmige Intarsie prangte auf dem Gurt und zeichnete sie als Mitglied der Diebesgilde aus.

„Euch davon abhalten, dass ihr etwas Dummes macht." Dabei stellte sich die junge hübsche Frau schützend vor Endrik.

„Wie willst du uns denn alleine aufhalten?", tönte der zweite der Diebe.

„Wer sagt denn, dass ich alleine bin?", dabei baute sich die Frau noch herausfordernder vor den Männern auf und drängte Endrik etwas unsanft zur Seite.

Die Beiden schauten sich verunsichert um: „Kommt, lasst es, der Kleine ist es nicht wert", beschwor sie die Beiden, dabei war sie merklich auf der Hut, um jede Aktion sofort abzufangen. Wahrscheinlich war es die Selbstsicherheit der jungen Frau, die sie schließlich zum Einlenken veranlasste: „Das letzte Wort ist noch nicht gesprochen in dieser Sache, du hast uns um unsere Beute gebracht", spuckte der Wortführer seine Worte in Richtung der Frau.

„Ich freue mich drauf", lächelte sie den Mann an. Endrik konnte sich nur noch wundern, so schnell, wie die Beiden aufgetaucht waren, verschwanden sie auch wieder im Grau der Stadt. Zurück blieb ein erstaunter Endrik. Zitternd musterte er seine Retterin.

„Was? Starr mich nicht an, ich wollte nur nicht, dass du hier vor meiner Tür abgestochen wirst“, erwiderte sie seinen Blick.

„Ich heiße Endrik. Und wie ist euer Name?“

„Fleur nennen sie mich.“ Noch bei der letzten Silbe drehte sie sich um und wollte in den Hauseingang zurückgehen.

„Wartet Fleur, kann ich Euch irgendwie danken?“

Seufzend drehte sie sich erneut um: „Endrik, Ihr seid ein netter junger Mann, aber wie wollt Ihr Euch bedanken, oder seid Ihr reich?“

Endrik griff in die Tasche und brachte seine paar Münzen hervor sowie seinen großen Sapal, den er schnell mit der Hand verdecken wollte. Fleur jedoch hatte den Stein schon gesehen und griff nach Endriks Hand.

„Zeigt mir, was Ihr da habt.“ Das Glitzern in ihren Augen war nicht zu übersehen, Gier und Neugier fochten einen stillen Kampf in Fleur aus.

„Der ist nicht...“, stotterte er, im Versuch, die Situation zu retten.

„Seid kein Narr, kein Mensch hat einen so großen Sapal und ist nicht zumindest in der Kirche, geschweige denn arm. Wer seid Ihr?" Fleurs Stimmung war spürbar umgeschlagen.

„Ich habe ihn gefunden. Ein Bauernsohn, nichts weiter", lenkte er schwach ein.

„Sicher und ich habe Euch gefunden." Als Fleur Endriks Hand mit sanfter Gewalt zur Seite zog, sah sie das erste Mal im Leben einen Sapal, der größer als eine Erbse war. Der Anblick überwältigte sie und kurz gewann die Habgier die Überhand und blitzte in ihren Augen auf, um gleich darauf die Erkenntnis zu erlangen, dass man eine Bindung eines solchen Sapals zu einem Menschen nicht einfach trennen konnte, sollte er eine Bindung aufgebaut haben, was noch herauszufinden war.

„Was wollt Ihr hier in Seglin, Endrik?", ihre Neugier war geweckt und dementsprechend musste sie es schaffen, sein Vertrauen zu gewinnen. Vielleicht konnte sie so den begehrenswerten Stein an sich bringen.

„Ich suche einen Freund meiner Eltern, ich habe leider nur einen Namen und weiß, dass er einst in der königlichen Garde war. Sein Name ist Pedro, der Kapitän des Schiffes meinte, ich solle im Handelshaus Kois nachfragen."

„Immer langsam, junger Mann, kommt erstmals mit, Ihr braucht etwas zu essen und einen Humpen auf den Schreck, redet nicht so viel, wenn Ihr nicht wisst, wer vor Euch steht und versteckt diesen Stein, wenn Ihr nicht wollt, dass er Euer Tod ist." Fleur drehte sich um und strebte dem Eingang zu, aus dem sie Minuten vorher erschienen war.

Endrik folgte Fleur in den Hauseingang, die Dunkelheit verschluckte die Beiden auf der Stelle. Der Anschein, dass alles hier eng und düster war, änderte sich schnell. Der dunkle Eingang weitete sich nach kurzer Zeit, Treppe um Treppe führte tiefer unter die Stadt, einem Labyrinth gleich. Aber anstatt enger zu werden, wurden die Gänge und Räume zu beiden Seiten immer weiter und wurden durch immer mehr helle Laternen beleuchtet. Es schien, als würden sie in eine neue Welt eintauchen. Schließlich weitete sich der Gang in eine Halle. Säulen begrenzten die Seiten, an denen Laternen ein flackerndes Licht verteilten. Zwar waren die Wände aus behauenem Granit, jedoch wirkte die Halle aufgrund der Weite wie eine über der Erde gebaute Halle. In der Halle selbst herrschte reges Treiben. An Tischen saßen zwielichtige Gestalten, die handelten und aus steinernen Krügen tranken. An der Kopfseite drängten sich einige Menschen um einen kleinen, dicklichen Mann, der über und über mit Schmuck behangen war.

Stürmisch stürzte sich Fleur in die Richtung des Menschenauflaufs und drängte sich durch, bis sie vor dem Mann zum Halten kam.

„Hallo Vater", begrüßte sie ihn und küsste ihn auf die Wange.

108

„Hallo meine Kleine, wer ist dein Freund?“ Er schaute dabei in Richtung Endrik, der sich dezent im Hintergrund hielt, Endrik war diese Versammlung der Gesetzlosen der Stadt nicht ganz geheuer.

„Ich habe ihn oben aufgegabelt, Fred und Klaus wollten ihn ausrauben, und das vor dem Eingang“, erklärte sie hastig.

„Aber musstest du ihm gleich mitbringen?“

„Vater, er war so hilflos“, kokettierte Fleur mit ihrem Vater und hauchte ihm wieder einen Kuss auf die Wange.

„Nun gut, aber pass auf ihn auf und zeig ʼihm, wie er sich zu verhalten hat. Ich will keinen Ärger wegen deines Freundes“, lenkte er widerwillig ein, dass ihm der Junge mit seinem Schwert nicht geheuer war, konnte man ganz klar erkennen.

„Na klar, Vater.“ Sie wendete sich erneut Endrik zu, der die ganze Szene aufmerksam beobachtet hatte. Er war sich klar darüber, dass eben etwas Wichtiges passiert war, dieser Raum musste der Stützpunkt einer Unterweltgilde sein.

„Was ist das hier?“ Endrik war überrascht von den Entwicklungen, die sich aufgetan hatten. Er hätte nie gedacht, in das Heiligste der Gilde eintreten zu können und dann noch aus einer Not heraus.

„Willkommen in der Unterwelt von Seglin. Diebe, Mörder, Erpresser und Einbrecher, alle hier versammelt, in einer eigenen Kultur, versteckt vor der Kontrolle der Mächtigen, Herrscher und Reichen, vor allem vor der Kirche. Von jetzt an stehst du unter dem Schutz der Gilde", grinste sie ihn verschwörerisch an.

„Du bist eine Verbrecherin", stellte Endrik fassungslos fest. Diese junge, hübsche Frau als Gesetzlose zu sehen, erschien ihm unsagbar schwer, doch unterbewusst war ihm klar, dass es so war, wie sie es behauptete.

„Ich bin eine Diebin und mein Vater sagt, eine gute noch dazu." Mittlerweile war ihr Grinsen zu einem unverhohlenen Lachen geworden.

„Gerettet vor Dieben von einer Diebin", sagte Endrik mehr zu sich selbst, „warum hast du das getan, mich gerettet, meine ich, und sage nicht wegen mir oder meiner hübschen Augen."

„Naja, ich war neugierig. Und nun frag nicht so viel, die Nacht wirst du als unser Gast verbringen. Hier bist du sicher. Morgen können wir dann versuchen, den Freund deines Vaters zu finden." Mit einem Seufzer folgte Endrik ihr.

Schon nach kurzer Wegstrecke erreichten sie einen kleinen Raum, spartanisch eingerichtet, aber warm und trocken. An der Wand stand ein aus grob behauenen Brettern zusammengenageltes Bett, mit einer Matratze aus Stroh-Füllung und einem Fell als Decke. Die spartanische Ausstattung störte Endrik überhaupt nicht, vielmehr erinnerte sie ihn an sein Zuhause. Müde und von dem Erlebten erschöpft, ließ er sich auf seinem Lager nieder und bedankte sich aufrichtig bei Fleur, bevor sie ihn verließ und er sich zur Ruhe begeben konnte.

Es war der nächste Morgen, als ihn Fleur mit einer Tasse heißem Tee und einem Lächeln auf den Lippen weckte: „Guten Morgen, Endrik." Endrik rollte sich schlaftrunken aus seinem einfachen Lager, wischte sich den Schlaf aus den Augen und betrachtete die junge Frau: „Morgen. Fleur." Beinahe hatte er geglaubt, er hätte den gestrigen Tag nur geträumt, so viel Unfassbares war ihm geschehen.

„Eine Tasse Tee zum Morgen", hauchte sie zuckersüß in den Raum. „Ich habe mich gestern noch kurz wegen deines Freunds umgehört. Aber leider nichts in Erfahrung bringen können." Sie gab ihm die Tasse und setzte sich neben ihn auf das Lager, für Endrik eine ungewohnte Situation, die er nicht wirklich zu händeln wusste.

„Der alte Kapitän meinte, ich solle im Handelshaus Kois nach ihm fragen", versuchte er für sich, die Situation zu entschärfen.

„Was ist denn so wichtig an diesem Pedro, dass du nach ihm suchst und eine so weite Reise auf dich nimmst?" Sie stellte sich dabei fordernd zurück in den Türrahmen und stemmte ihre Arme in die Seite. Sie wollte und musste mehr über diesen ungewöhnlichen jungen Mann wissen, seine Beweggründe waren ihr ein Rätsel und da war noch dieser Stein, der eine starke Anziehung auf sie ausübte.

„Ich habe es meiner Mutter versprochen." Dass sie dabei in seinen Armen verstorben war, konnte und wollte Endrik ihr nicht sagen, zu schmerzhaft war allein dieser kurze Gedanke an seine Eltern, der ihn an bessere Zeiten erinnerte.

„Nun gut, dann sollten wir sehen, dass du da hinkommst und nachfragen kannst. Ich führe dich."

In der Zwischenzeit hatte Endrik sich seine Schuhe angezogen. Noch mit der Tasse Tee in der Hand folgte er der jungen Frau in die Gänge der Unterwelt. Beim Gehen beobachtete er Fleur ganz genau, ihre Hüften, wie sie sich bei jedem Schritt wiegten, die Haare, Ebenholz gleich, wie sie in feinen Locken auf die Schultern fielen und ihr Gang, der einem Schweben glich. So schön, einem edlen Schwan gleich, oder wie die stolze Stute, die einst der ganze Stolz seiner Familie gewesen war.

„Ich werde nicht mitkommen können. Eine Diebin ist dort nicht gerne gesehen, weißt du. Ich möchte den morgigen Tag in Freiheit verbringen", trällerte sie, als sie Endrik durch die Gänge führte. Dabei konnte Endrik nicht seine Augen von ihren Hüften nehmen. Schließlich kamen sie zu einem kleinen Durchgang, durch den Licht in fächerförmigen Strahlen auf den Boden fiel. Staubflocken tanzten im Schein des Lichtes wie Schneeflocken im Wind. Fleur blieb stehen, bewegte sich keinen Schritt weiter auf die helle Fläche zu. Das Unbehagen war ihr deutlich anzusehen.

„Und nun, Fleur?" Endrik wusste nicht, wie es weitergehen sollte, unsicher näherte er sich dem Licht.

„Trennen wir uns. Es war schön, dich kennengelernt zu haben." In diesem Moment küsste sie ihn auf die Stirn und verschwand in der Dunkelheit. Endrik blieb verdutzt zurück. So etwas hätte er auf keinen Fall erwartet, auch konnte er nicht einordnen, was hier gerade passiert war. Er schaute noch ein wenig in die Richtung, in der sie verschwunden war, und stieg dann die letzten Schritte in Richtung des Ausgangs hinauf.

Vor ihm tat sich eine weite Fläche auf, kurz geblendet vom Licht des Morgens trat er auf den weitläufigen Marktplatz, sah vor sich die beeindruckende Silhouette der Stadt, bestehend aus eindrucksvollen Prunkbauten. Der helle Kalkstein leuchtete wie Gold in der hellen Morgensonne. Endrik wurde von der eindrucksvollen Kulisse förmlich erdrückt und versuchte deshalb zunächst, sich langsam zu orientieren. Zu seiner Rechten erhob sich majestätisch die Stadtmauer in den Himmel, zu linker Hand zeigten sich einige Lagerhallen und dazwischen ein klassisch wirkender, prunkvoller Bau. Mit goldenen Lettern prangten die Worte „Handels Kontor Kois" über dem Eingang des Gebäudes, er war also näher an seinem Ziel, als er sich das vorgestellt hatte.

Eine Minute lang fehlte ihm die Orientierung, die er durch den Marsch in dem unterirdischen Labyrinth verloren hatte. So brauchte er einen Moment, bis er sich auf den Weg zum Kontor machte, um endlich das Versprechen, dass er seiner Mutter gegeben hatte, zu erfüllen.

Der Eingangsbereich des Gebäudes war ebenso prunkvoll wie die Fassade. Glänzender Marmor als Bodenbelag, Jade als Türknäufe und Griffe aus Gold, wohin das Auge sah, nur Luxus. Endrik, der staunend in dem Foyer stand, erregte in seiner einfachen Kleidung wohl Aufmerksamkeit, denn kaum war er eingetreten, sprach ihn ein Diener im noblen Livree an, die Art und das Auftreten des Dieners waren Endrik ein Rätsel. Die steife Haltung, der steinerne Gesichtsausdruck, der Mann war Endrik nicht geheuer.

„Kann ich Ihnen helfen, junger Mann?", näselte der Diener.

„Ich weiß nicht, ob Sie mir helfen können, man sagte mir, ich solle nach Lord Kois fragen, er könne mir eventuell weiterhelfen." Endrik fühlte sich furchtbar deplatziert, unruhig trippelte er von einem Bein auf das andere. Mit großer Anstrengung versuchte er, sein Unbehagen durchzustehen und blieb vor den durchdringenden, fragenden Blicken des Dieners standhaft.

„Lord Kois ist sehr beschäftigt, haben Sie einen Termin?"

„Ja, ich meine nein. Ich suche einen alten Garde-Soldaten und man hat mir den Lord empfohlen, er könne mir vielleicht Auskunft über den Aufenthalt geben", stotterte Endrik. Der Diener starrte Endrik kurz an, irgendwas begann, sich in ihm zu regen, er kniff seine Lider fast unmerklich zusammen, so als würde er durch Endrik hindurchschauen oder etwas in seinem Inneren fixieren.

„Warten Sie bitte einen Moment", meinte der Diener kurz angebunden im Umdrehen.

Endrik wartete, was blieb ihm auch übrig, wenn er weiterkommen wollte. Er bestaunte die prunkvollen, in Gold gefassten Laternen und die schmiedeeisernen geschwungenen Gitter, die eine Barriere vor der Kasse des Kontors bildeten. Kurze Zeit später erschien der Diener erneut: „Folgen Sie mir", gab er nur knapp wieder und winkte Endrik mit sich, quer durch die Halle. Endrik folgte ihm über eine große, geschwungene Treppe in die erste Etage, auch hier herrschte verschwenderischer Prunk, alles glitzerte und blitzte in den edelsten Materialien. Vieles, was er sah, war für Endrik neu und aufregend. Am Ende eines Ganges führte der Diener ihn in einen Vorraum, der Boden war mit schwerem, rotem Brokat ausgelegt, Endrik fühlte sich eingeengt und unwohl.

„Warten Sie bitte hier." Und ehe sich Endrik umdrehen konnte, war er alleine. Der Anblick war mehr als einschüchternd für ihn, noch nie hatte er einen solchen Überfluss an Reichtum gesehen. Der junge Bauersohn war in einfachsten Verhältnissen aufgewachsen, war jetzt hier in einer Umgebung, die nur dafür gemacht schien, Leuten Respekt einzuflößen. Schwere Möbel standen an den Wänden, voll beladen mit Papyrusrollen, ein breiter Schreibtisch befand sich mitten im Raum, dahinter ein großer Lehnstuhl, der mit Leder bezogen war. Der schwere Teppich dämpfte die Schritte, so hörte Endrik erst nicht, wie ein älterer Mann den Raum betrat.

„Willkommen in meinem Haus, Sohn. Ihr habt Glück, dass Ihr zu mir gelassen worden seid. Meinem Diener seid Ihr bekannt vorgekommen und so wurde er neugierig, sodass er mir über Euch berichtete, das erweckte auch meine Neugier. Was kann ich für Euch tun, junger Mann?", mit einem Lächeln streckte der Mann Endrik seine Hand entgegen.

„Lord Kois", kam Endrik eingeschüchtert einen Schritt auf ihn zu und hielt ihm gleichfalls die Hand entgegen.

„Ihr habt Recht. Mein Angestellter berichtete mir, dass Ihr jemanden sucht. Ich will gleich zur Sache kommen, warum sucht Ihr nach einem ehemaligen Gardisten?" Lord Kois war ein distinguierter Mann mit noblem Auftreten und Aussehen. Sein silbriges Haar dominierte die große Erschei-
116

nung. Abgerundet wurde das vornehme Aussehen von seinem Anzug aus den edelsten Stoffen.
An einer goldenen Kette um seinen Hals hing ein
kleiner, aber durchaus wertvoller Sapal.

„Ja, ich suche einen Gardisten, sein Name soll
Pedro gewesen sein. Meine Mutter berichtete mir
von ihm, sie sagte, ich solle ihn suchen, und zwar
in Seglin. Ich versprach es Ihr am Totenbett."

„Nun, ich kann Euch nur soweit helfen, dass er
nicht mehr in Seglin ist, ich bin mir sicher, dass
dieser Mann hier war, er war einer der wenigen
Sarrazenen, die sich damals in die Garde melde-
ten und es dort auch zu etwas gebracht hatten.
Ich kann mich daran erinnern, dass er vor einigen
Jahren hier in Seglin auftauchte, er hielt sich aber
von allen fern, ungewöhnlicher Weise, muss ich
gestehen, ich traf ihn einmal im Badehaus, dann
verschwand er so still und leise, wie er auftauchte. Ich habe nie wieder von einem Sarrazen im
Dienste des Königs gehört, geschweige denn,
dass einer hier in der Stadt wäre."

„Dann war es umsonst?", seufzte Endrik, Verzweiflung machte sich in ihm breit, die ganze
Reise schien vergebens gewesen zu sein. Doch
Endriks Gedanken ratterten, warum sollte er so
schnell verschwinden, was war der Grund; wusste Kois mehr, als er sagte?

„Ich denke nicht, zumindest nicht für mich." Lord
Kois griff zu einer Glocke, die er in derselben
Bewegung noch nutzte.

„Ich verstehe nicht.“

Eine Zeitlang passierte nichts, dann hörte Endrik schwere Schritte hinter den Türen. Erstaunt schaute Endrik den Lord an, er verstand die Situation nicht, die sich hier gerade ergeben hatte.

„Das werdet Ihr, junger Mann!“ Die Türen öffneten sich und vier Bewaffnete stürzten herein, alle vier hatten gefährlich wirkende Säbel in der Hand. Ohne zu zögern stürzten sich auf den jungen Mann, der verdattert mitten im Raum stehen blieb. An Gegenwehr dachte Endrik nicht, zu überrascht war er erneut von den Geschehnissen.

„Gestern kam eine Nachricht aus Dubkin an. Es wird ein junger Mann gesucht, dessen Beschreibung ziemlich genau auf Euch zutrifft. Der Erzprälat hat eine hohe Belohnung ausgesetzt. Es tut mir leid, junger Mann, aber als der Diener Euch beschrieb, benachrichtigte ich gleich die Garnison.“

„Habt Ihr mich belogen über den Gardisten?“

„Nein, bei meiner Ehre, das habe ich nicht, es tut mir leid, dass es so kommen musste, aber ich hatte keine andere Wahl.“ Ohne auch nur einen Funken an Willen zur Gegenwehr nahmen die vier bewaffneten Soldaten den jungen Endrik in ihre Mitte und führten ihn aus dem Empfangsraum in den Flur. Mit gesenktem Haupt folgte Endrik den Männern. In seinem Kopf rasten die

Gedanken, sein Herz schlug bis zum Hals, pure Angst füllte seinen Bauch. Er erinnerte sich an den Tod seiner Eltern. Er suchte nach einem Ausweg, fand aber nichts Adäquates, was er anwenden konnte, um den kirchlichen Soldaten zu entfliehen. Dass es Kirchen-Soldaten waren, hatte Endrik erkannt, er erinnerte sich an jenen schicksalhaften Tag, als ein Steuereintreiber zu ihnen auf den Hof kam. Die Uniformen der Soldaten hatten dasselbe Aussehen wie diese, zwischen denen er sich gerade befand.

Gesenkten Hauptes folgte er seinen Häschern ins Freie, jede Hoffnung in Endrik war erloschen. Das zweite Mal an diesem Tag überquerte Endrik den großen Platz vor dem Kontor, diesmal jedoch nicht beeindruckt von den Gebäuden, sondern tief in Gedanken versunken, er konnte beim besten Willen keinen Ausweg finden.

Dass sich die Lösung seiner Probleme in Form einer alten Bekannten finden würde, hätte er sich nicht im Traum vorstellen können.

Der klägliche Hilferuf einer Frau aus der Nachbarstraße ließ den Hauptmann der kleinen Truppe von Häschern aufhorchen. Neugierig ließ er die kleine Prozession anhalten, schaute nach dem vorliegenden Notfall. Er entdeckte die am Boden liegende Frau als Erstes, eilte zu ihr und beugte sich zu der scheinbaren hilflosen Person nach unten. Als er die Frau jedoch auf den Rücken drehen wollte, hatte er, ohne eine Möglichkeit zur Reaktion gehabt zu haben, einen kleinen, scharfen Dolch an seiner Kehle.

„Ganz ruhig, dann passiert Euch nichts, Hauptmann", grinste mich Fleur an. Ein kleines Rinnsal Blut sickerte an dem Dolch herab, Endrik konnte dies klar erkennen.

„Ganz ruhig Mädchen, mach dich nicht unglücklich", stammelte der überrumpelte Hauptmann, mit einer Bewegung seiner Hand hielt er seine Männer zurück.

„Kleiner, komm rüber zu mir", forderte Fleur Endrik auf, der sich zögerlich auf sie zubewegte. „Mach mal bissel schneller", trieb sie ihn an, immer noch den Hauptmann in einer Umklammerung haltend.

„Fleur, wie…", wunderte er sich. Gleichzeitig kam ein Schimmer Hoffnung in ihm auf.

„Später, erst mal weg hier." Kurz zögerte Endrik, dann eilte er an ihr vorbei. Mit kräftigem Griff hielt sie den Mann fest, bewegte sich langsam rückwärts in Richtung einer dunklen Gasse, dabei ritzte sie oberflächlich den Hals des Hauptmanns ein, sodass er aufstöhnte und sich Angstschweiß auf seiner Stirn bildete. Endrik tauchte keine Sekunde später im Dunkeln unter, da stieß sie den Hauptmann in die Arme seiner Männer und folgte Endrik sogleich in die Sicherheit der Unterwelt. Der Schock lähmte die Soldaten kurzfristig, sodass Fleur und Endrik in dem Labyrinth untertauchen konnten. Selbst Endrik, der ihr folgte, blickte schon bald nicht mehr durch, wo sie sich befanden. Fleur führte ihn um Ecken, durch Kellerräume und so viele Hinterhöfe, dass Endrik schon nach kurzer Zeit nicht mehr wusste, wo sie sich befanden. Zuerst hatten sie noch die Rufe der Soldaten gehört, aber nach einigen Minuten waren diese nicht mehr zu vernehmen, sie waren ihren Häschern anscheinend entkommen. Schwer atmend und mit schmerzenden Beinen drehte sich Fleur zu Endrik um.

„Wehe, du sagst meinem Vater auch nur ein Wort von der Aktion", drohte sie ihm mit dem Messer, an dem noch das Blut des Soldaten klebte.

„Warum hast du mir denn geholfen?", schnaufte Endrik atemlos.

„Ich hatte keine Lust, dich erst zu retten und dann im Kerker verrotten zu sehen. Ich habe die Soldaten ankommen sehen, ein paar Minuten, nachdem du in das Gebäude gegangen warst."

„Danke. Du hast mich das zweite Mal gerettet."

„Da kannst du drauf wetten, du stehst bei mir in der Schuld." Fleur zog Endrik weiter mit sich und so machten sie sich erneut auf den Weg in die Tiefen der Stadt.

„Eines musst du mir sagen, was wollten die von dir?", drehte sie sich im Gehen nach ihm um, Neugier brannte ihr auf der Seele, warum sollte ein so junger Mann die Kirche auf den Plan rufen?

„Ich glaube, es hängt damit zusammen, dass mein Vater einen Söldner beim Steuereintreiben getötet hat“, mutmaßte Endrik ausweichend.

„Jetzt wirst du mir sympathisch. Und warum suchst du diesen Mann?“

„Als meine Mutter starb, versprach ich ihr, ihn zu suchen.“ Als die Worte aus Endriks Mund kamen, überkam ihn wieder große Trauer, zu frisch war der Verlust und in den paar Wochen nach dem Vorfall war so viel passiert, „zumindest weiß ich jetzt, dass er hier gewesen war, in der Gemeinschaft der Sarrazenen.“

„Hat dir das Lord Kois gesagt?“

„Ja, aber es nützt mir nicht wirklich.“

„Och, das würd ich nicht sagen, wenn man einige Leute kennt. Ich glaube, ich kann zumindest ein paar Dinge über ihn herausfinden. Gib mir etwas Zeit.“

„Wenn du mich vor den Wachen versteckst“, grinste er Fleur an, sich im Klaren darüber, dass sie wohl kaum eine andere Wahl hatte.

„Übertreib es nicht!“, lachte sie zurück.

Die Gastfreundschaft der Unterwelt war mehr als nur dürftig. Das Essen war karg und bestand

122

hauptsächlich aus trockenem Brot, dafür gab es einen nicht ganz so schlechten Wein, den er gierig trank.

Endrik ging in seiner kleinen Unterkunft auf und ab, zwei Tage musste er warten, nur gelegentlich zeigte sich Fleur in seinem Versteck und berichtete über ihr Fortkommen. Sonnenlicht gab es keines. Wie viel Zeit genau vergangen war, bis Fleur die entsprechenden Informationen gesammelt hatte, wusste er nicht. Sein Zeitgefühl ließ ihn in der Dunkelheit im Stich, aber seine Ungeduld war bis ins Unendliche gewachsen. Wie ein Tiger im Käfig zog er in dem kleinen Zimmer seine Runden.

„So, junger Mann", grinste sie ihn an und stellte sich provokant vor ihn, „ich weiß zumindest, wohin er vor etwa zehn Jahren aufgebrochen ist. Dein Pedro ist mit einem Schiff gesegelt, das in Ballorei Handel treiben wollte."

„Wie hast du das geschafft, wohin, Ballorei sagt mir nichts?", fragte Endrik, seine Aufregung konnte er nicht verstecken.

„Sarrazenen haben gewisse Bedürfnisse, die aus ihrer Kultur heraus entstanden sind. Sie haben zum Beispiel die Angewohnheit, regelmäßig zu Prostituierten zu gehen, da sie keine freien Frauen berühren dürfen", grinste Fleur ihn an. „Auch wenn die Spur schwach war, fand ich eine Bordellmutter, die sich an einen Sarrazen erinnerte. Er kam regelmäßig und erzählte ihr damals, dass er bald nach Ballorei abreisen müsse." Das Grinsen in ihrem Gesicht war nicht mehr zu übersehen.

„Dann habe ich ein Ziel." Endrik war bei ihrer Erzählung rot geworden, den Begriff „Prostituierte" hatte er schon vernommen, wenn auch unter vorgehaltener Hand.

„Wir haben ein Ziel", betonte sie mit einem schelmischen Lachen, „erstens ist es an der Zeit, dass ich Erfahrungen sammle, sagte mein Vater, und zweitens machst du mich neugierig, wenn man bedenkt, was die Mutter mir noch erzählte."

„Bitte, du kannst nicht mit. Wir kennen uns nicht und du hast hier ein Leben, eine Familie", versuchte Endrik sie umzustimmen, er sah aber sofort, dass er nicht gewinnen würde.

Sie lachte laut aus: „Mein Vater ist froh, wenn er mich los ist. Außerdem sagte sie mir, dass Pedro ein Hauptmann der Garde war und in voller Uniform an- und abreiste und zwei Tage später kamen Männer der Kirche und fragten nach ihm, das war der Grund, warum sie sich überhaupt erinnerte. Sie setzten auf Pedro und ein Kleinkind, das in seiner Begleitung sein sollte, ein hohes Kopfgeld aus."

„Von einem Kind sagte Mutter nichts. Aber ich weiß nun, wohin es gehen wird, das ist schon mal ein Fortschritt."

124

„Darf ich dich was fragen?"

„Das tut du doch gerade. Aber sicher, mach doch."

„Ich habe deinen Sapal gesehen. Woher hast du ihn, darf ich ihn noch mal sehen?"

Endrik kramte als Antwort in seiner Tasche und zeigte Fleur den blauen Juwel. Sein Leuchten erhellte den Raum, als er in ihn blickte. Er schreckte auf, als Fleur den Juwel abdeckte, Endrik hatte gar nicht gemerkt, dass er im Begriff war, sich in den Sapal zu begeben, seinen Geist ins Universum zu schicken.

„Du hast es nie gelernt?", fragte sie Endrik erstaunt.

„Was habe ich nie gelernt?"

„Den Sapal zu beherrschen. So einen großen habe ich noch nie gesehen, er muss unglaublich mächtig sein." Bewundernd schaute sie in Endriks Augen.

„Wie beherrschen, es ist nur ein Stein. Einer, der auf mich reagiert, wie alle Sapale, aber eben ein Stein", erwiderte Endrik. Unbewusst bewegte Endrik den Juwel durch seine Finger.

„Oh, ich denke, da ist noch etwas Arbeit zu leisten", raunte Fleur mehr zu sich selbst.

„Ich möchte lieber wissen, wie wir diese Passage bezahlen wollen." Dass er „wir" gesagt hatte, fiel ihr natürlich auf und ein Lächeln zog sich über ihr Gesicht.

„Da mach dir keine Sorgen. Erst mal müssen wir dich in den Hafen bringen, ohne dass du von den Wachen gesehen wirst, und dann auf ein Schiff. Zumindest für das zweite Problem habe ich eine gute Lösung. Ich müsste nur kurz mit jemandem reden." Wen sie meinte, verschwieg sie Endrik.

„Wie, du hast eine Lösung? Du hast schon so viel getan." Endrik war peinlich berührt und zugleich voll Bewunderung für die junge, selbstbewusste Frau.

„Die Tochter des hiesigen Gajan zu sein, hat Vorteile", grinste sie tiefgründig.

Stürmische Reise

„Du hast es wirklich übertrieben", schüttelte Endrik den Kopf. „Hast du dich mal umgeschaut, das Schiff sieht aus wie ein Fischerboot, aber es hat überall versteckte Enterhaken und Waffen an Bord und dann die Mörser, die da hinten unter dem Segeltuch versteckt sind, kannst du mir das bitte erklären?"

„Ja, ich weiß. Die Adler ist mir durchaus bekannt." Wie immer lag ein neckisches Grinsen in Fleurs Gesicht. „Der Eigner und Kapitän ist mein Onkel und bekannt für sein glückliches Händchen beim Kapern von Handelsschiffen. Kapitän Glowes, sagt dir vielleicht etwas." Für Fleur war damit das Gespräch beendet und sie ging in die Kajüte, einen verwirrten Endrik an Deck zurücklassend.

Das Wetter war sonnig und windig, perfektes Segelwetter. Gischt und Sonnenlicht hüllten bei jeder kleinen Welle den Bug des Schiffes in ein silbriges Gespinst aus Wasser und Licht, sodass sich schillernde Farbenspiele bildeten. Das Meer roch nach Tang und Salzwasser. Die Adler pflügte durch das Meer und hinterließ einen weißen Saum in dem tiefen, blauen Wasser, aus denen einzelne fliegende Fische auftauchten. Die Adler war ein schlankes, schnelles Schiff, Bug und Heck war mit je zwei Mörsern versehen, Enterhaken lagen griffbereit und überall lagen kleine Handwaffen. Die Mannschaft schlief in ihrer Freizeit in jeder Ecke des Schiffes, da jeder kleine Winkel des Schiffs nur auf eines ausgelegt war: die Piraterie. Endrik und Fleur nächtigten in einer kleinen Kabine im Bug des Schiffes, ein Zugeständnis des Kapitäns an seine Nichte.

Fleur hatte Endrik gebeten, ihr den Sapal zu zeigen, im Austausch zeigte sie ihm einige grundlegende Übungen, die sie aufgeschnappt hatte. Sie selbst besaß einen kleinen Splitter, nicht größer als der Kopf eines Streichholzes, trotzdem war er groß genug, dass er ein kleines Vermögen darstellte. Endrik wusste nicht, was sie mit den Übungen bezwecken wollte, aber er stimmte zu, allein aus dem Grund, dass er nicht auf dem Schiff alleingelassen wurde. Und auch deshalb, weil er mit dieser bewundernswerten, geheimnisvollen Frau etwas mehr Zeit verbringen konnte.

„Endrik, du musst dich konzentrieren, sieh die Funken im Stein, konzentriere dich, aber halte dich auch an etwas Realem fest, einen Anker, sonst verlierst du dich. Einige erzählen, dass Menschen auf ewig im Stein gefangen geblieben sind."

Als Endrik es versuchte, fühlte er, wie sein Geist langsam in den Sapal gezogen wurde, wieder glaubte er, Stimmen und Geflüster zu vernehmen. Er konzentrierte und klammerte sich an Fleur, für ihn war sie das Reale, und plötzlich realisierte er, dass da mehr war. Der Sapal war nicht nur ein Stein, da war ein Wille und da war Macht, unvorstellbare Macht. Der Stein zog ihn
128

weiter in seinen Bann, Endrik begann, die Energien zu sehen, die die Welt zusammenhielten, sah kleinste Bauteile der Materie und die Leere zwischen ihnen. Er erkannte die Energien der Besatzung und er sah mithilfe des Sapals die Energie, die durch jeden einzelnen Mensch in seiner Nähe floss, dann hörte er wieder diese Stimme, die Stimme, die ihn in jener Nacht, als er seinen Stein erhielt, geführt hatte. Sie war sanft und gleichzeitig hart, schien weise und von einem unbändigen Willen beseelt. Sie führte ihn in menschliche Abgründe und zeigte ihm Angst und Zerstörung sowie eine verheißungsvolle Hoffnung. Der Wille im Stein teilte ihm mit, dass er nicht allein war, dass er Teil eines Ganzen war. Endrik erkannte, dass der Sapal ein lebendiges Leben darstellte, sicherlich einmalig in seiner Art, und er sah, dass alle Sapale, die es auf der Welt gab, von einem großen Stein stammten, Teile eines Geistes waren.

Er erwachte aus seiner Trance, als Fleur ihn rüttelte. Wie lange sein Geist abwesend war, war ihm nicht bewusst.

„Nicht fallen lassen. Konzentriere dich. Versuche, ja, versuche mal, die Laterne anzustecken, nur mit deinem Willen. Du musst dir Hitze als Bewegung vorstellen, die du fokussierst und die du auf ein kleines Stück des Dochtes leitest", sagte sie, sprang auf und stelle Endrik eine der Bordlaternen vor die Füße. Skeptisch blickte er sie an, versuchte, die Anweisung zu befolgen, er wollte eine Flamme erzeugen und scheiterte kläglich. Das Einzige, was er schaffte, war, dass sein Herz wie wild schlug und sich Schweiß auf seine Stirn gelegt hatte.

„Es geht nicht, zu schwer", stöhnte er erschöpft.

„Wie, es ist zu schwer? Du weißt doch, was Hitze und Feuer ist?", tadelte sie ihn.

„Ja, Wärme, es tut weh, es verbrennt ein Gas."

„Ah, jetzt verstehe ich das Problem. Feuer und Hitze ist Bewegung. Geh mal ins Detail. Sieh dir alles um dich durch den Sapal an, du wirst sehen, dass alles aus kleinen Teilchen besteht und wenn sie sich bewegen, dann entsteht Hitze, es ist also nicht mehr als Bewegung. Also versuche nicht, Schmerz oder Strahlungswärme zu erzeugen, das geht nicht, dafür brauchst du zu viel Energie, sondern versuche, die Atome in Bewegung zu versetzen." Geduldig erklärte sie ihrem Schüler das Vorgehen.

Endrik konzentrierte sich, sah in den Juwel und wieder stoben die Funken wild durcheinander, dann sah er es, Materie, und zwischen den einzelnen Atomen sah er nichts, sie bewegten sich alle, fast wie in einem Takt. Er nahm sich eine Anzahl der sich bewegenden Atome und stieß sie mit seinem Geist an. Sie beschleunigten sich, gaben ihre Energie weiter. Immer wilder bewegten sie sich, als er sie nur mit seinem Gedanken beschleunigte.

130

Fleur achtete auf ihren Schüler, sie sah plötzlich eine kleine Rauchfahne vom Docht aufsteigen, schließlich sprang eine Flamme wie aus dem Nichts auf den Docht der Lampe. Endrik war schweißüberströmt, er schaute mit geweiteten Augen zu Fleur, konnte nicht fassen, was da gerade passiert war.

„Die Energie kommt aus dir oder der Umgebung um dich herum, du gibst sie weiter. Aus diesem Grunde können manche Sachen, die du machst, dich sehr schwächen, die Energie für eine Flamme ist schon groß, aber klein im Vergleich zu dem, was du mit einem Sapal und Übung machen kannst."

„Das ist sicherlich der Grund, warum mich das so erschöpft hat", seufzte Endrik.

„Und der Grund, warum du nicht alles machen darfst, wenn du nicht so viel Energie aus der Umgebung schöpfen kannst, wie du abgibst, benutzt du die Energie aus dir selbst, es kann dich töten, wenn du zu viel davon verbrauchst, also sei gewarnt."

Die Seemänner beobachteten Fleur und Endrik misstrauisch, wie sie mit ihren Sapalen herumspielten. Vor allem, dass der Junge einen so großen Stein hatte, machte ihnen ein wenig Angst. Die Tatsache, warum es sie fröstelte, war ihnen nicht bewusst. Endrik hatte die Umgebungstemperatur um ein Grad abgekühlt, sein Stein forderte durch seine Größe viel mehr Energie als es ein kleiner Stein je konnte. Ihnen war klar, dass schon Unfälle passiert waren, als Ungeübte mit ihren Steinen übten und ihr Misstrauen wuchs. Die nächsten Tage vermittelte Fleur Endrik die Grundlagen der Kunst, mit Sapalen zu arbeiten. Er lernte die Grundlagen der Materie, Energie und deren Zusammenhalt. Er erkannte, dass selbst Materie eine Art von Energie war und alles durch eine unheimliche Kraft zusammengehalten wurde. Er lernte, diese Energie zu manipulieren, sie zu nutzen, aber er erkannte auch, dass es nur ein oberflächliches Wissen war, das er von Fleur lernen konnte.

Die Zeit verging schnell und das Wetter änderte sich. Am Horizont zog eine dunkle Wand auf, die schon beim ersten Anblick eine hektische Betriebsamkeit auf der Adler auslöste. Die Gurtung von Fässern und Kisten wurde nachgezogen. Das Küchenfeuer wurde gelöscht, alles, was sich lösen könnte, wurde gesichert und Seile zum Festhalten wurden über das Deck gespannt. Die Seeleute wirkten nervös und unsicher in Anbetracht des aufziehenden Sturms.

Keine Stunde später meldete der Ausguck ein Segel, welches sich ihnen schnell näherte. Der Kapitän stolzierte gegen den tosenden Wind nach achtern und schaute durch sein Glas auf das sich nähernde Schiff.

„Fleur, geh mit deinem jungen Freund unter Deck! Wenn dir was passiert, macht mir dein Vater die Hölle heiß", befahl er knapp.
132

„Ja, Onkel", sagte sie, ging aber wie alle zur Lee-Seite und schaute auf das sich schnell nähernde Segel.

Es dauerte einige Zeit, bis sich die Segel auch ohne Fernglas vom Horizont abhoben und noch etwas länger, bis Fleur erkennen konnte, dass auf den Segeln des Schiffes eine stilisierte Rose prangte. Ein untrügliches Zeichen dafür, dass das Schiff eines der Patrouillenschiffe der Segliner Garnison war.

„Siehst du, was ich sehe?", fragte Fleur im Gedanken ihren Onkel, wissend, dass ihr eine Anweisung erteilt worden war.

„Ihr habt hier nichts mehr zu suchen", rief der Kapitän ihnen zu, als er erkannte, dass weder Fleur noch Endrik sich an seine Anordnungen gehalten hatten, „Spinnanker raus, Vollzug, wir versuchen zu fliehen", gab er seinem ersten Offizier Befehle.

Endrik nahm Fleur zu Seite, als sie Richtung Kabine gingen. Auf dem offenen Deck zeigte sich immer mehr Betriebsamkeit. Kisten mit Waffen wurden hervorgeholt, Dolche und Säbel an die Besatzung ausgegeben, die kleinen Mörser wurden aus den Verstecken unter dem Segeltuch hergeholt und auf dem Achterdeck aufgestellt, als zusätzliche Maßnahme lies Glowes Enternetze ausbringen. Unter dem Druck des Windes stöhnte das Schiff wie ein lebendiges Wesen, bedrohlich ächzten die Masten unter der Last.

„Was soll das, warum sind die so sauer auf uns, dass sie uns weiter verfolgen?" Fassungslos schaute Endrik Fleur an, Angst zeigte sich in seinen Augen.

„Sie sind etwas hartnäckiger diesmal", fluchte Fleur und prüfte ihre immer bereiten Dolche am Lederriemen.

Trotz der aufkommenden Böen beschleunigte der Kapitän sein Schiff noch mehr und brachte das letzte Segel aus, versuchte vor dem sich nähernden Sturm und dem Schiff der Garnison davonzusegeln. Allerdings sahen alle Anwesenden schnell, dass dies nicht funktionieren würde, das Garnison-Schiff holte unweigerlich auf, mittlerweile konnte man die einzelnen Segel und Teile der Takelage differenzieren.

„Wie lange brauchen wir noch bis Ballorei, Onkel?" fragte Fleur aufgeregt, Angst spiegelte sich in ihrer Stimme wider.

„Zu lange, noch zwei Tage, vorher kommen die Balloreischen Inseln, etwa zwölf Stunden vorraus. Die haben uns aber in spätestens vier Stunden erreicht, falls du auf den Hafen anspielst."

„Und was tun wir?", fragte sie unsicher ihren Onkel.

„Weiter fliehen, gegen ein Kriegsschiff kann ich nichts machen, wir können nur versuchen, ihnen zu entkommen." Resigniert hob er die Schultern und blickte auf Fleur und Endrik.

„Kapitän, obwohl wir mit vollen Segeln fliehen, holen sie langsam auf. Es ist ein Kriegsschiff und bis an die Zähne bewaffnet. Wenn Flucht die einzige Option ist, wir aber nicht entkommen können, was machen wir dann?", mischte sich Endrik ein, die Situation klar durchschauend.

„Schlauer Junge, ich weiß es noch nicht. Irgendwas stimmt da nicht, das Schiff dürfte nicht so schnell aufholen, das ist ein Linienschiff, schwer mit Kanonen bestückt, wir sollten ihnen eigentlich entkommen können, das geht nicht mit rechten Dingen zu."

Endrik ließ seinen Blick über die gespenstige Szenerie wandern und erneut ließ das, was er sah, ein Gefühl der Angst in ihm aufsteigen. Unaufhaltsam näherte sich das Schiff, egal welches Manöver der Kapitän fuhr oder welches Segel er auch setzte, um den Abstand zu vergrößern, das Linienschiff kam immer näher. Obwohl die Adler im Sturm immer mehr ächzte und stöhnte und an ihre Belastungsgrenze geführt wurde, war das Linienschiff doch schneller.

„Wir können nicht entkommen, die sind einfach schneller als wir, wie auch immer sie das machen", resignierte der Kapitän. „Wir werden erst mal sehen, was sie wollen, vielleicht sprechen sie uns ja an und feuern nicht gleich auf uns." Allzu überzeugt klang Rolfes dabei nicht, die Adler war

als Piratenschiff bekannt wie ein bunter Hund,
Kapitän Glowes war sich sicher, dass es zu einem Kampf kommen würde. Seine Resignation
zeigte sich durch sein wütendes Stampfen. Mehrfach spuckte er in den Wind und murmelt unverständliche Flüche vor sich hin.

Dunkel ragte mittlerweile der Bug des Schiffes
vor den weißen Wellenkämmen auf. Die Böen
des Sturms waren immer heftiger geworden, weiße Kronen auf den Wellenkämmen versprühten
ihre Gischt und hüllten die gesamte Szene in
einen feinen Nebel. Fleur konnte mittlerweile den
Namenszug auf dem Bug des Schiffes erkenne,
„Flame" prangte dort in goldenen Lettern. Als sich
der Bug der Flame in die Luft hob, um durch eine
hohe Welle zu schneiden, stieg eine Rauchsäule
vom Vorschiff auf, die gleich darauf von den heftigen Böen verweht wurde. Fleur hatte kurz den
Eindruck, sie könne etwas Dunkles auf sie zufliegen sehen.

Der Druck der Explosion traf die Besatzung der
Adler kurz darauf. Gischt tobte über das Deck,
keine Kabellänge neben der Adler war das Geschoss auf die Wellen aufgeschlagen und war in
einer heftigen Explosion zerstoben, Gischt nahm
ihnen kurz den Blick, die sich aber schnell legte.
Kurz darauf bildete sich eine zweite Rauchwolke,
erneut stob Gischt auf, diesmal etwas näher und
der Druck durchdrang alle auf der Adler bis aufs
Mark. Endrik hatte den Eindruck, er könne den
Geruch von Schwarzpulver wahrnehmen.

„An die Mörser, Wende klar, wir drehen durch den Wind", schrie der Kapitän. Hätte er nur eine Sekunde später seine Befehle gegeben, hätte einer nur etwas später reagiert, dann wäre der nächste Schuss der Flame ein Volltreffer gewesen, so aber ging der Schuss weiter neben seinem Ziel ins Wasser wie die Beiden zuvor abgefeuerten Schüsse.

In dem Moment, als sich die Adler drehte, erklang das Geräusch der Mörser am Bug, die ihre tödliche Ladung aus Schrapnelle auf das gegnerische Schiff abfeuerten. Der Kapitän der Adler nutze die Manövrierfähigkeit des Schiffes voll aus. Mit aller Macht und sämtlichen ihm bekannten Tricks versuchte er, das Linienschiff auszumanövrieren und den tödlichen Schüssen der Flame zu entkommen. Präzise zeigte er sein berüchtigtes Können.

„Wenn nicht ein Wunder passiert, werden sie uns bald haben. Der Sturm nimmt weiter zu und ewig kann ich nicht ausweichen, sie treffen irgendwann, und wenn es ein Zufallstreffer ist. Du wirst mit Endrik von Bord gehen müssen", wand er sich an Fleur.

Kaum hatte der Kapitän es ausgesprochen, da durchdrang ein Schrei die Luft. Alle Augen richteten sich auf die Quelle der Leiden und des Schmerzes, der schreiende Steuermann zuckte und wand sich unter Schmerzen auf Deck, seine Augen traten aus den Höhlen und seine Haut verfärbte sich rötlich. Ohne Kontrolle drehte sich die Adler langsam in den Wind, verlor an Fahrt und wurde zu einem Spielball des Windes und der Strömung.

Ohne nachzudenken griff Endrik nach seinem Sapal, irgendetwas zog ihn zu dem Stein. Er holte ihn aus seiner Tasche und blickte in die blauen Funken, betrachtete die Umgebung durch den Juwel, sah, wie sich vier Energiespuren von der Flame auf den Steuermann richteten. In einem gleißendem Licht trafen die Strahlen sich dort, vereinigten sich und drangen in den Körper des armen Steuermannes ein, hier sah er, wie sich die Energiestrahlen mit der Lebensenergie des Seemanns einen Kampf lieferten. Endrik verlor sich in der Energie des Steines und glaubte erneut Stimmen zu hören, diesmal gaben sie ihm Anweisungen, nicht direkt in Worten, sondern auf eine subtilere Art.

Endrik griff ein, konzentrierte sich auf die Energiestrahlen und leitete sie um, indem er eine Barriere um den Mann errichtete, so wie es ihm das Etwas im Sapal gezeigt hatte. Zuviel Kraft steckte in dem Angriff, als dass er ihn nur blocken konnte, also lenkte er ihn zurück, warf die Strahlen auf ihre Quellen zurück, auf die vier Priester, die sich am Bug der Flame versammelt hatten und die durch ihre kleinen Sapale den Angriff durchführten.
Keiner der Soldaten oder Matrosen auf der Flame bemerkte diesen Kampf auf Geistebene, doch als die Priester ihrerseits anfingen, in Schmerzen zu schreien, starrten sie voller Schreck auf die vier

Kirchenmänner und sahen, wie sich der Regen um die vier Priester einer Blase gleich ablenkte. Es schien, als würden sie von einer Kuppel eingehüllt, in der Raum und Zeit keine Bedeutung hatten. Eine Zeitlang hatte man den Eindruck, als ob die vier sich in einer Blase aus Wasser befanden, die sich dann schließlich in einer Implosion auflöste, konzentriert auf die vier kleinen Juwelen in den Händen der Priester. Die Implosion war so stark, dass selbst auf dem Mittelschiff die Matrosen auf das Deck geschleudert wurden. Das Ergebnis an Bord der Flame war eine Katastrophe. Alle vier Priester wirbelten durch die Luft, von einer unsichtbaren Kraft geschleudert, Matrosen, die sich in der Nähe um die vier befunden hatten, wurden über das Deck geschleudert. Die Priester versanken schließlich in der aufgewühlten See, ohne auch nur einmal um Hilfe gerufen zu haben.

Was dem Kapitän der Flame einen größeren Schrecken bereite hatte, war, dass sich langsam, wie in Zeitlupe, der Vormast des Schiffs zur Seite neigte und wie aus Geisterhand geführt in die tobende See stürzte. Wie ein Treibanker bewirkte der umgestürzte Mast, dass sich die Flame verlangsamte und um den entstanden Drehpunkt bewegte. Hilflos und ohne Möglichkeit, der Adler noch einmal gefährlich zu werden. Die Flame verlor augenblicklich so viel an Fahrt, dass sie hinter der Adler zurückblieb, an eine Verfolgung oder gar einen Kampf war nicht mehr zu denken. An Bord der Adler richteten sich alle Augen auf

Endrik, der mit einem Stöhnen bewusstlos auf dem Deck aufgeschlagen war, in der Hand funkelte der Sapal in einem strahlenden hellblauen Licht und blendete die vielen Augenpaare, die sich fragten, was hier gerade passiert war.

„Was immer da gerade passiert ist, wir können euch nicht nach Ballorei bringen. Wir haben Zeit gewonnen, abgehängt haben wir sie aber nicht, sie kennen unseren Kurs. Ich denke, in ein paar Stunden haben sie den Schaden am Schiff repariert, dann werden sie die Verfolgung wieder aufnehmen", mutmaßte der Kapitän.

„Was hast du vor, Onkel?" Fleur wusste, das ihr Onkel einen Plan haben musste, sie kannte ihn zu genau.

„Ich werde euch an die Küste des Festlands bringen, dort werden sie euch nicht suchen. Ich empfehle euch, ein Fischerboot zu suchen, das seine Fracht in Ballorei löscht, falls ihr unbedingt noch dorthin wollt. Es gibt in der Gegend kurz vor Porr viele kleine Fischerdörfer, dort werdet ihr bestimmt eine Möglichkeit finden. Ich werde nach Seglin zurückkehren, vielleicht werden sie uns folgen, dann könnt ihr unauffällig Ballorei erreichen."

„Vielleicht ist es besser so. Einen solchen Aufwand haben die Gardisten noch nie wegen einer Bagatelle betrieben." Fleur war sichtlich besorgt und betrachtete ihren Onkel voller Fragen.

„Du hast recht, da ist mehr dahinter, seit wann kennst du Endrik, was weißt du über ihn?", drängte er Fleur leise, damit es Endrik, der gerade von den Matrosen weggetragen wurde, nicht doch hören konnte.

„Nicht viel, er ist ein Flüchtling. Er hatte etwas mit dem Tod eines Steuereintreibers auf den Trois–Ebene zu tun, erzählte er mir, daraufhin wurden seine Eltern getötet, er aber konnte entkommen."

„Fleur, da ist mehr dahinter. Wegen eines toten Steuereintreibers und eurer Flucht in Seglin lassen die nicht ein Kriegsschiff nach euch suchen und schon gar kein Linienschiff und vier Priester."

„Ach, er ist nur ein junger Mann und ich mag ihn." Während ihres Gesprächs folgten sie den Matrosen in das Quartier des Kapitäns. Endrik war weiterhin bewusstlos, stöhnte, Tränen liefen ihm über die Wangen. Die Matrosen betteten den jungen Mann auf das Lager des Kapitäns und verließen dann zügig den Raum. Glowes hatte den Sapal aufgehoben, den er jedoch nur mit einem Tuch berührte, er wollte auf keinen Fall etwas mit so einem mächtigen Stein zu tun haben.
Endrik erwachte langsam, hörte Stimmen, konnte sich aber immer noch nicht bewegen, sein Geist war überlastet und arbeitete auf Hochtouren.

„Du musst wissen, wem du dein Vertrauen schenkst, aber das, was er mit dem Sapal eben angestellt hat, würde mich zum Nachdenken bringen. Er hat da was geliefert, von so was habe ich nur ein einziges Mal gehört, geschweige denn es gesehen." Der Kapitän schüttelte sich mehrfach in Erinnerung an das Geschehen.

„Ich habe ihm ein paar Sachen im Umgang mit Sapalen gezeigt, er kennt nicht mal die Grundlagen, aber so was natürlich nicht", stimmte ihm Fleur zu. Sie setzte sich zu Endrik und streichelte sanft über seinen Arm.

„Morgen erreichen wir die Küste, wir werden dann nach Seglin zurücksegeln und euch mit Proviant und Ausrüstung ausgestattet von Bord gehen lassen, wenn du das noch immer möchtest."

„Ich danke dir, Onkel. Ich muss einfach, vor allem, weil ich jetzt noch neugieriger bin und seine Geschichte erfahren will."

Endrik hatte das Gespräch mitbekommen, er lag in einem Bett, hielt seine Augen weiterhin geschlossen, lauschte auf alle Geräusche. Er war Fleur dankbar und überrascht, dass sie zu ihm stand.
Endrik war sich selbst nicht so sicher, was da eben an Bord passiert war, aber er war sich sicher, dass er damit das Leben vieler Männer auf dem Schiff gerettet hatte. Träume und Phantasien hatten sich in seiner Bewusstlosigkeit in einer Kaskade zusammengeschlossen, erregten ihn, verunsicherten den jungen Mann. Er glaubte, Stimmen gehört zu haben, die eine Macht und ein Wissen ausstrahlten, die er nicht für möglich ge-

142

halten hatte, fast so, als würde das Universum selbst zu ihm sprechen.

Als die Tür geschlossen wurde, regte er sich, stöhnte auf, um Fleur auf sich aufmerksam zu machen.

„Oh hallo Endrik, du bist wach?", fragte sie besorgt. Sie nahm schnell ihre Hand, die noch immer auf seinen Arm gelegen hatte, zur Seite und schaute auf ihn herunter.

„Ja, ich habe die Tür gehört. Was ist passiert, ich kann mich nicht wirklich erinnern?"

„Keine Ahnung, du bist zusammengebrochen, warst bewusstlos, wir dachten, du würdest sterben."

Als er versuchte sich aufzurichten, hatte er das Gefühl, als ob ein kleiner Zwerg in seinem Kopf saß und mit einem Hammer gegen seine Schädeldecke hämmerte, so stark waren seine Kopfschmerzen: „Was ist mit der Flame passiert?"

„Sie sind erst mal weg, wir konnten ihnen entkommen. Mach dir jetzt keine Sorgen, ruhe dich aus." Endrik legte sich zurück, versuchte, seinen Geist von dem Erlebten freizubekommen, sah dabei die Frau neben sich an und behielt ihr Gesicht noch lange nach dem Einschlafen in seinem Geist. Er träumte von einem blauen Stein und einer Frau, einer Elfe gleich.

Huck, Wald der Legenden und Ängste, so wurde der große Wald in der Bevölkerung häufig genannt. Legenden rankten sich um die wilden Bestien, die sich hier tummeln sollten, Banditen und Räuber, die ihr Unwesen zum Leid aller Reisenden trieben. Garion und Kloth waren mittlerweile fast durch den großen Ausläufer des Waldes hindurch, zwei Tagesreisen trennten sie noch von ihrem Etappenziel. Zu beiden Seiten des Hucks türmten sich die Gebirgszüge auf, im Westen der Klato-Martens-Zug, im Osten die Rabin-Berge, und bildeten gemeinsam eine Passage zur Lannion–Landenge. Der Ritt war anstrengend, aber ereignislos gewesen, bis auf den einen Vorfall mit den Banditen. Garion und Kloth mussten sich nur um die Stechmücken und das tägliche Essen kümmern. Es war teilweise so langweilig, dass Garion im Sattel die Augen schloss und sich einem kurzen Schlaf hingab.

Es war der zwanzigste Tag ihrer gemeinsamen Reise. Die Ausläufer des Huck waren zu kleinen Streifen von Bäumen zu beiden Seiten des Weges verkümmert. Garion gab sich erneut einem kleinen Schläfchen hin, als ein markerschütternder Schrei durch die sich zu beiden Seiten aufbäumenden Berge hallte.

Garion schreckte sofort hoch, diesen Ruf hatte er schon seit geraumer Zeit nicht mehr gehört: „Banshee, hätte nicht gedacht, dass es noch welche in diesem Teil der Welt gibt."

„Du musst dich irren“, antwortete Kloth, „die sind seit Jahrzehnten ausgestorben.“

„Es gab Berichte von Reisenden aus Kadachi, wir haben dem aber keine Beachtung geschenkt. Sonst hätte die Garde für diese Wesen eine kleine Jagd veranstaltet.“

Währenddessen beschleunigten die Beiden ihren Ritt. So schnell es ging, versuchten sie eine möglichst große Strecke zwischen sich und den unheimlichen Wesen aus den Bergen zu bringen. Als ein neuer Schrei ertönte, waren sie sich sicher, dass diese Wesen näher kamen. Erneut gaben die Freunde ihren Pferden die Sporen und versuchten so, einem unvermeidlichen Angriff aus dem Wege zu gehen.

Erneut ertönte der markdurchdringende Schrei der Banshee, diesmal so laut, dass man annehmen musste, sie seien schon hinter dem nächsten Baum. Eines war jedoch sicher, die Wesen näherten sich schneller, als Garion und Kloth die Flucht ergreifen konnten.

„Das schaffen wir nicht“, schrie Kloth Garion zu.

„Ich weiß. Wir müssen uns verteidigen.“

Während sie weiter galoppierten, suchten Beide verzweifelt nach einer Stelle, wo sie den Angriff abwehren konnten, aber nichts dergleichen zeigte sich. Kurz hinter einer Kurve passierte es dann, zwischen dem Unterholz brach der erste

Banshee hervor. Schillernd glänzende Federn bedeckten den kleinen, schlanken, menschenähnlichen Körper. Dort, wo Arme den Körper hätten verlassen sollen, ragten zwei gewaltige flügelähnliche Schwingen aus dem Rumpf, besetzt mit fünf scharfen, gebogenen Krallen. Der gekrümmte, scharf nach unten gebogene Schnabel war ideal zur Zerkleinerung von Fleisch geeignet, im Großen und Ganzen das imposante Bild eines Raubtiers. Ihre Schreie ließen Mensch und Tier, die das Pech hatten, solchen Wesen zu begegnen, vor Schmerz und Furcht erstarren. Dazu kam noch der Fakt, dass diese Wesen stets in Gruppen angriffen und damit ihre Beute schnell und effektiv überwältigten.

Im Galopp zog Garion sein Schwert und hieb mit kräftigen Bewegungen auf den sich nähernden Banshee ein. Der erste Angreifer verlor einen Teil seines Flügels und stürzte blutüberströmt zu Boden, kreischend und um sich schlagend gelang es ihm nicht, sich erneut aufzurichten und in den Kampf einzugreifen. Zwei weitere Banshee, die aus dem Unterholz brachen, fielen über ihren verletzten Artgenossen her und beendeten sein Leid, was den Reisenden die Zeit verschaffte, die sie benötigten, um etwas Raum zu gewinnen. Noch während Kloth die Szene beobachtete, stürzten drei weitere dieser geflügelten Wesen seitlich aus dem Wald auf die zwei Reiter zu, löschten den kleinen Funken Hoffnung, der in ihrer Beute aufgekommen war, der Angriff könne vorüber sein.

146

„Ich hoffe es kommen nicht noch mehr", schrie Kloth gegen die lauten Schreie an.

„Viel mehr von ihnen können wir nicht abwehren", gab Garion seinem Freund Recht.

Durch den kurzen Kampf mit dem ersten Banshee war Garion leicht zurückgefallen Dies rächte sich jetzt, während er sich dem nächsten Angreifer zuwandte, wurde er von einem der anderen Angreifer aus dem Sattel geworfen, der sich seitlich genähert und den Gardisten damit völlig überrascht hatte. Kloth sah aus dem Augenwinkel seinen Freund auf den Boden fallen, sofort zügelte er sein Pferd und wendete es, um ihm Hilfe zu leisten.

Garions Sinne wurden für einen Moment durch den Sturz geraubt. Im letzten Moment erhob er sein Schwert und trennte noch in der Bewegung den Kopf des angreifenden Banshee ab. Kloth zügelte sein Pferd neben Garion, half ihm hinter sich auf das Pferd und galoppierte mit ihm ein Stück aus der Gefahrenzone heraus. Der letzte der Angreifer stellte sie und umkreiste mit ausgebreiteten Flügeln die beiden Männer, die sich mit gezückten Schwertern dem Wesen stellten. In weiter Ferne ertönten weitere Schreie, die den Freunden einen Schauer über den Rücken laufen ließen, bedeutete es doch, dass sie noch mehr zu tun bekommen würden, wenn sie es nicht schafften, schnell Abstand zu schaffen. Der Angriff kam zu schnell. Der scharfe Schnabel des Banshee bohrte sich in die Schulter von

Kloth, sodass dieser seine Waffe verlor und seinem Gegner hilflos ausgeliefert war. Ohne dass Kloth es wahrnahm, durchbohrte Garions Schwert die Brust des angreifenden Wesens, das genauso überrascht, seiner Beute beraubt, den Tod erwartete. Als der Banshee zu Boden ging, registrierte Garion das Blut, das Kloth über den Arm lief, seine Waffe würde der Gelehrte heute nicht mehr halten können, das war Garion klar. Schnell fing Garion die Pferde ein, die sich ein Stück entfernt mit den Zügeln in einem Busch verfangen hatten. Als Garion seinen Freund mit den Tieren erreichte, ertönten erneut Schreie in der Ferne. Er half Kloth auf sein Pferd und hoffte, dass er durchhalten würde, bis sie die Gefahr hinter sich gelassen hatten.

Unerbittlich trieb Garion die Pferde mit dem verletzten Kloth darauf an, ihm war klar, dass sie keinen weiteren Angriff überstehen würden. Aus dem Augenwinkel beobachtete er weitere vier dieser Wesen, die sich über die Kadaver ihrer Artgenossen hermachten, er war sich nun sicher, dass die unmittelbare Gefahr vorbei war und sie mit einem blauen Auge davon gekommen waren.

„Das war verdammt knapp", presste Kloth unter Schmerzen hervor.

„Wir brauchen ein Lager, ein sicheres. Ich muss mir die Wunde anschauen."

„Erst mal weg hier, ich halte durch", stöhnte Kloth
unter Schmerzen, hielt sich dabei die verletzte
Schulter.

Wortlos galoppierten sie weiter, bis sie sicher
waren, dass sie nicht mehr verfolgt wurden. Garion half seinem Reisegefährten abzusitzen und
betrachtete dessen Wunde voller Sorgen. In der
Schulter seines Freundes klaffte eine große
Fleischwunde, die Ränder ausgefranst, helles
Blut sickerte aus der Tiefe hervor und durchnässte die Kleidung. Es war Garion klar, dass er die
Wunde sachgemäß versorgen musste, wollte er
seinen Freund nicht verlieren. Aus seiner militärischen Laufbahn kannte er ähnliche Wunden, sie
neigten zur schnellen Infektion, vor allem weil
diese Wunde von einem Schnabel verursacht
worden war, der sicher voll Sabber und allerlei
Dreck beschmiert war. Notdürftig verband er die
blutende Wunde mit Material aus seiner Militär-
Satteltasche, ein antiseptisches Puder war genauso vorhanden wie Binden und Kompressen,
trotzdem war es eine mehr als notdürftige Ver-
sorgung.

„Das wird erst mal reichen, aber wir müssen dringend einen Heiler aufsuchen. Es ist zwar nur eine
Fleischwunde, aber sie muss behandelt werden,
sonst bekommst du eine Infektion."

„Lass uns erst mal einen Platz zum Rasten suchen, dann bekomme ich das schon hin", antwortete Kloth.

Nachdem Beide wieder aufgesessen waren, ging es im moderaten Gang weiter Richtung Süden, die Straße entlang Richtung Challons. Dabei machte die Wunde Kloth immer mehr zu schaffen, der Verband durchnässte schnell und die Schmerzen nahmen im Laufe des Tages massiv zu.

Während des verbleibenden Tages setzte leichter Nieselregen ein und durchnässte die Reiter mit der Zeit bis auf die Haut. Garion ritt langsam vorweg, hielt die ganze Zeit Ausschau nach einem Rastplatz. Er wusste, dass der Gelehrte Ruhe und Wärme brauchte. Zwar waren die Banshee schon ein gutes Stück hinter ihnen, doch aufgrund der immer noch bestehenden Gefahr wagten sie es nicht, sich einfach auf einer Lichtung niederzulassen und zu rasten.

Es war Nacht geworden, als Kloth aus dem Sattel rutschte. Garion bemerkte sofort, dass die Verletzung seines Freundes mehr Probleme bereitete, als er gedacht hatte. Er eilte zu ihm und stellte fest, dass sich die Wunde entzündet hatte, sein Freund glühte und zitterte, das Fieber musste sehr hoch sein.

„Verdammt, ich wusste es", fluchte er mehr zu sich selbst, und zu Kloth „das wird hart mein alter Freund,." Er wechselte den Verband und betrachtete voller Sorge die Wunde, die sich in kurzer Zeit stark gerötet hatte und mit Eiter belegt war.

Garion wusste, dass es nahe der Landenge einige Rasthäuser gab, sie würden in den nächsten
150

Stunden eine Unterkunft erreichen müssen, wenn
Kloth eine Chance haben sollte, die Verletzung
zu überstehen. Trotz des immer noch anhalten-
den leichten Regens und des aufkommenden
Windes arbeitete Garion rasch und fertigte eine
Trage an, die er hinter das Pferd schnallen konnte. Kloth würde in seinem Fieber garantiert nicht
mehr reiten und sich im Sattel halten können.
Lange Stämme wurden mit Weidenästen ver-
schnürt, eine Aufgabe, die er in früheren Zeiten
schon häufig durchgeführt hatte. Er brauchte
dafür einige Zeit, schaffte es jedoch in weniger
als einer Stunde, die provisorische Trage herzu-
stellen, seinen Freund auf einem Polster aus
Gräsern darauf zu lagern und sich mit ihm auf
den Weg zu machen.

Stunden vergingen, Kloth hatte mittlerweile angefangen, im Delirium zu sprechen und zu schreien.
Als Garion in der Ferne das Licht von Laternen
erkannte, wusste er, dass sein Freund noch eine
Chance bekommen würde. Mit neuem Mut ritt er
weiter, in der Hoffnung, schnell Hilfe zu finden.
Der Regen war stärker geworden und der Wind
klapperte an dem Schild, welches dem Besucher
mit der Aufschrift *„Zum Jagenden Fuchs"* eine
warme Unterkunft und eine Mahlzeit versprach.
Es war die erste Gaststätte, die sie seit ihrem
Aufbruch erreichten. Die Gaststätte war sauber
und gepflegt, ein Feuer brannte in einem großen
Kamin und verbreitete eine heimische Atmosphäre.
Nach Aussagen des Wirtes gab es keinen Heiler

im Umkreis von zehn Tagesritten, sodass sich Garion selbst um die Verletzung seines Freundes kümmern musste. Trotz der kurzen Zeit, die vergangen war, seit Kloth verletzt wurde, drang ein unangenehmer süßlicher Geruch in Garions Nase, als dieser den Verband entfernte. Gelblicher Eiter hatte die Wunde belegt. Garion wusch mit heißem Wasser, das er sich vom Wirt hatte geben lassen, vorsichtig die Wunde aus. Kloth stöhnte und schrie unter der Prozedur, Garion war sich aber bewusst, dass es die einzige Chance seines Freundes war, die Wunde gut zu säubern. Er nahm aus seinen Vorräten den antibiotischen Puder, mit dem er die Wunde erneut versorgte, nachdem er sie nach dem Wasser mit Branntwein ausgewaschen hatte. Garion war sich sicher, dass der Körper seines Freundes noch einige Zeit zur Genesung brauchen würde, um über den Berg zu kommen, damit sie ihre Reise fortsetzen konnten. Das Fieber sank in den nächsten Tagen langsam aber stetig, Garion versorgte jeden Tag zweimal die Wunde und achtet darauf, dass sich sein Freund ausruhte.

Erst am vierten Tag schaute der Verletzte seinen Freund endlich mit klaren Augen an und fragte mit heiserer schwacher Stimme: „Was ist passiert?"

„Du bist über den Berg", lachte ihn Garion erfreut an, endlich sicher, dass Kloth seine Verletzung überleben würde.

Es dauerte noch einmal vier Tage bis Kloth und Garion die Reise fortsetzen konnten. In dieser Zeit vertieften die beiden alten Kammeraden ihre Freundschaft weiter und Garion berichtete Kloth von den vielen Intrigen, die der Erzprälat in der letzten Zeit am Hof inszeniert hatte.

Als sich die Beiden schließlich wieder auf den Weg machten, war Kloth immer noch erschöpft, seine Wangen waren eingefallen, aber seine Augen glänzten in dem alten, wissbegierigen Feuer eines Gelehrten.

Zwischenspiel

Die Sonne brannte heiß auf den glänzenden Marmorflächen im Innenhof des Kirchenbezirks von Dopkin. Hier hatten nur wenige Menschen Zugang, dafür gab es gewichtige Gründe, einer davon war, dass die Führer der Kirche sich hier ohne Schutz der Meditation hingaben, sie also angreifbar waren. Die Schritte des Erzprälaten Daniel und seiner vier Diener hallten von den hohen Mauern des Innenhofs wieder; kam ihnen ein Priester entgegen, wechselte dieser in schnellen Schritten die Seite und machte dem Führer Platz. Neben dem Erzprälaten ging ein glatzköpfiger älterer Priester. Seine Robe zeigte an mehreren Stellen kleine Beulen von versteckten Gegenständen, einem Eingeweihten war sehr schnell klar, dass dieser Priester einer speziellen Kaste der Priesterschaft angehörte, die sich vor allem mit streng geheimen Aufträgen der leitenden Kirchenkaste auseinandersetzte. Auch der kahlrasierte Schädel mit seinen Tätowierungen kennzeichnete den Priester als etwas Besonderes. Dass es diese Kaste gab, wurde von oberster Stelle verleumdet, aber in gewissen Situationen war es durchaus nützlich, solch eine geheime Bruderschaft in den Reihen der Kirche zu haben. Die geheime Kaste der Priesterschaft war ruchlos, sie waren Mörder, Spione und Attentäter im Gewand der Kirche. Dabei kannten sie keine moralischen Grenzen, solange es nur der Theokratie und dem Machtstreben der Kirche diente.

154

„Die letzten Berichte beunruhigen mich ein wenig", ließ der Erzprälat vernehmen, „Minister Garion und der Gelehrte Kloth suchen den Gardisten, der damals den Sohn des Königs versteckt hat." Berichtete Daniel dem Priester.

„Ich hörte davon. Unsere Spione berichteten, dass sie auf dem Weg nach Challons waren, als man sie zuletzt gesehen hat", stimmte der Priester dem Erzprälaten zu.

„Wenn es nur das wäre, würde ich Euch, alter Freund, nicht mit der Aufgabe betreuen, ihre Seelen zum Allmächtigen zu befehligen, es muss mehr dahinter sein. Habt Ihr den Bericht aus Seglin gelesen, irgendwas beunruhigt mich bei der Sache."

„Mir ist zu Ohren gekommen, dass ein Junge, den Ihr gesucht habt, mithilfe einer Diebin aus den Fängen der Garnison entkommen sei. Die Berichte, Eure Heiligkeit, sind doch nur für Euch bestimmt", ergänzte der alte Priester seinen Vorgesetzten.

„Bitte, haltet mich nicht für einen Narren, ich weiß, dass Ihr alle Berichte lest, die ich bekomme. Ich hatte veranlasst, dass alles Nötige unternommen werden solle, um diesen Jungen in Obhut zu nehmen. Die Spur führte auf ein Piratenschiff, die Adler, welches sich in Richtung Ballorei aufmachte. Der dort ansässige Prälat veranlasste die Verfolgung des Schiffes mithilfe der „Flame", eines der dort stationierten Patrouillenschiffe“, erklärte Daniel.

„Man hat ihn also gefangen?“

„Schön wäre es, ich hätte dann endlich Sicherheit, was es mit diesem Jungen auf sich hat. Viele gutausgebildete Priester waren an Bord. Sie orteten den Jungen mithilfe ihrer Sapale, holten ihn ein und hätten das Schiff fast aufgebracht.“

„Eure Heiligkeit sagen: fast aufgebracht, wie kann ein Piratenschiff es mit einem eurer Patrouillenboote aufnehmen, vor allem, wenn ausgebildete Priester an Bord waren?“ Staunte der Priester.

„Die Berichte widersprechen sich in dieser Hinsicht, der Kapitän und die Offiziere der Flame behaupten, dass der aufkommende Sturm den Vormast zerstört hätte, dabei seien die vier Priester ums Leben gekommen. Einige Seeleute, die sich in der Nähe der Priester befanden, berichteten allerdings, dass die Sapale in den Händen der Priester explodiert seien und den Mast dadurch in die Fluten gerissen hätten. Das Resultat war allerdings dasselbe, das Piratenschiff entkam kurz vor den Balloreischen Inseln, sie segelten Richtung Festland und entkamen schließlich ganz.“

„Und welche Aufgaben gedenkt Ihr nun, meinem Orden aufzutragen?“

„Die Wahrscheinlichkeit, dass dieser Junge etwas mit dem verschwundenen Sohn des Königs zu tun hat, ist sehr gering, allerdings beunruhigt mich die Tatsache, dass Minister Garion sich zu etwa derselben Zeit auf die Suche nach dem Gardisten Pedro gemacht hat. Ihr müsst zugeben, ein seltsamer Zufall."

„Allerdings, Eure Heiligkeit. Gibt es Hinweise, ob die beiden Ereignisse in Verbindung stehen?"

Die Stimme des Erzprälaten war nun wesentlich leiser, wenn auch eindringlicher geworden: „Der Minister darf nicht zurückkehren, er darf den Gardisten nicht finden. Gerade, wenn die Dinge zusammenhängen." Die Blicke der beiden Männer trafen sich.

„Eure Heiligkeit kann sich wie immer auf uns verlassen. Habt Ihr eine Ahnung, wohin sich der Minister begeben wollte?", mehr brauchte der Priester nicht zu sagen, alles war ausgesprochen und beschlossen.

„Nach meinem Dafürhalten versucht der Minister, sich in die Region nach Kadachi aufzumachen. Auch wenn wir sicher sind, dass der Gardist Pedro damals in Seglin untergetaucht ist, denken wir nicht, dass wir ihn im Norden finden werden. Die Wahrscheinlichkeit ist am Größten, dass er sich in seiner alten Heimat aufhält."

„Unser Orden wird dafür sorgen, dass der Minister Kadachi nicht als lebender Mann erreicht und

wenn doch, wird er nicht aus Kadachi herauskommen."

„Wie immer verstehen wir uns, aber noch eins.
Sollte sich zeigen, dass dieser Junge der vermisste Thronerbe ist, darf der König auf keinen
Fall mit dem Jungen Kontakt aufnehmen. Sollte
es uns nicht gelingen, den Jungen als Erstes in
unsere Hand zu bekommen, sollten wir relativ
schnell an eine neue Krönungszeremonie denken. Und eine doppelt Beerdigung schont das
Staatsbudget."

„Auch hier verstehe ich, was Ihr meint, eure Heiligkeit."

„Unfälle passieren immer wieder. Oder Menschen
werden krank", flüsterte Erzprälat Daniel mehr zu
sich selbst.

„Wir werden alles vorbereiten, sobald Ihr Eure
Zustimmung erteilt, werden wir handeln."

„Wie immer ist es eine Freude, Euch auf unserer
Seite zu wissen. Geht jetzt bitte und lasst mich
noch etwas meditieren", entließ der Erzprälat den
Ordensbruder, der sich tief vor seinem Herrn
verneigte und aus dem Innenhof in sein Quartier
eilte, um die Anweisungen des Erzprälaten in die
Tat umzusetzen.

Der Erzprälat ging weiter von seinen vier Dienern
gefolgt durch den Innenhof und dachte über die
letzten Berichte aus Seglin nach. Sollten auch nur

ein Drittel der Berichte stimmen, die er von dort erhalten hatte, bedeutete dies, dass der Kampf um die Vorherrschaft im Lande, die seit über zwanzig Jahre tobte, in eine weitere Phase eingetreten war. Sollte der Erbe des Königs auf den Spielplan treten, bedeutete dies eine Verschiebung der Machtverhältnisse. Um einen Verlust an Einfluss abzuwenden, war es nun an der Zeit, einen weiteren Schritt zur Festigung seiner Befugnisse zu unternehmen.

Er hatte sich lange davor gesträubt, um nicht den Rest der Bevölkerung gegen sich aufzubringen, den gewählten Volksvertretern den Zugang zur Ratsversammlung zu verwehren oder dem König zu seinem Herrn rufen zu lassen. Sollte allerdings eine neue Autorität ins Spiel getreten sein, so hätte er keine andere Wahl, als dies zu tun. Die nächste Versammlung würde in einigen Tagen zusammentreffen, dort würde er mithilfe der kirchentreuen Söldner die gewählten Ratsherren in Haft nehmen lassen. Des Weiteren würde er einige weitere Vertreter der Monarchie bestechen oder sie so unter Druck setzen, dass ihnen keine andere Wahl blieb, als ihre Stimme an ihn zu vergeben und ihn zu unterstützen. Der König würde dann zu gegebener Zeit folgen.

Die Handbewegung, mit der Daniel einen seiner Diener heranwinkte, nahm man kaum wahr, die Diener jedoch achteten auf die kleinste Regung ihres Lehnsherrn. Der Erzprälat gab seinen Dienern knappe Anweisungen, die daraufhin ausschwärmten, um den Willen ihres Herrn zu erfüllen. Ein zufriedenes Lächeln machte sich auf Daniels Gesicht breit und in seinem Geist formte er schon die nächsten Schritte, um alleiniger Herrscher der Welt zu werden.

Garion war von dem Wechsel der Landschaft beeindruckt. Noch gestern zogen sie über eine enge Pass-Straße, an schneebedeckten Bergen vorbei, heute öffnete sich eine große Tundra ähnliche Ebene vor ihnen. Im strahlenden Sonnenschein blickten sie auf Challons herab, das sich an einen natürlichen Hafen vor ihnen schmiegte, damit bildete die Stadt die westliche Seite der Lannion–Landenge, einen nur sechs Kilometer großen Landstreifen, der das Meer der Stürme und den östlichen Ozean trennte. Challons war umgeben von einer gewaltigen Stadtmauer, welche zum Schutz vor den feindlichen Horden, die vor geraumer Vorzeit nach Norden drangen, errichtet worden war. Zwei große Stadttore gaben den Weg in das Innere der Stadt frei, in dessen Zentrum sich, angrenzend an den Hafen, der größte Basar der bekannten Welt befand.

Challon selbst war ein Mischtiegel der westlichen und südlichen Hemisphäre. Hier traten die unterschiedlichsten Lebensweisen in Konkurrenz, hier gab es einen der größten Sklavenmärkte im Einflussbereich des Königsreichs, hier befand sich die größte südliche Bastion der Kirche und des Hofes, hier lagerte der größte Bibliotheksschatz
160

der bekannten Welt. Challon war eine der ungewöhnlichsten Städte, die es in der bekannten Welt gab. Reich und doch arm, durchzogen von den Gegensätzen der Welt, mit allen Facetten des Lebens. Türme der Kirchen sahen im Nebel der Bucht aus wie abgebrochene Zähne und die glänzenden Dächer der Festung schillerten wie die kleinen Wellen auf dem Wasser des Hafens.

„Diese Stadt bietet doch immer wieder einen beeindruckenden Anblick" ließ Kloth staunend vernehmen.

„Beeindruckend, wohl wahr. Aber auch verachtenswert."

„Wir sollten Nachforschungen in der Bibliothek vornehmen. Berichte aus der ganzen Welt werden dort gesammelt, vielleicht entdecken wir ja eine Spur."

„Ich bin nicht so zuversichtlich, Kloth, aber wir können es gern versuchen, es schadet nichts, mal wieder unser Wissen aufzufrischen."

„Ich wollte schon lange einmal in die Bibliothek von Challons", schwärmte Kloth, seine Stimme hatte einen beinahe verklärten Tonfall.

„Ich hoffe, wir können einige Nachrichten erhalten, zu lange sind wir schon ohne Kontakt unterwegs." Anders als Kloth war Garion beunruhigt. Das Wissen, den Erzprälaten und seine Umtriebe nicht im Blick zu haben, machte ihn sichtlich nervös.

„Garion, wir müssen vorsichtig sein, du bist noch immer Minister des Reiches, man wird dich erkennen, wir sollten möglichst wenig Aufsehen erregen", mahnte Kloth, trotz aller Euphorie und bewies wieder einmal, wie logisch er den Gedanken seines Freundes folgen konnte.

„Du hast Recht. Wir müssen Vorsicht walten lassen, ich will nicht, dass unser Besuch hier in einer Katastrophe endet, vor allem, weil ich annehmen muss, dass der Erzprälat schon nach uns suchen wird."

Umso näher die Beiden der Stadtmauer kamen, umso größer wurden die Türme, die sich über den Dächern der Stadt und den Toren erhoben. Letztere wurden als Wehrtürme angelegt, Schießscharten für die Armbrustschützen waren in regelmäßigen Abständen in die Mauer eingelassen, sodass ein Angreifer sich nicht nur um den vermeintlichen Steinhagel von den Zinnen kümmern musste. Man erkannte ein reges Treiben von Bauern mit Karren sowie Reitern und Karawanen, die sich auf den Straßen der Stadt tummelten.

Je näher sie der Stadt kamen, umso reger war die Straße mit Reisenden besetzt, es sah aus, als würde sich eine Ameisenkarawane in die Stadt bewegen.
Gelegentlich winkte ein Wachposten einen Rei-
162

senden oder einen Karren zu sich, um ihn zu kontrollieren. Die Uniformen der Stadtwache zeigten die königlichen Farben, im Widerspruch dazu wehte bei jedem Tor neben dem Stadtwappen auch das Wappen der Kirche.

Misstrauisch wurden die beiden Freunde von den Wachen beäugt, als sie das Nordtor passierten. Ihre Gardeausrüstung an den Pferden und die zerschundene Kleidung der Freunde passte einfach nicht zusammen.

„Ich werde mich um ein Zimmer in einer Taverne kümmern. Anschließend werde ich die hiesige Garnison aufsuchen und einige Fragen stellen", ließ Garion verlauten.

„Challons hat einen Stadtteil, in dem sich einige Sarrazenen angesiedelt haben, ich habe Hinweise darauf in der Bibliothek von Dopkin gefunden, dort werde ich anfangen", vertiefte Kloth seine Pläne.

„Wir treffen uns dann gegen Mittag auf dem Basar wieder. Das sollte reichen, um uns einen Überblick zu verschaffen." Mit dieser Vereinbarung trennten sich die Beiden.

Nachdem Garion zwei Zimmer in einer Taverne nahe dem Hafen organisiert hatte, machte er sich auf, die Garnison zu besuchen. Er war sich ziemlich sicher, dass er hier erkannt werden würde. Zu häufig waren Garnisonsmitglieder in der Hauptstadt gewesen, außerdem musste er, um

Informationen zu erhalten, seine Autorität durchsetzen. Allerdings hätte er nicht damit gerechnet, wie einfach es war, in das Kommandozentrum der Garnison zu gelangen.

Bei seinem Eintreffen an der Kasernentür stand diese weit offen, es zeigte sich keine Wache. Erstaunt über die Situation trat Garion ein und schaute sich auf dem leeren Innenhof um, eine solche Situation hatte er in seiner ganzen Karriere nicht erlebt. Wut trieb ihm Röte ins Gesicht.

Seinen Apfelschimmel machte er vor der Kommandantur fest, auch hier zeigte sich keine einzige Wache, sodass er schnell und unerkannt die Kommandostube betreten konnte. Er hatte schon vieles gesehen. Im ersten Stammeskrieg war er Kommandant gewesen, hatte dort mit fetten Bürokraten verhandeln, feige Untergebene züchtigen und mutige Soldaten zurückhalten müssen, aber eine Kaserne ohne Bewachung war ihm während seiner ganzen Zeit im Dienst nicht untergekommen. Im Sessel hinter dem Schreibtisch saß ein dicklicher kleiner Mann. Seine speckige Uniform wies unzählige Flecken auf, die Haare klebten an der Kopfhaut. Seine Abzeichen machten ihn als Kommandeur der Garnison kenntlich, bis hierhin akzeptierte Garion das Auftreten dieses Mannes noch, als dieser aber den Besucher bemerkte, versuchte er schwankend und sichtlich betrunken, sich zu erheben. Garion kochte innerlich, nie hatte er irgendetwas Vergleichbares erlebt. Der Vorsatz, sich nicht als hohen Beamten

164

auszugeben, unauffällig ein paar Fragen zu stellen, und so schnell wie möglich wieder zu verschwinden, war vergessen. Pure Wut kochte durch seine Adern, brachte ihn zur Weißglut.

Mit gefährlich leiser Stimme sprach er den Kommandeur schließlich an: „Im Namen des Königs, wenn Ihr Euch nicht augenblicklich erhebt und hier für etwas Ordnung sorgt, werde ich als Schatzmeister und erster Minister des Königs dafür sorgen, dass die Führungsriege dieser Garnison in Ketten gelegt wird und in den Steinbrüchen von Duchenow den Rest ihres erbärmlichen Lebens verbringt."

Ob es der Blick war, dem Garion seinem Gegenüber zuwarf, der Unterton in seiner Stimme, oder alleine die Tatsache, dass er mittlerweile ein rotes Gesicht hatte, war unwesentlich, zumindest schien der Kommandeur in kürzester Zeit nüchtern zu werden und mit großen, geweiteten Augen seine Situation und die Gefahr, in der er schwebte, zu erkennen.

„Äh ich... Äh....", versuchte der Kommandant in eine Erklärung einzusteigen, dabei schwankte er gefährlich.

„Ich bitte Euch. Ich gebe Euch genau zehn Minuten, dann will ich sämtliche Offiziere und die Mannschaft versammelt auf dem Exerzierplatz sehen, und zwar in angemessener Art und Weise."

Es schien, als müssten die gesagten Worte erst einmal durch eine dickflüssige Masse wandern, um von dem Kommandeur gehört zu werden, als sie jedoch in sein Bewusstsein eindrangen, straffte sich seine Haltung und seine Augen weiteten sich panisch.

„Zu Befehl!", brachte er mit alkoholisierter Stimme hervor.

„Worauf wartet Ihr, seid Ihr noch nicht weg?", schoss Garion seinem Gegenüber entgegen, seine Stimme war wie eine Waffe, die er dem Kommandanten entgegenschleuderte.

Seine Situation klar erkennend machte sich der eingeschüchterte Kommandant schwerfällig auf den Weg, die Kommandostube zu verlassen. Garion schüttelte den Kopf, ging um den Schreibtisch und betrachtete ein paar der wild herumliegenden Dokumente auf dem Schreibtisch des Kommandeurs. Schmutzig und durcheinander sah er Befehle des Königs sowie Verpflegungslisten und Soldabrechnungen, ein wahres durcheinander.

Nach kurzer Zeit regte sich etwas auf dem Hof der Garnison, Stimmen wurden laut. Nach einer weiteren halben Ewigkeit hörte Garion endlich eine Fanfare, die die Soldaten zum Appell antreten lassen sollte. Neugierig schaute er durch die Fenster zum Hof. Langsam, wie in Zeitlupe bewegte sich ein Haufen zerlumpter Soldaten in den Innenhof der Garnison. Garion wurde klar, dass

166

die südlichste Garnisonsstadt wohl deutlich zu wenig unter der Kontrolle des Königs gestanden hatte, zu wenige Inspektionen waren hier in der Vergangenheit durchgeführt worden, Disziplinlosigkeit und Verfall hatte Einzug gehalten, das konnte er nicht dulden, egal warum er hier war.

Er schüttelte kurz den Kopf und betrat mit einem tiefen Seufzer den Exerzierplatz. In weniger als fünf Minuten war wohl ein Großteil der Soldaten angetreten und stellte sich in einem vierreihigen Glied auf. Es war ein erbärmlicher Anblick, den er hier vor sich sah. Schmuddelige Uniformen, die Soldaten nicht rasiert, Garion schüttelte sich, die in ihm tobenden Gefühle der Wut wurden immer schlimmer.

„Still gestanden!", brüllte der Kommandeur. Trotzdem wurde Murren in den Reihen der Soldaten laut, als sie sich nach einem unterbrochenen Mittagsschlaf in der Hitze auf dem Exerzierplatz wiederfanden, keinem der zerlumpten Gestalten, die einmal stolze Soldaten waren, war bewusst, was hier passierte und in welcher Gefahr sie sich befanden.

Garion bewegte sich durch die Reihen der Soldaten auf den Kommandeur zu, dabei registrierte seine empfindliche Nase Gerüche, die er in den Gassen des hintersten Hafenviertels, aber nicht in einer Garnison erwartet hätte. Kopfschüttelnd trat er erneut vor den Offizier, seine Augen funkelten, als ob er in den Geist des Mannes blicken wolle.

„Ist das die Garnison oder ist das ein Haufen Bettler, die ihren Rausch noch nicht ausgeschlafen haben?" fragte er scharf.

„Garnison vollständig angetreten, Minister", antwortete der Kommandeur mit verunsicherten Blicken gegenüber seinem Vorgesetzten.

Kaum hörbar, sodass nur der Offizier und er es mitkriegen konnten, sagte Garion: „Wenn es nach mir gehen würde, würde ich Euren Kopf auf einer Stange zur Abschreckung vor eurem Büro aufstellen lassen", der Blick, den er dem verängstigten Mann dabei zuwarf, genügte, um diesen wie Espenlaub zittern zu lassen, „da ich aber nicht offiziell hier bin, werdet Ihr diesen Haufen Versager innerhalb von vier Tagen zumindest zu einer passablen Truppe herrichten. Noch ein betrunkener Soldat und Ihr werdet bekommen, was ihr eigentlich jetzt schon verdient. Ist das klar?"

„Wir Ihr befehlt, Euer Ehren", zitterte der Mann, sich endlich seiner Lage bewusst werdend.

„Und sollte ich noch einmal Euch oder einen Eurer Männer in seiner Dienstzeit angetrunken antreffen", fuhr Garion fort, „werde ich mir das mit dem Kopf noch mal überlegen. Haben wir uns auch da verstanden?"

„Ja natürlich, Euer Ehren, haben wir", versicherte der Kommandeur, die Schweißperlen, die sich auf seiner Stirn gebildet hatten, ignorierend.

„Und nun begebt Euch gemeinsam mit Euren Offizieren in die Messe, ich habe einige Fragen zu stellen."

Vor Schreck ernüchtert, salutierte der Kommandeur und ließ die gesamte Mannschaft abtreten. Kopfschüttelnd machte sich Garion, den Offizieren folgend, auf den Weg in die Messe. Dort angekommen, nahm er sich noch einmal den Kommandanten zur Seite und erklärte ihm, wie ernst er es meinte und dass er die Garnison innerhalb von einer Woche wieder inspizieren würde. Sich ersinnend, warum er eigentlich hergekommen war, ergriff Garion erneut das Wort: „Ich weiß, es ist lange her, aber ich suche einen Gardisten, einen Sarrazenen, der vor etwa zwölf Jahren hier durchgekommen sein müsste. Habt Ihr irgendeine Idee, wer mir darüber Informationen geben kann?"

„Der Zahlmeister ist schon lange im Dienst des Königs, hier in Challons, wenn irgendjemand etwas über diesen Mann, den Ihr sucht, wissen sollte, dann er."

„Dann empfehle ich Euch, mir den Zahlmeister zu rufen." Zischte er.

Noch ehe die Worte verklungen waren, machte sich einer der Unteroffiziere auf den Weg, den Zahlmeister zu holen, zu Garions Überraschung schien bei ihm noch etwas von dem militärischen Geist hängengeblieben zu sein, so zackig verließ er den Raum.

Als der Zahlmeister die Messe betrat, musste Garion lachen. Vor ihm stand ein verschrobener Zwergen gleicher Mann in zerrissener Uniform. Sein Lächeln offenbarte einen Haufen schwarzer Stumpen, die wohl einmal Zähne gewesen waren, sein graues, lockiges Haar fiel schulterlang, ganz durcheinander, er war nicht gerade das, was Garion als einen Zahlmeister im Dienst erwartet hatte, er passte aber wie die Faust aufs Auge in diesen Haufen. Anders, als sein Äußeres vermuten ließ, salutierte er zackig und mit Elan.

„Minister Garion, was kann ich für Euer Ehren tun?", erklang eine sanfte Stimme, die so gar nicht zur Erscheinung des Mannes passen wollte.

„Wie lange seid Ihr im Dienste des Königs hier in Challons?"

„Etwa dreißig Jahre, Euer Ehren."

„Dann könnt Ihr mir vielleicht helfen. Ich suche einen Sarrazenen, einen Gardisten, der vor etwa zwölf Jahren hier durchgekommen sein muss. Er wurde Pedro gerufen und müsste die Uniform der königlichen Garde getragen haben. Klingelt bei Euch da etwas?" neugierig blickte Garion in die wachen Augen des Mannes.

„Ich erinnere mich an einen Mann, auf den eure Beschreibung passt. Allerdings trug er nicht die Gardeuniform, sondern die Uniform eines normalen Soldaten. Er war als königlicher Kurier unterwegs."

170

„Könnt Ihr Euch an mehr erinnern?" Ein Kurier war eine gute Tarnung, sie konnten ohne großes Aufsehen durch die Garnisonen reisen und sich deren Unterstützung sicher sein.

„Nur dass er seinen Abberufungsbefehl in den Taschen trug und hier bei uns auf der Durchreise Unterkunft und Verpflegung erhielt. Soweit ich mich erinnere, schloss sich dieser Mann einer Karawane an, die in das Herz der Kadachi–Wüste wollte, um mit Salz zu handeln."

„Ihr könnt Euch nicht mehr erinnern, wohin genau die Karawane ging?"

„Verzeiht, Minister, aber einem so alten Mann wie mir fällt es immer schwerer, sich an Gegebenheiten aus der Vergangenheit zu erinnern", entschuldigte sich der Zahlmeister unsicher.

Garion nickte in einer feinen Geste, innerlich jedoch begann er langsam zu jubeln. Er hatte eine Spur. Voller neuer Energie und Freude machte er sich auf den Weg zum Basar der Stadt. Hier wollte er Kloth die neuesten Nachrichten zukommen lassen. Wie verabredet fand er ihn, Kloth hatte es sich vor dem Brunner des Platzes bequem gemacht. Als er jedoch seinen alten Freund ansah, bemerkte er sofort, dass dieser ein zerknittertes Gesicht machte, ein Ausdruck, der bei ihm selten zu beobachten war.

„Was ist los, alter Freund?", amüsierte sich Garion.

„Diese unfähigen Bibliothekare hier! Alles zunichte, wertlos! Die Aufzeichnung der letzten zwanzig Jahre haben diese Unwissenden nicht auf Papyrus geschrieben, sondern auf Tierhaut! Einige Rollen scheinen sogar Menschenhaut zu sein. Sie waren viel zu heiß und feucht gelagert. Ich konnte so gut wie nichts mehr lesen", wütete Kloth.

„Bei mir lief es etwas besser. Ich habe herausgefunden, dass ein Mann, auf dessen Beschreibung Pedro passt, sich im infrage kommenden Zeitraum einer Karawane in die Wüste angeschlossen hat."

„Wenigstens etwas. Hast du auch rausbekommen, wohin diese Karawane reisen wollte?"

„Nur, dass sie mit Salz handeln wollte."

„Nun, das ist interessant", beruhigte sich Kloth wieder „denn eine der wenigen Passagen, die ich noch entziffern konnte, besagte, dass südlich der Stadt Kadachi eine Oase am Rande einer Salzpfanne liegt und dass die Sarrazenen hier ein Handelsmonopol auf den Salzhandel haben."

„Ein altbekanntes Wissen, aber mit der Information, die ich aus der Garnison gewonnen habe, durchaus wertvoll." pflichtete der Minister seinem Freund bei.

„Garion, ich habe genug für heute, lass uns einen Groeg trinken gehen und morgen schauen wir, ob wir mehr Informationen bekommen.“

Garion und Kloth machten sich schließlich auf den Weg zur Taverne. Kaum kam die Gaststätte in Sichtweite, fiel ihnen auf, dass sich eine Anzahl von Menschen vor ihr versammelt hatte. Als die Beiden sich weiter näherten, erkannten sie einige Söldner der Kirche sowie Vertreter der Aristokratie, die scheinbar auf etwas warteten.

„Was ist denn hier los?“, echauffierte sich Garion.

„Was hast du erwartet, Besuch aus der Hauptstadt, das bleibt nicht lange unbemerkt. Vor allem, wenn du die Garnison besuchst.“

„Ja, vor allen Dingen, wenn man dem Kommandeur der hiesigen Garnison mit Enthauptung androht.“ kicherte Garion.

„Wie bitte, was hast du?“, wunderte sich Kloth. Er war fassungslos, dass Garion ihre Tarnung so leichtfertig hatte auffliegen lassen.

„Frag nicht, die Geschichte erzähle ich dir heute Abend bei zwei dicken Humpen.“

Leicht resigniert gingen die Beiden weiter auf die Abordnung der Offiziellen zu und ergaben sich in ihr Schicksal.

„Minister Garion, ich bin der Gouverneur von Challons und erfreut, Sie hier in unserer beschei-

denen Stadt begrüßen zu dürfen", stellte sich ein
hagerer älterer Mann vor, „ich würde Euch gerne
für heute Abend zu einem Dinner einladen."

„Minister Garion, Prälat Ribbeck, ich hatte gehofft, ihr gebt mir heute Abend die Ehre", drängte
sich ein Priester im karminroten Gewand zwischen die Beiden.

Obwohl Garion und Kloth eigentlich inkognito
durch die Stadt reisen wollten, artete der Besuch
in Challon mittlerweile in einen Staatsbesuch aus.
Immer mehr Offizielle und Adelige reihten sich in
den Menschenauflauf ein, versuchten, den Minister und seinen Begleiter zu öffentlichen Veran-
staltungen zu bewegen. Um nicht noch mehr
Aufsehen zu erregen und geschwätzige Mäuler
zu Geschichten zu inspirieren, willigten die beiden Freunde schließlich in mehr ein, als ihnen
lieb war.

Wasser und Feuer

Bevor Porr am Horizont in Sicht kam, sah man schon die Rauchschwaden über dem Vulkan Xanthip stehen, einem der aktivsten bekannten Vulkane an der Küste des westlichen Festlandes. Fleur und Endrik betrachteten das Schauspiel von weitem. Beeindruckend hoch stand die schwarze Säule am Himmel, verkündete dem Reisenden seine Ankunft in den wilden tropischen Regionen des Festlandes. Der Kapitän wollte nicht direkt in Porr anlegen, da er sich sicher war, dass Spione seine Position dort an die kirchlichen Truppen weitergeben und sie sofort erneut die Kirche auf den Fersen haben würden. Nachdem er von seiner Mannschaft das Beiboot hatte vorbereiten lassen, wurden die Beiden etwa eine Tagesreise von Porr entfernt ans Ufer gebracht. Dabei sorgte Kapitän Glowes gut für seine Nichte, Geld, Waffen und Proviant wurde ihnen in ausreichender Menge mitgegeben. Die Zwei waren mit Lebensmitteln und Wasser für sechs Tage ausgestattet worden und so machten sie sich auf den Fußmarsch, um in einem der vielen Fischerdörfer eine Gelegenheit zur Mitreise nach Ballorei zu finden.

Die Küste von Porr war für ihr schroffes Klima und die wilden Wälder bekannt. Da es weder einen Weg noch eine ausgebaute Straße an der Küste entlang gab, bewegten sich die Beiden zwischen der Waldgrenze und dem Strand entlang in Richtung der Stadt. Der aktive Vulkan lag wie eine Drohung den ganzen Weg hin über der Szenerie und verbreitete zeitweise ein tiefes Grollen, das den Boden unter ihren Füssen zum Schwanken brachte und Fontänen von Rauch und Glut in den Himmel schickte.

Endrik hatte während der gesamten Reise immer wieder mit seinem Sapal geübt und erkannte immer mehr, wie schwer der Umgang mit dem Juwel war, kaum war er einer Erkenntnis nahe gekommen, eröffneten sich zwei andere Rätsel. Er war dem Verzweifeln nahe, erkannte er doch einfach keinen sicheren Weg, den Sapal zu beherrschen.
Immer wieder vernahmen sie ein leichtes Zittern im Boden, gefolgt von dem immer klarer zu hörenden Grollen des Vulkans. Als der Abend schließlich seine Vorboten vorausschickte und die Dämmerung sich über das Land legte, sah man ein unheimliches Glühen an den Hängen des Vulkans, leuchtenden Schlangen gleich, die sich die Hänge herabwälzten und einen roten Schimmer verbreiteten.

„Hast du jemals einen aktiven Vulkan gesehen?“, fragte Endrik beeindruckt von dem Naturschauspiel seine Begleiterin.

„Soweit ich weiß, ist der Xanthip seit Jahren aktiv, aber in Wirklichkeit habe ich dieses Schauspiel noch nie beobachten können, ich hörte lediglich von Reisenden in Seglin davon.“

Das Fischerdorf, das sie in den späten Abend-
stunden des vierten Tages erreichten, war armse-
lig, wenn man diese Ansammlung von Hütten
überhaupt Dorf nennen konnte. Endrik und Fleur
gingen zwischen den armen Hütten entlang, ohne
eine Menschenseele zu Gesicht zu bekommen.
Eine unheimliche Atmosphäre lag in der Luft, fast
schien es, als ob Geister ihre Finger nach den
Reisenden ausstreckten, ihnen einen Schauer
den Rücken herabtreibend. Möwen standen kreischend im Wind, der alle Geräusche schnell ver-
wehte und sie frösteln ließ.

„Wo sind die Fischer, ihre Familien?", wunderte
sich Endrik und schaute sich unsicher um.

„Ist schon eigenartig, hier sollten zumindest ein
paar Seelen sein." stimmte sie Endrik zu.

„Lass uns zum Hafen gehen, vielleicht können wir
sie da finden." Wandte sich Endrik in Richtung
des Wassers.

Auch hier war bis auf das Kreischen der Möwen
und das Schlagen der Wellen an die Hafenmauer
kein Zeichen aktiven Lebens zu erkennen. An der
baufälligen Holzmole lag als einziges Schiff ein
baufälliges kleines Segelboot, in dessen Bauch
das Wasser hin und her schwappte.

„Hier ist niemand", bemerkte Fleur. Nicht der
kleinste Hinweis deutete auf die Anwesenheit von
Menschen in dem Fischerdorf hin, es war ge-
spenstisch, hier zu sein, in dem verlassenen Dorf,

in dem es eigentlich vor Betriebsamkeit hätte
wimmeln sollen.

„Lass uns für heute Abend erst mal einen Unterschlupf finden“, antwortete Endrik knapp, wies
dabei sogleich auf die verlassenen Hütten.

„Ja, warten wir bis morgen und schauen, wo die
Leute sind.“

Sie suchten sich eine kleine Hütte aus, die aus-
sah, als wäre sie noch halbwegs bewohnbar,
keinen Steinwurf vom Hafen entfernt. Innen lag
eine dicke Schicht Staub über Teller und Tassen,
die so da standen, als wären die Bewohner der
Stadt von jetzt auf gleich einfach verschwunden.
Staub und Spinnenweben mussten sich schon
einige Zeit über die grob gezimmerte Einrichtung
der Hütte gelegt haben, ein Eindruck von Geborgenheit entstand hier wahrlich nicht, so sehr sie
sich auch bemühten, die zweckmäßig eingerich-
tete Hütte auf die Schnelle wohnlich zu machen.
Über einem Kamin aus grobem Feldstein hing ein
Kessel, im Inneren zeigte sich eine eingetrockne-
te graue Masse, die Endrik mit einiger Mühe und
Ekel mitsamt dem Kessel entsorgte. Um sich ein
wenig aufzuwärmen, entfachte er ein kleines
Feuer im Kamin und Fleur bereitete von ihrem
mitgebrachten Proviant ein Abendessen.
„Was so ein Feuer doch ausmacht.“ schwärmte
sie.

„Zumindest können wir uns aufwärmen und etwas Warmes essen", erwiderte Endrik zuversichtlich und lächelte seine Gefährtin an.

„Ich glaube, wir sollten heute Abend Wache halten.", Fleur war beunruhigt.

„Warum, hier ist doch niemand", antwortete Endrik zwischen zwei Bissen.

„Eben, kommt es dir nicht komisch vor, dass hier keine Menschenseele ist und wie schnell sie die Siedlung verlassen haben?", wunderte sich Fleur.

„Mach, was du nicht lassen kannst, der Fußmarsch war anstrengend und ich möchte ein wenig schlafen", antwortete Endrik trotzig, den Sinn eines solchen Unterfangens sah er nicht ein.

„Wie du meinst." Fleur sah Endrik verstimmt an.

Nachdem die Beiden gegessen hatten, legten sich Endrik in eine Ecke und betrachtete in tiefer Bewunderung seine Reisebegleitung. Die anmutigen Bewegungen der jungen Frau weckten in Endrik das Bedürfnis nach Nähe, eine Art von Bedürfnis, das er in dieser Weise vorher nie gespürt hatte. Er war sich nicht ganz klar darüber, was Fleur dazu trieb, mit ihm diese Reise zu machen. Auf alle Fälle war er der jungen Frau mehr als nur dankbar. Noch während er seinen Gedanken nachhing, schlief er ein. Wilde Träume von blauen Edelsteinen, sterbenden Menschen und einer bedrohlichen Macht quälten ihn in dieser Nacht.

Was ihn weckte und wie viel Zeit vergangen war, konnte Endrik nicht sagen, aber irgendetwas ließ seine Alarmglocken schrillen, sofort war er hellwach.

„Sei leise", fuhr ihn Fleur unwirsch an.

„Was ist los, ist dort irgendetwas?"

„Ich bin mir nicht sicher. Ich habe mehrfach etwas gehört." Angestrengt lauschten die Beiden in die Nacht. Irgendwo in der Nähe hörten sie ein Grunzen und Stöhnen, kurz darauf ein paar schwere Schritte auf dem lehmigen Boden. Endrik beobachtete, wie Fleur sich langsam der Hüttentür näherte und durch einen Spalt ins Freie schaute. Dass irgendetwas nicht stimmte, war Endrik sofort klar, als er sah, wie Fleur blass wurde und sich Schweißtropfen auf ihrer Stirn zeigten.

„Ein Feuerghoul, ich dachte, die würde es nicht mehr geben." Fleur tastete unbewusst nach ihren Dolchen.
Noch während sie dies sagte, griff Endrik nach seinem Schwert und zog es aus der Scheide: „In der Hütte können wir nicht kämpfen."

„Das weiß ich auch, beten wir, dass es nur einer ist." Fleur hatte gehört, dass diese Wesen häufig in kleinen Gruppen umherstreifen und auf Beute hofften.

180

„Einer ist schon schlimm genug, wenn nur die Hälfte davon stimmt, was ich über diese Ungeheuer gehört habe."

„Wir werden es bald wissen", erwiderte Fleur und zog zwei ihrer Dolche.

Endrik trat hinter sie und versuchte, durch den Spalt einen Blick auf das Fabelwesen zu erhaschen. Zwischen den Häusern glühte der Schein von Flammen wie das Flackern einer Fackel an den Wänden. Zuerst kam der Schein näher, um sich dann langsam wieder zu entfernen. Fleur öffnete leise die Tür, sodass sich beide ins Freie hinausdrücken konnten. Lautlos schlichen sie zur Ecke der Hütte. Darauf bedacht, kein Geräusch von sich zu geben, versuchten sie, einen Blick auf das Wesen zu erhaschen.

„Berühre ihn nicht! Auf gar keinen Fall!" zischte Fleur besorgt. „Diese Art lebt in den Schloten der Vulkane, ihre Haut ist heiß wie die Hölle und verbrennt dich bei Berührung!", flüsterte sie Endrik zu. Reisende hatten von solchen Begegnungen berichtet, sie hatte die Geschichten aber immer als eine Mär abgetan, jetzt stand sie selbst einem dieser sagenumwobenen Wesen gegenüber.

Dann sahen sie den Ghoul, seine Haut schien zu brennen. Man sah genau, dass der Schein des Feuers nicht von wirklichen Flammen hervorgerufen wurde, sondern dass es eine Art Lumineszenz war, die von der Haut ausging. Sie leuchtete und flackerte in einem gelborangenen Licht und eine Art Schleim bedeckte die sonst graue Haut. Der Ghoul war klein im Vergleich zu seinem Ruf, aber Endrik war sich sicher, dass dieser Ruf nicht unbegründet war. Die schuppige Haut wies neben dem Schleim und dem Glühen noch einige Besonderheiten auf, so zeigten sich regelmäßig auf den exponierten Körperstellen kleine Stacheln, die gefährlich gebogen und mit Widerhaken besetzt waren. Aus dem breiten Maul ragten lange Fangzähne und mit den geschlitzten gelben Augen machte das Wesen den Eindruck eines großen Reptils.

Fleur und Endrik hofften immer noch, dass sie einem Kampf aus dem Weg gehen konnten, zu schlecht war der Ruf dieser Kreaturen. Dass sich diese Hoffnung zerschlug, war klar, als erneut ein klagendes Geräusch hinter der nächsten Hütte ertönte, die Schritte kamen eindeutig näher.

„Zwei!", flüsterte Fleur.

Endrik nickte, ohne dass es Fleur sehen konnte, die Spannung war greifbar. Seine Hand verkrampfte sich so um den Griff des Schwertes, dass seine Finger die Farbe verloren.

„Versuche, ihn abzulenken, ich werde ihn umrunden und das Schwert gegen ihn einzusetzen, hoffen wir, dass wir ihn überraschen, dann bleibt nur noch einer übrig."

Die Beiden beobachteten, wie der Schein des zweiten Ghouls hinter der Hütte sichtbar wurde.

Er war kleiner als der erste, seine Haut leuchtete auch nicht so stark wie das des ersten Wesens, deshalb hatten sie ihn nicht sofort bemerkt. Die Tatsache, dass er sich hinter der Hütte aufgehalten hatte, war ein weiterer Grund, dass sie ihn nicht bemerkt hatten.

Innerlich zitterten Fleur und Endrik, nach außen gaben sie sich ruhig und beobachteten die Wesen dabei, wie sie zwischen den Hütten herumzogen.
Die Gelegenheit zum Handeln ergab sich schneller, als ihnen lieb war. Der kleinere Ghoul schob sich hinter einer Ecke hervor und erblickte noch im selben Augenblick Endrik und Fleur an der Hauswand lehnend. In diesem Augenblick erscholl aus dem schuppigen Gesicht des Ghouls ein lautes Grunzen und Stöhnen. Er richtete sich auf und bewegte sich erstaunlich schnell auf die Beiden zu.

Fleur drückte sich von der Wand ab und stellte sich dem Monster. Beide Messer glänzten unheimlich durch die sich auf den Klingen spiegelnde Lumineszenz des Wesens, fast so, als wären es brennende Fackeln, die sie hielt. Der Ghoul wandte sich der vermeintlich leichten Beute zu und folgte jeder ihrer Bewegungen, als sich Fleur langsam von der Wand entfernte, sodass Endrik, der sich noch in der Deckung befand, von hinten angreifen konnte. Gerade, als sich Endrik nach vorne stürzen wollte, griff der Ghoul an, stürzte nach vorne und versuchte Fleur mit seinen scharfen Klauen zu fassen. Fleur wich geschickt aus und Endriks erster Angriff ging ins Leere, er setzte jedoch gleich nach und benutzte das Schwert als Stichwaffe. Wie in Trance sah er, wie das Schwert auf der Haut abglitt und nur eine leichte oberflächliche Verletzung hervorrief. Der Ghoul wirbelte herum und Endrik stach erneut zu, die Klinge glitt vom Hautpanzer ab. Schockiert schaute Endrik auf das gepanzerte Wesen, er konnte es nicht glauben wie wenig sein Angriff ausgerichtete hatte.

Fleur stach in der Zwischenzeit von hinten auf den Gegner ein. Ihre Dolche richteten aber noch weniger Schaden an als das schwere Schwert und die kleine Wunden, die ihre Messer hinterließen, bluteten nicht einmal, als sie sich zurückzog. Erneut drehte sich das Wesen um und Endrik nutze die Gelegenheit, um mit dem Schwert erneut auf den Gegner einzustechen.

Wie durch ein Wunder glitt die Waffe in das Fleisch des Ghouls, am Ansatz der Arme, einer anscheinend weniger gepanzerten Region des Körpers. Ein schriller Schrei ertönte, als der Ghoul seine Verletzung bemerke. Er wirbelte herum und das Schwert wurde durch die Kraft der Drehung aus Endriks Hand gerissen. Noch in der Bewegung schlug die Klaue des Ghouls gegen Endriks Kopf und streckte ihn zu Boden. Schmerzen durchdrangen Endrik, ihm schwanden die Sinne und Schwärze umfing ihn. Fleur setzte nach. Wie sie bei ihrem Begleiter gesehen hatte, stießen nun die Dolche in die weiche Haut unter den Armen, und auf einmal quoll dickes, gelbes Blut unter den Armen des Ghouls hervor. In rasendem Schmerz ließ er von seiner Beute ab und zog sich zurück.

Fleur eilte zu Endrik und untersuchte ihn besorgt, er war immer noch kaum bei Sinnen, unkontrolliert wedelte er mit den Armen und versuchte, sich schließlich schwerfällig zu erheben.

„Endrik, ist dir was passiert, bist du verletzt?", sorgte sich die Frau um den jungen Mann.

„Geht schon", stammelte er und tastete nach seinem Schwert, Blitze tanzten vor seinen Augen. Als er schließlich das beruhigende Gewicht der Waffe in seinen Händen fühlte, wurde ihm bewusst, wie viel Glück er gehabt hatte.

„Wir müssen hier weg, das war reines Glück", klarte Endrik langsam auf und schaute sich nach dem zweiten Ghoul um, dessen Licht langsam näher gekommen war.

Fleur half ihm, sich vollends aufzurichten, stützte ihn auf dem Weg zum Hafen.

„Lass uns auf das Boot gehen, wenn wir nur ein paar Meter hinauskommen, sollten wir sicher sein", überlegte sie laut.

Endrik wollte zurück in die Hütte, um ihre Sachen zu holen, Fleur hielt ihn jedoch zurück, stützte

Endrik, dessen Schmerzen ihm schwer zu schaffen machten.

„Nein, lass, das schaffen wir sonst nicht", drängte sie ihren Begleiter weiter in Richtung des Hafens.

„Du hast Recht, schnell zum Hafen."

Beide stolperten durch die Nacht und versuchten trotz der schlechten Sicht, so schnell wie möglich aus der Gefahrenzone zu gelangen. Als sie das noch vor Ort liegende Boot erreichten, sprangen beide schnell in das seichte Wasser und kletterten in den Kahn.

Nachdem die Zwei sich mühsam in das halb unter Wasser gelegene Boot gezogen hatten, durchhieb Endrik das Seil mit seinem Schwert und stieß sich ab, dabei benutzte er die Klinge wie ein Ruder, um etwas Raum zwischen sie und die Fabelwesen zu bringen.

Keine Minute später erreichten die beiden Ghoule zusammen den Hafen und stapften auf das Boot mit den Flüchtlingen zu. Am Wasser verharrten sie, bewegten sich, einen Weg zu ihrer Beute suchend, am Kai auf und ab. Endrik und Fleur atmeten erleichtert auf und begannen, sich langsam von ihren Strapazen zu entspannen. Endrik lehnte sich zurück und atmete tief durch. Er war so erschöpft wie noch nie in seinem Leben und so bemerkte er gar nicht, wie er wegdämmerte und einschlief, die Schmerzen in seinem Gesicht und der Kampf hatten ihm sämtliche Energie geraubt.

Es dämmerte, als Endrik erwachte, seine linke Schädelseite schmerzte, als ob ihn jemand mit einem glühenden Eisen verbrannt hätte. Fleur schlief noch, als er sich umschaute und erstaunt feststellte, dass das Land nur noch ein kleiner Strich am Horizont war.

„Fleur, wach auf", rüttelte Endrik an Fleurs Schultern.

„Was?" Erschreckt setzte sie sich auf.

„Wir sind auf das Meer abgetrieben."

Fleur schaute sich um und bestätigte seine Aussagen, als sie jedoch sein Gesicht sah, legten sich Sorgenfalten über ihre Schläfe. Im Tageslicht hatte sie die Verletzung von Endrik noch nicht gesehen und was sie jetzt sah, beunruhigte sie sichtlich.

„Endrik, dein Gesicht!" Sanft strich sie mit den Fingerkuppen über die unverletzte Haut an seinem Kinn.

Er tastete mit spitzen Fingern an seine linke Gesichtshälfte und zuckte zusammen, er fühlte das Fleisch, was sich unter der sich ablösenden Haut freilegte, der Schmerz ließ ihn aufschreien.

„Das sieht nicht gut aus!", bestätigte sie seine schlimmsten Befürchtungen.

„Es tut auch weh, was ist mit meinem Gesicht, sieht es schlimm aus?"

„Deine Haut löst sich, es sieht wie verbrannt aus."

„Da hat mich der Ghoul getroffen", erwiderte er knapp.

Fleur zerriss einen Teil ihrer Jacke, tauchte sie in das kalte Wasser des Meeres und legte den feuchten Umschlag sanft auf die sich lösende Haut.

„Du brauchst Hilfe."

„Tja, ich habe nur dich im Moment", schaute er seine Begleiterin in tiefer Dankbarkeit an.

„Wir haben vielleicht Glück, der ablandige Wind lässt uns in Richtung Ballorei treiben, mit etwas Glück sehen wir die Insel in kurzer Zeit", ließ sie nicht ganz zuversichtlich vernehmen, sie wollte jedoch Endrik Hoffnung geben, die Verletzungen des jungen Mannes waren sichtlich gefährlich und entstellten sein Gesicht.

Im Laufe des Tages entwickelte Endrik das erste Fieber, ihm war schwindlig und seine Augen konnte er nur schwer aufhalten. Mit halb offenen Augen versuchte er Fleur zu fixieren. Muskelzuckungen zeigten sich in seiner Gesichtsmuskulatur, sodass er kaum sein Augenlid heben konnte und ihm selbst einfache Worte nur schwerfällig aus dem Mund kamen.

Endriks Situation wurde gegen Abend immer schlimmer, er fieberte im Delirium und schrie ständig nach seinen Eltern, stammelte über ihren Tod. Jetzt verstand Fleur in etwa, was Endrik durchlebt haben musste und das Mitgefühl brannte wie Feuer in ihrer Seele.

„Oh Endrik." Fleur strich ihm dabei liebevoll durch die Haare. Endrik hatte mittlerweile hohes Fieber und ihre Sorgen um ihren Begleiter wurden immer größer, wenn sie nicht bald Land erreichten, hatte sie die Befürchtung, dass Endrik es nicht überleben würde.

„Mir ist kalt", stammelte er leise mit schwächer werdender Stimme in einem der seltener werdenden klaren Momente.

„Die Wunde sieht nicht gut aus." Fleur wechselte den Umschlag und betrachtete den jungen Mann liebevoll, „vielleicht Gift? Wenn ich nur mehr über diese Bestien wüsste!"

Der Wind hatte etwas aufgefrischt und das Land verschwand langsam hinter dem Horizont. Es gab nur einen Weg, den der Wind ihnen vorgab. Fleur wusste, dass genau südlich ihr Ziel lag und der Wind spielte ihnen zu. Sie machte sich aber wegen der Symptome, die Endrik hatte, Sorgen. Es war ganz klar, dass hier etwas nicht so war, wie es hätte sein müssen. Die Wunde im Gesicht zeigte erste Tendenzen zur Heilung, aber ihm ging es nicht besser, er wurde immer schläfriger und bekam noch dazu schlecht Luft, außerdem war er nun zeitweise völlig bewusstlos.

Der Tag verging und der Wind trieb sie gnadenlos Richtung Süden. Endrik hatte im Fieber begonnen zu halluzinieren und bekam schwer Luft. Er glühte und Süßwasser war nicht vorhanden. Fleur machte sich immer größere Sorgen und betete darum, dass sie bald das rettende Land erreichen würden. Als sie in der Nacht einschlief, hörte sie das leichte Schlagen der Wellen am Rumpf und Endriks schweren Atem.

Als der Morgen graute, ging es Endrik etwas besser, das Fieber war gesunken und seine Atmung war etwas stärker, sodass sie hoffte, er wäre über den Berg. Land konnte man nicht mehr sehen, der Durst quälte sie und sie dachte sorgenvoll an Endrik, wie musste er sich fühlen, ohne seinen Durst stillen zu können nach dem Fieber.

Neue Hoffnung bekam sie erst, als sie gegen Mittag am Horizont eine Rauchfahne sah. Ein paar Stunden später tauchten die ersten Küstensegler am Horizont auf, Fleur versuchte, mit Winken und Rufen auf sich aufmerksam zu machen, wann immer sie dachte, sie würde von den entfernten Booten gesehen werden können. Schließlich hatte sie Erfolg, ein dreieckiges Segel wurde langsam größer. Sie wurden gegen Abend des dritten Tages gerettet und als die Beiden auf dem anderen Schiff waren, flößte Fleur Endrik das langersehnte Wasser ein, er schluckte schwach und öffnete endlich, nach zwei Tagen, das erste Mal wieder die Augen.

„Ruhig Endrik, es ist alles gut, ruh dich aus." Erleichtert flüsterte sie ihm sanft in sein Ohr.

Dankbar blickte Endrik sie aus trüben Augen an, schloss sie sogleich aber wieder und schlief erschöpft ein, die Einfahrt in den buntesten Hafen der bekannten Welt verpassend.

Ein Ziel

Ballorei, eine glitzernde Stadt im Meer der Stille. Berühmt und reich wurde sie durch ihre Vorkommen von Diamanten und Gold in der Umgebung der Stadt. Viele Händler hatten sich hier niedergelassen, in den Jahrhunderten wurde die Stadt durch ihren Reichtum berühmt und zu einer Anlaufstelle für Glücksritter und verlorene Seelen aller Reiche.

Fleur fand schnell Anschluss an die Diebesgilde, anders als sie es kannte, waren hier sogar die Diebe vornehm und reich. Der hiesige Gajan trug Gold und Brokat, er war ein dicklicher Mann mit schweißigem Gesicht, ständig schien er irgendetwas zu kauen. Seine kleinen wachsamen Augen durchforsteten laufend seine Umgebung und nahmen jedes Detail wahr. Fleur hatte gleich nach der Ankunft im Hafen mit ihm Kontakt aufgenommen, man kannte sich eben. Selbst die kleinsten Diebe, die Fleur bei ihrem Treffen mit dem Gajan zu Gesicht bekam, trugen, anders als es sonst üblich war, auffällig gefärbte Kleidung sowie Ringe und Ketten von nicht unerheblichem Wert.
Fleur hatte mit dem Gajan ausgehandelt, dass Endrik mit seinen schlecht heilenden Wunden von Männern der hiesigen Diebesgilde medizinische Hilfe zukommen gelassen wurde, dafür verschaffte sie dem Gajan mehrere kleine Habseligkeiten, die er sonst nur schwer bekommen hätte,

so waren beide Seiten zufrieden. Fleur hatte schließlich erfahren, dass Feuerghoule ein Toxin in ihrem Körperschleim trugen, häufig führte es zum Tod, waren die Verletzungen nur schlimm genug. Endrik hatte die Attacke des Feuerghouls zwar mit schweren Verletzungen überlebt, aber nur durch adäquate Hilfe würde er jetzt ganz genesen. Fleur war dem Gajan aus diesem Grunde sehr dankbar. Auch wenn die Heiler versicherten, dass Endriks Narben nicht zu schlimm werden würden, glaubte sie ihnen nur bedingt. Um nicht noch mehr Zeit zu verlieren, hatte sie, ohne auf Endrik zu warten, ihre Fühler bereits ausgestreckt und sich über den mysteriösen Pedro erkundigt. Soviel war sicher, er war nicht hier, jedenfalls nicht mehr. Es gab Anhaltspunkte dafür, dass sich der Gesuchte hier einige Zeit aufgehalten hatte, einige erinnerten sich an seinen Namen, einige waren sich sicher, dass er die Stadt vor langer Zeit wieder verlassen hatte. Aber sie hatte auch gute Neuigkeiten, es gab eine kleine Gemeinde Sarrazenen in der Stadt und sobald Endrik wieder voll genesen war, wollte Fleur sie mit ihm aufsuchen, um noch genauere Informationen über den Gesuchten zu bekommen.

Als sie Endrik wieder erreichte, sah sie mit großer Freude, dass er das erste Mal am Tisch saß und einen großen Haufen Meeresfrüchte mit Reis vertilgte. Er war wieder soweit genesen, dass seine Augen in dem Feuer erstrahlten, welches sie so gerne an ihm sah und er hatte wirklich einen großen Appetit.

„Wenn du so weit bist, können wir schauen, ob wir mehr über deinen Pedro herausfinden. Es gibt eine Gemeinde Sarrazenen hier, die sicher etwas Genaueres wissen", forderte sie ihn auf, nachdem er seinen Teller zur Gänze geleert hatte.

„Ich bin es langsam leid. Wir kommen nicht wirklich weiter. Immer noch keine konkreten Anhaltspunkte von ihm, immer nur vage Andeutungen und Spuren, die sich nach kurzer Zeit in Nichts auflösen", senkte Endrik resigniert den Kopf.

„Was hast du erwartet nach all den Jahren, dass du losziehst, ihn sofort findest, deine Hand ausstreckst und ihn wie einen alten Freund begrüßt?"

„Ich weiß es nicht, warum haben mich meine Eltern auf diese Reise geschickt?", schmollte er weiter.

„Weil es für sie wichtig war? Und was heißt, wir sind nicht weiter, wir sind hier, weit weg von zu Hause in einem großen Abenteuer und wir beide sind zusammen", grinste sie ihn frech an.

„Ja, schon, aber wohin soll das führen?" Endrik ließ sich dieses Mal nicht von dem freundlichen Lächeln seines Gegenübers anstecken, zu sehr war er enttäuscht und in seinem Selbstmitleid gefangen.

„Das sehen wir am Ende. Du hast während deiner Reise mehr erlebt und mehr gesehen als jemals zuvor, ist es das nicht wert?", versuchte sie sein Gewissen anzusprechen und ihn aus seinem Selbstmitleid zu befreien.

„Du hast gut reden. Mein Leben ist völlig durcheinander. Meine Eltern ermordet, ich auf einer erfolglosen Reise, was machen wir, wenn wir ihn nicht finden?" Endrik war in einer depressiven Stimmung, das erkannte Fleur schnell und sie musste ihn aus dieser Situation herausholen.

„Ich weiß nicht, was du machen wirst, aber ich werde irgendwann nach Seglin zurückgehen und den Posten meines Vaters übernehmen. Die Erfahrung und die Kontakte, die ich bis hierher schon gesammelt habe, werden mir dabei sehr nützlich sein", lächelte sie ihn weiter an, die Herausforderung konnte er einfach nicht übersehen.

„Und ich werde ewig auf der Flucht sein, vor der Kirche und ihren Häschern, schon klar." Endrik wurde langsam lauter, so erhitzt war sein Gemüt.

„Ich weiß nicht, vielleicht kommst du mit? Ein junger Mann wie du kann eine gute Karriere machen bei uns", grinste sie ihn an.

Endrik bemerkte ihre leuchtenden Augen und nun sah er sie das erste Mal in einem anderen Licht. Er lächelte zurück und Zuneigung machte sich in ihm breit und mehr als eine große Dankbarkeit.

„Ja, und nun komm, wenn wir keine Spur finden von ihm, werde ich dich nicht weiter drängen", flüsterte sie ihm zu, indem sie nah an sein Gesicht herankam und in seine Augen funkelte. Kribbeln machte sich in Endrik breit, da war mehr, bemerkte er, sein Magen rebellierte, das mussten die Meeresfrüchte sein. Er war überrascht und ängstlich, das hatte er noch nie für jemanden empfunden. Eine Sekunde hatte er das Bedürfnis, diese Frau vor ihm zu küssen, doch eine tiefgreifende Angst hielt ihn davon ab, schließlich richtete er sich auf und grinste sie nur an.

„Na dann los, suchen wir eine Spur", lächelte er zurück.

Endrik war überrascht, die Stadt war so ganz anders, als er erwartet hatte. Der Reichtum lag hier wortwörtlich auf der Straße, überall sah man vornehme Bürger und Reisende, die ihren Wohlstand zur Schau stellten. Die Händler boten ihre Waren an, von überall her drängten Düfte von Essen und Gewürzen in die Nase des Besuchers, auch wenn alles sehr teuer war, wie Endrik feststellte, leistete er sich die eine oder andere Leckerei von einem Stand. Schließlich musste er wieder zu Kräften kommen.

Die Gemeinde der Sarrazenen war am südlichen Ende der Stadt in einer kleinen Enklave. Die Frauen gingen mit Schleiern durch die Straßen und wie Fleur Endrik erklärte, trugen verheiratete Frauen Fesseln an den Händen, als Zeichen ihrer Bindung zu einem Mann. Je edler diese waren,
196

desto reicher war der „Besitzer". Im Gegensatz zu verheirateten Frauen waren die unverheirateten sehr verschlossen. Sie trugen Tücher, die ihre Statur und ihr Gesicht komplett verhüllten, ein Widerspruch in sich, wie Endrik fand. Im Zentrum der Enklave lag das Badehaus. In der Art, die Sarrazenen liebten, offen in der Bauweise mit mehreren Becken mit unterschiedlichen Temperaturen. Dieses Haus war ihr Ziel, Fleur wusste, dass hier die Informationszentrale dieser Kultur saß und sie wusste, dass der Inhaber ein gesprächiger Mann war, der eine Schwäche für junge Frauen hatte.

Endrik wusste nicht, wie Fleur es machte, aber sie verwandelte sich in kurzer Zeit, sie legte sich selbst Handfesseln an und zwinkerte Endrik zu. Von diesem Moment an schien sie ein anderer Mensch zu sein. Sie bewegte sich lässig und ihre Augen schienen zu funkeln, wie ein Stern am Abendhimmel, sie spielte diese Rolle offenbar gern und nicht zum ersten Mal, zu sicher wirkte sie dabei.

„Keine falschen Gedanken!", lachte sie verschwörerisch, rückte aber ihre Brüste mit einem kleinen zwinkern zurecht.

„Niemals, ich wundere mich nur."

„So war das auch gedacht." Schließlich seufzte sie, schaute Endrik an, wusste, dass sie ihm eine Erklärung schuldig war, „wir hatten darüber geredet, Sarrazenen pflegen eine eigenartige Kultur, die ganze Geschichte geht, soweit ich weiß, auf eine göttliche Legende zurück, aber nur so viel dazu, sie pflegen die Vielweiberei und nur eine Frau, die Fesseln an den Gelenken trägt, ist sicher vor Übergriffen, da dies das Zeichen für eine vollzogene Ehe ist und ja, mein Vater hatte mir mal bei einem Besuch von mehreren Sarrazenen in unserer Gilde zum Schutz befohlen, diese Rolle zu spielen. Was mir damals sehr viel Spaß gemacht hat." Lachte sie mit einem Zwinkern.

Endrik errötete bei dem Gedanken und den Erklärungen seiner Gefährtin. Als sie das Badehaus betraten, schlug ihnen eine feuchtwarme Luft entgegen, es roch nach Salz und Kräutern, einige Gerüche konnte er nicht zuordnen. Die von diesen Düften gesättigte warme Luft raubte ihm fast den   Atem.
Endrik wurde getrennt von Fleur in einen Umkleideraum geführt, dort legte er seine Sachen ab und umwickelte sich mit einem ihm angebotenen Tuch, er fühlte sich trotzdem nackt und unwohl ohne seine Kleidung und ohne sein Schwert.

Er folgte einer Markierung in die Tiefen des Badehauses und schließlich betrat er eine Halle. Der Boden war warm, offenbar beheizt, an den Seiten lagen mehrere Dampfbäder und in der Mitte der Halle waren mehrere kleine und ein großes Becken hintereinander aufgereiht, Dampf stieg aus ihnen empor und schwängerte die Luft mit ihrer Feuchte. Liegen reihten sich an der Stirnseite auf, dort wurden einige Männer von

Dienern massiert, andere schienen zu schlafen oder nur zu ruhen.

Als er schließlich nach links blickte, sah er Fleur auftauchen. Es verschlug ihm die Sprache. Wie die anderen Frauen trug Fleur eine Art Tüllstoff, der mehr zeigte, als er verbarg. Sie war unglaublich schön, das erste Mal betrachtete er sie fast so, wie sie geschaffen wurde, an den Handgelenken, deutlich sichtbar die goldenen Armfesseln. Ihre Rundungen waren atemberaubend, kein Makel zeichnete sich auf ihrem Körper ab und ihre Bewegungen waren herausfordernd und sanft.

„Du siehst unglaublich schön aus", stammelte er und senkte verschämt den Blick.

„Gib dich keiner Schwäche hin", sie hob ihre Hände und zeigte ihm die Fesseln, „ich bin verheiratet.", zog sie mit einem selbstbewussten Grinsen an ihm vorbei.

Ohne ein weiteres Wort sprechen zu können folgte er der schönen Frau in das erste Becken. Die Hitze des Wassers verschlug ihm den Atem, er dachte, er würde verbrüht, seine Haut rötete sich, er musste wirklich seinen gesamten Willen aufwenden, um das Wasser nicht sofort wieder zu verlassen. Hoch schauend, sich über ihn amüsierend, sah er das lachende Gesicht seiner Begleiterin. Ohne eine Regung in ihrem Gesicht war sie in das heiße Wasser eingetaucht und fühlte sich hier sichtlich wohl, obwohl der Stoff durchsichtiger wurde und sie noch verführerischer machte.

„Du wirst es überleben, das nächste Becken wird angenehmer, etwas kühler", ließ sie verschmitzt vernehmen, wiegte dabei langsam ihren Körper verführerisch im Wasser.

„Wenn du es sagst, meine Haut schlägt Blasen", reagierte Endrik etwas erbost, schließlich war es seine Haut, die er hier lassen würde. Vor allem schmerzte seine Narben auf dem Gesicht, ewig würden sie ihn an den Ghoul erinnern.

Als sich Fleur erhob, klebte der dünne Stoff an ihrer Haut und Endrik musste sich sehr zusammennehmen, um nicht seine Contenance zu verlieren, zu erotisch wirkte sie für ihn. Er folgte ihr in das nächste Becken, hier waren Schwämme ausgelegt, mit deren Hilfe sie sich säuberten, allerdings war das Wasser so kalt, dass Endrik glaubte, er würde einen Herzinfarkt bekommen, der Atem stockt ihm, von der Neugier auf Fleurs atemberaubenden Körper war nichts übrig geblieben, auch nicht, als Fleur sich schließlich in das dritte Becken begab. Als sie hier fertig waren, stiegen sie heraus und bewegten sich zwischen den Dampfbädern, Fleur suchte eindeutig etwas. Schließlich fand sie den richtigen Raum und sie setzten sich zu einem Mann, dessen Blick in Richtung Fleur funkelte und der sie mit seinen Blicken beinahe auszog. Endrik spürte Eifersucht in sich aufsteigen. Demonstrativ legte Fleur ihre

Handfesseln auf ihre Knie, die Nachricht war so eindeutig: *„Ich bin vergeben.“*

„Ich kenne Euch nicht, schöne Frau, wie heißt Ihr“, wandte sich der Mann, mit seinen Augen über Fleurs Körper gleitend, an sie.

„Ihr seid zu charmant, mein Name ist Fleur“, kokettierte sie mit ihm, ließ dabei aber Endrik nicht aus den Augen.

„Willkommen in meinem Etablissement, Fleur. Es ist mir eine Ehre, Euch kennenzulernen.“

„Ganz meinerseits“, erwiderte sie mit einem entwaffnenden Lächeln auf den Lippen.

„Wem gehört Ihr, Mädchen, vielleicht kann ich eurem Mann ein Angebot für Euch machen.“ Die Gier in seinen Augen war nicht zu übersehen und Endrik musste sich zusammennehmen, um nicht dazwischen zu gehen und diesem Kerl seine Grenzen aufzuzeigen.

„Ich denke nicht, ich bin seine einzige Frau und er passt gut auf mich auf denn er liebt mich.“ Der Augenaufschlag, den sie dabei machte, ließ selbst Endrik eine Gänsehaut über den Rücken laufen.

„Vielleicht darf ich mal mit ihm reden und verhandeln, eine Frau wie Ihr ist ein Vermögen wert.“

„Ich werde es ihm ausrichten, er schickte mich her, um einen Bekannten zu suchen.“

„Oh, vielleicht kann ich da behilflich sein", bot er sich an, ein gutes Geschäft witternd, eine solche Frau würde ihren Besitzer sozial stark anheben.

„Hmm, ich bin mir nicht sicher. Aber warum nicht, sein Name ist Pedro Alfaro, ein alter Gardist, er müsste hier vor ein paar Jahren durchgekommen sein."

„Jedenfalls ist er nicht hier, der Name sagt mir nur entfernt etwas, das muss lang her sein, ich kenne alle Sarrazenen, die hier leben oder gelebt haben."

„Er wollte sich hier niederlassen, das ist aber Jahre her", legte sie nach.

„Ja, jetzt, wo Ihr es sagt, vor einigen Jahren war ein Gardist hier; ungewöhnlich, Gardist und Sarrazen, aber soweit ich weiß, reiste er nach einiger Zeit in unsere alte Heimat ab."

„Nach Kadachi?", fragte sie, perfekt die Empörung in ihrer Stimme spielend, „ein Wunder, von dort sind wir vor einem halben Jahr abgereist."

„Ihr wart in unserer Heimat, sagt, wie steht es um Kadachi?", interessiert folgte er Fleurs Kurven mit den Augen, sich gar nicht bewusst, dass er das, was Fleur wollte, verraten hatte und ihr Interesse in Sekundenschnelle merklich gesunken war.

„Es ist wie immer, heiß und lebhaft. Der Handel läuft gut", wich Fleur aus.

Den Rest des Gesprächs bekam Endrik nur am Rande mit, es war nur Geplänkel und der Austausch von Nichtigkeiten. Er grübelte über das nach, was sie herausgefunden hatten. Sie hatten endlich wieder ein Ziel. Schließlich verließen Fleur und Endrik das Badehaus und begaben sich in ihre Unterkunft, wissend, dass die nächsten Schritte wohlüberlegt sein sollten.

Er war sich sicher, dass die Reise erstens lange dauern und zweitens nicht billig sein würde, und so viel Glück, wie sie bisher gehabt hatten, würden sie wohl nicht mehr haben. Zweifel taten sich auf und Endrik überlegte lange, wie sie das nun weiter anstellen sollten.

Hilfe erhielt er erneut von Fleur. Wie sie das geschafft hatte, wollte er gar nicht so genau wissen, aber ihr gelang es in kürzester Zeit, genug Geld für eine Überfahrt nach Challions zu besorgen. Dass sie dafür einige Nächte ihrer alten Tätigkeit nachkam, überraschte ihn nicht wirklich. Endrik wurde sich nur immer mehr darüber klar, dass Fleur eine außergewöhnliche, geheimnisvolle Frau war. Wieder war er mehr als nur dankbar.

Diesmal machten sie sich als Passagiere eines Handelsschiffes auf den Weg über das Meer, mit allem Komfort, den ein Händler auf einer kurzen Reise zu bieten hatte.

Kreise

Das Buffet war riesig, aufgebaut war es an einem langen Tisch, der auf einigen Metern die besten Köstlichkeiten bereithielt. Garion hatte nun seit mehreren Wochen jede Veranstaltung besucht, die für ihn und seinen Begleiter geplant worden waren. Kloth war mittlerweile mehr als genervt von den vielen Festen und dem inhaltlosen Geplänkel, welches sie über sich ergehen lassen mussten. Garion versuchte am Tag Regierungsgeschäfte zu organisieren; Kloth kämpfte sich durch die hiesigen Bibliotheken und Schriftrollen, mit Berichten aus dem ganzen Reich. Das Schlimmste für die Beiden waren die Frauen der Aristokratie, die ständig neue Nachrichten und Gesprächsthemen aus dem Reich haben wollten. Die einzige Vornehmlichkeit für sie war ihre Unterkunft. Sie waren im Gouverneurspalast untergebracht, alle Bedürfnisse wurden ihnen von den Augen abgelesen, was eine ausgesprochen angenehme und willkommene Veränderung zu ihrer bisherigen kargen Reise darstellte.

Kloth hatte dennoch seit Tagen eine grimmige Miene aufgesetzt und ertrug auch dieses Mal die flachen Gespräche, die man ihnen aufzwang, allerdings bemerkte Garion die zunehmende Unzufriedenheit seines Freundes, die diesen immer harscher und provokanter werden ließ.

„Wir müssen nachher reden, Garion", versuchte
Kloth, seinen Freund kurz für sich alleine zu haben.

„Ich hoffe, das dauert heute nicht zu lange. Die
grüne Kuh da hinten", er wies auf eine der Hof-
damen in ihrem grünen Kleid, die ihm schmach-
tende Blicke zuwarf, „versucht seit einer Woche,
mich herumzubekommen, dabei ist sie so uninte-
ressant wie ein Laib altes Brot."

„Ich leide mit dir", versicherte Kloth Garion mit
einem verschmitzten Lächeln, „ich weiß genau,
wie du leidest." Unterbrochen wurden die Beiden
vom hiesigen Prälaten, der mit schnellen Schritten auf sie zueilte und ihr Gespräch jäh unterbrach.

„Meine Herren, mal wieder eine Ehre, Sie hier
begrüßen zu dürfen", verbeugte er sich vor Garion.

„Uns auch, Prälat, Ihr seid wie immer ein großar-
tiger Gastgeber." Den Hohn in seiner Stimme
konnte Garion dabei nicht verbergen.

Kaum, dass Garion glaubte, die Sache wäre erledigt, näherte sich seine Verehrerin und drängte
den Prälaten unwirsch zur Seite.

„Minister, eine Freude, Sie zu sehen, eure Anwesenheit ist wie immer ein Genuss", hauchte sie
ihm zu, hakte sich ein und zog den Leidenden zur
Seite. Garion blickte Kloth hilfesuchend an. Die-

ser grinste nur und blieb mit dem Prälaten alleine zurück, manche Prüfung musste sein Freund einfach alleine bestehen.

„Ich versuche die ganze Zeit, Euch und Euren Freund zu sprechen, mir ist zu Ohren gekommen, dass Ihr ohne offiziellen Befehl die Hauptstadt verlassen habt und meine Neugier, was Euch hierher führt, ist groß", begann der Prälat ohne weiteres Vorgeplänkel.

„Wir haben unsere Gründe", erwiderte Kloth vorsichtig.

„Meine Nachrichten sagen da etwas anderes, meine Neugier hat auch den Grund, zu hören, ob ihr nicht etwas im Schilde führt."

„Was soll ein Gelehrter und ein Minister auf Reisen schon groß im Schilde führen? Wir sind einfach nur auf Reisen und versuchen, Handelskontakte zu knüpfen", versicherte ihm Kloth, der sich bei dem Gespräch sehr unwohl fühlte, irgendetwas ging hier vor sich.

„Ihr macht also eine Handelsreise? Welch eigenartiger Zufall."

„Warum Zufall?", wurde Kloth misstrauisch.

„Oh, Ihr habt es noch nicht gehört? Die Versammlung hat ein neues Gesetz verfügt, alle großen Handelsabkommen müssen von der Kirche abgesegnet und letztlich auch besteuert werden."

206

Bei Kloth gingen schlagartig alle Alarmlichter an. Der Geistliche wusste mehr, als er bereit war zu sagen, das war klar: „Von so einem Gesetz haben wir noch nichts gehört, Eure Heiligkeit, außerdem, was sagt der König dazu, es würde mich stark wundern, wenn er dem zugestimmt hätte."

„Der Erzprälat hat eine Suchanfrage nach Euch gestellt, es wundert mich, warum er Euch so dringend finden will." entgegnete der Prälat unbeeindruckt.

„Es muss ein Missverständnis sein. Es gibt keinen Grund, warum der Erzprälat uns finden wollen würde", versuchte Kloth, sich aus der Affäre zu ziehen.

„So lauten meine Informationen. Also sagt mir, was soll ich dem Erzprälaten mitteilen? Ich bin ihm schließlich verpflichtet."

„Sagt ihm, dass wir uns auf den Weg zurück zur Hauptstadt machen, sobald unsere Geschäfte erledigt sind", versuchte Kloth den Prälaten zu beruhigen und etwas Zeit zu gewinnen.

Kloth war dankbar, als sich plötzlich ein Aristokrat an den Prälaten wandte und sie unterbrach. Er musste nachdenken, außerdem musste er jetzt dringend mit Garion reden, hier stimmte etwas nicht, wenn der Erzprälat sie suchen sollte, warum sollte der hiesige Prälat sie dann informieren und warnen. Noch mehr beunruhigte ihn, dass Soldaten sich an den Eingängen postiert hatten.

Mehr als alles in der Welt musste er jetzt sofort mit Garion absprechen, wie es weitergehen sollte. Er fand seinen Freund in der Mitte einer Gruppe älterer adliger Frauen, mit der Frau im grünen Gewand an seiner rechten Seite. Ohne zu zögern ging er auf die Gruppe zu und zog Garion mit einem entschuldigenden Nicken aus den Fängen der Damen, die dankbaren Blicke Garions und die empörten Blicke der Frauen ignorierend.

„Entschuldigt uns, wir müssen noch etwas Dringendes erledigen", drängte er sich zwischen die heiratswilligen Frauen.

„Ich danke dir, du hast mich gerettet."

„Vergiss das! Hier stimmt etwas ganz und gar nicht." Dabei wies Kloth seinen Freund auf die Soldaten hin, die heute das erste Mal bei einem Ball zu sehen waren.

„Wie meinst du das?", wunderte er sich, die Situation genauer betrachtend.

„Schau dich doch mal um, der Prälat hat seine Wachen mitgebracht und fällt dir nicht auf, dass diesmal nur wenige Adlige da sind, weniger als sonst, die heutige Feier ist eine inszenierte Show für uns."

„Ich hatte gedacht, es wäre den Adligen endlich langsam langweilig geworden", grinste Garion.

„Der Prälat erzählte etwas von einem Suchbefehl für uns; und was noch merkwürdiger ist, er hat
208

mir das alles wie eine Nebensächlichkeit erzählt, er hat irgendwas vor."

„Er wollte, dass wir es wissen", stellte Garion fest.

„Ja, ich denke, er will uns veranlassen zu handeln, damit wir den ersten Schritt tun."

„Bisher wusste keiner der oberen Theokratie, dass wir hier sind, aber ich denke, die Situation hat sich geändert. Er wird es berichtet haben", mutmaßte Garion.

„Ich gehe davon aus. Mich wundert nur, dass der Erzprälat sich überhaupt um uns kümmert, der strickt mal wieder eine Intrige", vermutete Kloth.

„Es sei denn, er plant etwas noch Größeres, irgendwas stimmt hier gewaltig nicht, du hast recht. Wie weit bist du mit den Recherchen?"

„Danke, gut, ich bin fast fertig, nichts Neues. Wir müssen nach Kadachi." Kloth nickte und war überzeugt, dass ihm gerade etwas entgangen war: „Ich denke, wir sollten sicherheitshalber packen und uns verabschieden, wenn wir den Tag auslaufen lassen und in unsere Quartiere gehen, wird der Prälat sicherlich keine Schritte unter den Augen der Zeugen hier unternehmen."

„Wir verabschieden uns und treffen uns so schnell wie möglich in unserem Quartier, dort bereden wir, wie es weitergehen soll, ich denke auch nicht, dass hier etwas passiert, zu viele Zeugen", bestätigt Kloth.

Ohne sich weiter umeinander zu kümmern, gingen sie auseinander und absolvierten ihr kleines Pflichtprogramm, um nicht weiter aufzufallen. Es war etwa eineinhalb Stunden später, als sich die Beiden in ihrem Quartier trafen. Kloth wartete schon eine kleine Weile auf seinen Freund und hatte begonnen, seine Sachen zu sortieren. Zusammen machten sie sich daran, ihre wenige Habe zu verstauen und sich reisefertig zu machen.

„Moment", wunderte sich Garion, „jemand hat unsere Sachen durchsucht."

„Wie kommst du darauf, ist doch alles noch da, mir ist nichts aufgefallen", beruhigte ihn Kloth.

„Schau, meine Reithose. Sie ist nicht so zusammengelegt, wie ich das immer mache, ist eine Marotte aus meiner Dienstzeit, damit ich schnell bin, lege ich fein säuberlich den Verschluss auf die Außenränder der Hose, die hier sind anders zusammengelegt."

„Du bist dir sicher?"

„Hundertprozentig", versicherte ihm Garion.

Misstrauisch schauten sich Garion und Kloth an, sie waren verunsichert, bisher waren sie der Meinung gewesen, dass sie in diesem Quartier sicher waren, selbst die Theokratie würde normalerweise einem hochrangigen Beamten nicht in seinen Räumen auflauern.

„Wir müssen hier raus und versuchen, unerkannt die Stadt zu verlassen", meinte Garion schlicht, sich jetzt bewusst werdend, dass sie zu lange ein deutliches Ziel abgegeben hatten, seine Alarmglocken schrillten.

„Leichter gesagt als getan, die halbe Stadt weiß, dass wir hier sind. Und mit Verlaub, du fällst auf wie ein bunter Hund."

„Haben wir eine andere Wahl, erst die Geschichte mit dem Prälaten und nun das hier, ich denke, wenn wir nicht handeln, dann wird es der Prälat tun."

„Garion, wir machen schnell und werden heute Nacht, ohne dass es jemand mitbekommt, von hier verschwinden, sie hielten uns ohnehin nur noch auf."

Nickend räumten Garion den Rest seiner wenigen Habseligkeiten in die Satteltaschen. Der Zeitpunkt zur Abreise kam schneller, als er gedacht hatte. Sie wussten, nach Mitternacht schliefen die meisten Anwesenden im Schloss und die Gäste waren aufgrund des schnellen Abschiedes schon zu Hause, eine ideale Konstellation.

Garion und Kloth verließen still und heimlich ihr Quartier, zuvor hatten sie sich wie immer verhalten, alle Lichter gelöscht und sich, jedoch komplett angezogen, zur Ruhe gebettet. Angespannt lauschten sie und warteten, bis die Geisterstunde vorüber war, erst dann erhoben sie sich leise und ergriffen ihre Reiseutensilien.

Als sie die Tür zur Unterkunft hinter sich schlossen, lagen die Gänge des Schlosses still und verlassen vor ihnen. Am Ende eines jeden Hauptganges sollte sich, im hinteren Bereich, je eine Wache befinden, diesen Posten mussten sie leise umgehen, nur so konnten sie ungesehen, ohne viel Aufmerksamkeit zu erregen, entkommen. Sie waren keine zwanzig Meter den Gang entlang gekommen, als Kloth ein kaum fassbares Gefühl hatte, als würden sie beobachtet werden. Leise und mit einer schnellen Bewegung ergriff Kloth seinen Gefährten am Arm und hielt ihn zurück.

„Hast du etwas gehört?", flüsterte er Garion leise zu.

„Ich bin mir nicht sicher", erwiderte der genauso leise, „Ich glaube, wir werden beobachtet", erwiderte Kloth. Die Fackeln an den Wänden warfen zitternde Schatten entlang des Gangs und verstärkten so noch das Gefühl der Beiden, nicht allein zu sein.

Noch während sie sich misstrauisch umschauten, trat aus einer vor ihnen liegenden Tür ein Mann in schwarzer Kutte hervor. Was die Freunde erschreckte, war nicht die Tatsache, dass er lässig eine Armbrust in der Hand hielt, der eingelegte Bolzen schimmerte tödlich im Licht der Fackeln, sondern dass es sich bei dem Attentäter offen-

212

sichtlich um einen Mönch handelte. Noch während die Beiden registrierten, wer vor ihnen stand, erklangen hinter ihnen weitere Schritte.

Kloth konzentrierte sich automatisch auf den Mann vor ihnen, Garion schaute sich um und sah dieselbe Situation in ihrem Rücken. Beide Freunde drückten sich an die Wand, während die Attentäter ihre Armbrust hoben und auf die Gefährten zielten. Noch ehe der erste Schuss abgefeuert wurde, griff Garion in einer schnellen Bewegung in sein Wams und warf mit einer fließenden Bewegung zwei Dolche auf den zweiten Mönch. Er hatte nicht gedacht, dass mit diesem ungezielten Wurf einer der Dolche treffen würde, zumindest verzog aber der hinter ihnen stehende Angreifer seinen kostbaren Schuss, sodass der Bolzen knapp neben Kloth in die Wand schlug. Garion stürzte sich sofort auf diesen Gegner, hechtete die wenigen Meter zu ihm und zog kurz vor dem Ziel sein Schwert aus der Scheide, der Gang hinderte ihn jedoch an einem klassischen Angriff.

Kloth bemerkte die kurzfristige Verwirrung des vor ihnen stehenden Mönchs. Mit solch einer gezielten Gegenwehr hatten die Mönche nicht gerechnet. Kloth rollte sich nach vorne ab und stürzte sich auf seinen Gegner. Als diesem gewahr wurde, dass ihr Plan nicht aufgehen würde, verschwand er hinter der nächsten Tür. Mit gezogenem Dolch schaute Kloth ihm nach in das große, vor ihm offen liegende Gästezimmer. Ein

Fenster an der hinteren Wand stand weit auf und ließ die kühle Nachtluft hinein. Vom Attentäter war nichts mehr zu sehen, scheinbar hatte der Boden ihn verschluckt.

Garion hatte in dem engen Gang keine Möglichkeit, sein Schwert vernünftig einzusetzen, er warf es achtlos beiseite, stürzte sich stattdessen mit seinen bloßen Fäusten auf den Mönch. So kam es zu einem Handgemenge, der Attentäter hatte es nicht geschafft, seine Armbrust erneut zu laden, sie ebenfalls fallen gelassen und einen scharfen, kleinen Dolch gezogen, dessen Schneide vom aufgetragenen Gift schwach glänzte. Gerade als der Kuttenträger mit dem Dolch ausholen wollte, erreichte Garion ihn und hielt seine Hände umklammert. Die Kontrahenten rollten in einer tödlichen Umarmung am Boden umher und versuchten sich gegenseitig einen tödlichen Stich zu versetzen. Garion gewann aufgrund seiner militärischen Ausbildung rasch die Oberhand und kam auf seinem Gegner zum Sitzen. Mit grober Gewalt hieb er dessen Waffenhand auf den Boden, bis der Dolch klirrend durch den Gang rutschte, dann hieb er ihm mit der Faust ins Gesicht.

„Wer hat dich geschickt?", schrie er ihn an. Einen kurzen Moment blitzte Hass in den Augen des Angreifers auf, als er plötzlich begann, seine Augen zu verdrehen und wie von Sinnen in konvulsierenden Zuckungen um sich zu schlagen, sodass Garion ihn nicht mehr halten konnte.

Schaum drang aus seinem Mund und ein eigenartiger Duft verbreitete sich, den die Beiden nur
allzu gut kannten. Stöhnend erhob sich der Minister und betrachtete die Zuckungen des sterbenden Mönchs.

Kloth, der zu ihm geeilt war, stand neben Garion:
„Finis coronat opus, 'das Ende krönt das Werk', er
war ein Killer der Bruderschaft. Sie werden darauf
getrimmt, sich nicht lebend fangen zu lassen,
man munkelt, sie haben immer Gift bei sich, wie
er es aber genommen hatte in dieser Situation, ist
mir ein Rätsel. Langsam wird es schwierig."

„Schwierig ist wohl eine Untertreibung, ob wir
jetzt so einfach aus der Stadt kommen, dürfte
fraglich sein."

Als wäre diese Aussage eine Prophezeiung, erklangen in der Stadt Glocken, man hörte Schritte
schwerer Militärstiefel auf den Gängen des
Schlosses. Garion und Kloth eilten weiter, immer
wieder Wachen und Patrouillen ausweichend.
Ihnen war bewusst, dass die ganze Sache eine
Falle gewesen war, mit dem Fest hatte der Gastgeber dafür gesorgt, dass die Gefährten misstrauisch geworden waren und versuchten, in der
Nacht zu fliehen. Garion war sich sicher, wären
sie nicht in die Falle getappt, dann wären die
Attentäter zu ihnen ins Zimmer eingedrungen,
wenn sie tief geschlafen hätten.

„Wir müssen die Pferde abschreiben." Fluchte
Kloth im Laufen.

„Würde mir leid tun, aber ich denke, du hast recht, zu viele Wachen, wir schaffen es nie bis in den Reitstall und dann ungesehen nach draußen."

„Während meiner Studien konnte ich die Pläne des Schlosses einsehen, wir versuchen es durch die Kohlenlager, die Schütten führen direkt hinter die Burg."

„Welch blendend weise Idee", grummelte Garion und dachte dabei an seine Kleider.

Die Flucht bereitete keine großen Probleme, dank Kloth und seinem Sapal konnten sie Wachen und Patrouillen frühzeitig entdecken und ihnen ausweichen. Trotzdem war die Flucht aus der Gastetage des Schlosses alles andere als leicht. Sie schafften es schließlich, durch den Keller und die Kohleschütten hinter das Schloss zu gelangen, keiner hätte die beiden Männer nach dieser Flucht als hochrangige Beamte oder gar Adlige des Staates erkannt, sie sahen eher wie Bettler aus. Ihre Kleidung war zerschunden und darüber lag ein Film Kohlestaub, der ihre Gesichter und Kleidung schwarz färbte.

Es war später Abend, als das Schiff mit Fleur und Endrik in den Hafen von Challions einlief. Die Laternen auf dem Kai wiesen ihnen den Weg und schließlich legte der große Handelssegler sanft an den Steg an.

Der erste Offizier, ein legerer Mann im mittleren Alter, hatte sich zu ihnen gestellt und sie betrachteten nach dem Anlegemanöver die rege Betriebsamkeit der Matrosen und Hafenarbeiter.

„Erstaunlich viele Leute unterwegs heute und derart viele Wachen kenne ich hier gar nicht", wies der Offizier auf eine Söldnerpatrouille hin, die in kleinen Gruppen durch die Gassen der Stadt zogen.

„Es sind unruhige Zeiten", erwiderte Fleur, die Wachen aber im Auge behaltend. Dadurch, dass sie eine Diebin war, hatte sie ein feines Gespür dafür, wann etwas nicht ins Bild passte.

„Das ist wohl wahr", erwiderte der Offizier, sich weiter um das Anlegemanöver kümmernd.

Fleur nahm Endrik zur Seite und flüsterte ihm zu, sodass keiner sie belauschen konnte: „Hier stimmt etwas nicht, zu viele Patrouillen." Sie wies mit einem Nicken auf eine der Wachen, die gerade einen Passanten kontrollierten: „Aber sie kontrollieren eher die Leute, die die Stadt verlassen wollen. Die suchen wen."

„Wohl nicht uns", freute sich Endrik.

„Ich würde trotzdem kein Risiko eingehen und die Stadt unauffällig verlassen. Wir besorgen uns Pferde und sehen zu, dass wir die Stadt am Morgen auf der Karawanenroute Richtung Kadachi verlassen."

„Gute Idee, mir ist nicht ganz geheuer bei diesem Aufkommen von Militär. Schau da, Geistliche", deutete Endrik auf einen Trupp rot gewandeter Männer.

„Ich denke, du musst mir mal helfen", grinste sie Endrik an, sie hatte einen Plan. Nachdem Fleur und Endrik sich vom Schiff begeben hatten, gingen sie Richtung Osttor der Stadt. Fleur hatte in Erfahrung gebracht, dass dort die Quartiere der Karawanen aus der Wüste lagen und sie dort eventuell schnell Pferde und Proviant finden könnten.

Als sie durch die dunkle Stadt gingen, wurden sie der großen Anzahl an Patrouillen immer mehr gewahr. Sie mussten mehr als einmal eine drohende Kontrolle umgehen, Fleur setzte ihre weiblichen Reize ein, lächelte Soldaten an und bewegte sich aufreizend, sodass die Soldaten andere Dinge im Kopf hatten, als an eine Kontrolle dieser verführerischen Frau zu denken. Sie benutzten enge, dunkle Gassen, schlichen sich durch Straßen, die jeder Soldat mied, benutzten Abwassergräben und Hinterhöfe als Deckung. Schließlich gelangten sie so kurz vor Morgengrauen an die Ställe der Karawanserei, unentdeckt und nicht einmal kontrolliert.

Am hölzernen Eingangstor saß eine Wache, ein älterer Beduine, auf einem Stück Tabak kauend und sich auf einen Stock stützend, im Halbschlaf

218

dösend. Fleur näherte sich langsam dem Wächter, der sie aus trüben Augen anblickte, dabei bewegte sie sich aufreizend und mit einem Lächeln, jeden Verdacht verstreuend, auf ihn zu.

„Kein Durchlass", knurrte er abwesend, Fleur aber lüstern musternd. Diese lächelte ihn entwaffnend an, setzte eine Unschuldsmiene auf, die selbst Endrik erstaunte.

„Freund, habt Ihr von einer Karawane nach Kadachi-Stadt gehört?", kokettierte sie mit dem schläfrigen Wächter, sich etwas zu ihm herunterbeugend, dass ihr Dekolleté aufreizend in die Augen des Mannes fiel.

„Es gibt immer welche, kommt in ein paar Stunden wieder!", knurrte er etwas ungehaltener, seine Augen begannen aber, sich über Fleur herzumachen.

„Aber Freund, Ihr werdet doch eine hilflose Frau nicht in die düstere Nacht schicken?" Während des Gesprächs war sie dem Mann noch etwas näher gekommen, der dies aufgrund anderer Reize, die ihn ablenkten, nicht bemerkt hatte.

„Ich sag noch mal, kommt später wieder." Er versuchte sich schwerfällig zu erheben, abgelenkt von Fleurs Dekolté bemerkte er nicht, wie sie in einen kleinen Beutel griff, den sie immer bei sich trug. Endrik hatte sich schon mehr als einmal die Frage gestellt, was der Inhalt sein mochte. Fleur ging einen letzten Schritt auf den Mann zu, beugte sich zu ihm herunter, als ob sie ihm aufhelfen wollte und blies ihm ein feines, gelbes Pulver in das Gesicht. Die Reaktion des Wächters kam augenblicklich, seine Augen weiteten sich und er begann, prustend nach Luft zu schnappen. Seine Augäpfel kamen regelrecht aus den Höhlen, als er wie in Zeitlupe nach vorne kippte und schwer atmend auf der Seite liegend bewusstlos noch einige Zuckungen machte, um sich schließlich friedlich dem Schlaf zu ergeben. Fleur wischte vorsichtig, darauf bedacht, das Pulver nicht einzuatmen, die Hände an der Kleidung des Beduinen ab. Der Staub war in ihrer Heimatstadt so etwas wie ihr Markenzeichen gewesen, unzählige Diebstähle hatte sie mit seiner Hilfe vollbracht.

„Tja, traue nie einer Diebin", bemerkte Fleur knapp. „Nimm seine Beine", wies sie Endrik an. Gemeinsam schleiften sie den Mann hinter eine nahestehende Tränke und schlichen sich durch das Tor der Karawanserei.

„ Kann es sein das du mir nicht alles gesagt hast? Mach so etwas nie wieder ohne mich zu warnen." Fluchte Endrik leise, von der Situation komplett überrascht.

Dieser Stützpunkt für Reisen durch die Wüste, zu den Handelsstädten, war ein riesiger, von drei Seiten umgebener Hof, an dessen Stirnseite sich die Quartiere der Reisenden und Angestellten befanden. Zu beiden Seiten waren Ställe und Gehege angelegt, wo die Reit- und Lasttiere untergestellt werden konnten.
220

Die Ställe wiesen viele Boxen mit den unterschiedlichsten Rassen an Reittieren auf. Weiter hinten befand sich eine umzäunte Freifläche mit Kamelen, deren rechte Vorderbeine hochgebunden waren. Leise vor sich hin grinsend gingen die Beiden zum Zeughaus, das sich als solitäres Gebäude direkt links neben dem Eingang befand. Schon nach kurzem Stöbern hatten sie alle Ausrüstungsgegenstände, Wasserschläuche und eine nicht unerhebliche Menge an Dörrfleisch für die kommende Reise im Gepäck. Decken, Seile, Stoffbahnen und etwas Werkzeug rundeten ihren Raubzug ab. Danach suchte Fleur schnell zwei elegant wirkende Pferde aus, die genauso zäh wie ausdauernd aussahen. Endrik hatte nicht damit gerechnet, so schnell an die nötige Ausrüstung zu kommen, er war etwas überrascht, als sie sich schon eine Stunde später aufgesattelt und ausgerüstet auf den Weg machen konnten. Was ihn aber wirklich entrüstete war die Tatsache, dass Fleur wie selbstverständlich die Geldbörse des Wächters vor dem verlassen an sich nahm, sie war eiskalt in diesen Dingen, dem war sich Endrik jetzt bewusst.

Als die Sonne sich am Horizont zeigte, verließen sie leise die Karawanserei und schlenderten langsam auf das nahe Stadttor zu, ihr Raubzug war bisher unentdeckt geblieben.

Endlich kam Endrik dazu, sich seiner Neugier hinzugeben: „Was war das für ein Pulver?"

„Ein relativ harmloses Schlafmittel, man kann auch Gift sagen. In Seglin wird es von der Gilde häufiger benutzt, ich liebe es, man schläft dann fast zwei Tage durch und kann kaum erweckt werden."

„Hättest du mich nicht vorher einweihen können?", knurrte Endrik zurück.

„Ich denke nicht", grinste sie zurück. „Du musst nicht alles wissen, was ich so mache." Verschmitzt lächelnd gingen sie auf das Stadttor zu. Der karge Kalkstein der Stadtmauer wurde durch das Tor auf circa zwanzig Metern unterbrochen, das hohe, geschwungene Haupttor, durch das sich eine Vielzahl von Fuhrwerken und Reitern quälte, wurde an den Seiten von zwei kleineren Bögen flankiert, durch die jeweils nur zwei Menschen nebeneinander passten. Hier hatten sich zu beiden Seiten Wachen mit Hellebarden postiert, die die Passanten kontrollierten. Zwei auffällig gut gekleidete Reisende, die mit Sicherheit Aristokraten waren, wurden sofort angehalten und von den Wächtern durchsucht, die hitzige Diskussion, die darauf entstand, beunruhigte Endrik in hohem Maße. Er konnte ein paar Wortfetzen des Gespräches erhaschen, in diesem Moment wurde ihm klar, dass sie das Tor wie geplant durchqueren können würden, die Wächter waren zu sehr abgelenkt.

„Nein... das sind sie nicht... Ältere Männer... Prälat sucht sie", wehten die Wortfetzen zu ihnen herüber.

„Hast du gehört? Sie suchen wirklich wen“, bemerkte Endrik leise.

„Ja, bin ja eigentlich neugierig darauf, wen sie
suchen. Schau“, wies sie auf ein anderes reisen-
des Paar, das angehalten wurde, „immer zwei
ältere Männer, die anderen dürfen passieren.“

„Ist doch egal, Hauptsache, sie beachten uns
nicht und wir kommen schnell aus der Stadt.“
Endrik war wirklich glücklich über die sich ihnen
bietende Situation. Er war sich sicher, dass sie in
wenigen Minuten die Stadt verlassen haben würden und bevor ihr Raub bemerkt werden würde,
wären sie schon längst weit entfernt.

So war es dann auch. Als die Wächter Fleur und
ihren Begleiter sahen und diese nicht in ihr
Schema passten, verloren sie fast augenblicklich
das Interesse an den Beiden und richteten ihr
Interesse auf andere Passanten. Endrik warf, als
sie sich den Wächtern näherten, verstohlene
Blicke auf die Waffen, von Fleur war ihm eingeschärft worden, nicht zu sehr auf die Soldaten zu
schauen, damit sie nicht doch noch merkten,
dass sie auf der Hut vor ihnen waren. Das Tor
ragte mittlerweile über ihnen auf, die Wächter
hinter ihnen kontrollierten zwei weitere Reisende
und hatten kein Interesse an Endrik und Fleur die
ungestört ihren Weg fortsetzten.

Nachdem sie das Tor endlich passiert hatten,
saßen sie auf und erreichten die Straße der Karawanen in Richtung Lannion, sie blickten sich

nicht mehr um, sondern beeilten sich, aus dem Sichtfeld der Wächter zu kommen.

„Zwei Tage, dann sind wir in Lannion. Dort füllen wir unseren Proviant auf und werden dann über die Karawanenroute in die Kadachi reiten", jubelte Fleur, man sah ihr an, dass sie Spaß an dem hatte, was sie gerade getan hatten. Anders als sie fühlte Endrik sein Herz bis zum Hals schlagen und er spielte nervös mit seinem Juwel in der Tasche.

Garion und Kloth waren etwas geknickt, sie konnten ihre Reise nicht so fortsetzen, wie sie es sich gedacht hatten. An jedem Tor war mehr als nur eine Wache und sie kontrollierten jeden, der nur die kleinste Ähnlichkeit mit ihnen hatte.

„Ich sage es nicht gerne, Garion, aber wir sollten versuchen, anders nach Kadachi zu kommen, die Straßen werden zu sehr überwacht. Sie würden uns garantiert entdecken."

„Was stellst du dir vor?", fragte Garion seinen Freund, als sie am dritten Tor, das sie begutachteten, die Wachen entdeckt hatten.

„Wir können versuchen, an Bord eines Schiffes zu gelangen, die Chancen, dass wir ein Schiff finden, das Sabres ansteuert, stehen nicht schlecht, der Weihrauchhandel boomt ja, Dank der Kirche."

224

„Das dauert vierzehn Tage, fast vier Tage länger
als der direkte Weg", stöhnte Garion.

„Besser als ein Armbrustbolzen im Rücken oder
im Kerker der Kirche zu versauern."

„Hast du eine Idee, wie wir das anstellen sollen?"
innerlich fluchte Garion über die Situation.

„Nun ja, es gibt einen nicht unerheblichen
Schwarzhandel hier, wenn wir an die richtige
Stelle gelangen, haben wir eine Chance."

„Du willst Menschenschmuggel eine neue Bedeutung geben, wie ich sehe", witzelte Garion um
seine Nervosität zu überspielen.

Die hiesige Hafenkneipe hatte, wie in jeder Stadt,
noch am frühen Morgen auf. Garion und Kloth
hatten es mit einiger Mühe und einigen kleinen
Tricks geschafft, diese ungesehen zu erreichen.
Nach einer kurzen Suche unter den Anwesenden
schafften sie es schließlich, einen halbseidenen
Kapitän zu finden, der sie für eine stattliche
Summe nach Sabres schmuggeln würde. Zugute
kam ihnen am folgenden Tag, dass irgendwer in
die Karawanserei eingebrochen war. Anscheinend waren die Befehlshaber der Söldner der
Meinung, dass hierfür die Flüchtigen verantwortlich waren und die meisten Wachen sich nun auf
die Tore konzentrierten. Das Glück war ihnen an
diesem Tage hold.

Also schifften sich die Beiden auf einen Seelen-
verkäufer für die Umrundung der Kadachi-
Halbinsel ein, um von Sabres aus schließlich die
Stadt Kadachi über die östliche Karawanenroute
zu erreichen.

Das kostbarste Gut

Nachdem die Vorräte in Lannion aufgefüllt worden waren und Fleur und Endrik ihre Reise fort-
gesetzt hatten, erreichten sie die Ausläufer der
großen Wüste von Kadachi. Durch die Unwirtlich-
keit der Gegend war die Provinz Kadachi als Protektorat selbstständig und weder unter dem Einfluss der Kirche noch des Königs. Die hier ansäs-
sigen Stämme galten als wild und unbeherrsch-
bar, als einzige Einflussnahme hatte König Broda
einen Vertrag, auf den er sich berufen konnte.
Vor fast einhundertfünfzig Jahren hatten seine
Vorfahren das Protektorat Kadachi ihr Reich in
Selbstverwaltung unter den Schutz des König-
hauses gestellt und Garnisonen zur Verteidigung
errichtet. Natürlich folgte den Soldaten schließlich
auch die Kirche, die mit zunehmender Kraft versuchte ihren Einfluss auf die Stämme zu verstär-
ken.

Endrik hatte sein Pferd an den Rand einer Klippe
gelenkt, unter ihm breitete sich die Wüste in ihrer
gesamten Weite aus. Hitze flirrte in der Luft, in
der Ferne zog ein einzelnes Tier durch einen
großen, blauen See, der die Füße nicht benetzte
und den Durst der Tiere nicht löschte. Endrik
staunte über die Ausdehnung und Größe der vor
ihm liegenden Wüste, er kannte weite Ebenen,
aber keine, in der kein einzelner Grashalm zu
sehen war, in der scheinbar nichts außer ein paar
Sträucher die sengende Sonne überlebte.

„Die Hitze ist jetzt schon unerträglich", staunte Endrik, dabei waren sie noch nicht einmal am Rand der Wüste angelangt.

„Die wird noch schlimmer, wir sollten hauptsächlich nachts reiten, am Tag ist es einfach zu heiß."

„Wie lange werden wir brauchen?", versuchte Endrik sich zu informieren, er staunte über das, was er sah.

„Ich habe keine Ahnung, aber wenn wir mehr als sechs Tage brauchen, haben wir ein Problem." Beide schauten dabei auf die vor ihnen liegende Wüste. Langsam ritten sie an den Felsen entlang in Richtung des Eingangs der Wüste, mit jedem Meter, den sie sich der Ebene näherten, stieg die Temperatur, sodass ihnen bald der Schweiß in den Augen brannte und die Zunge an dem Gaumen klebte.

Gegen Mittag erreichten sie schließlich den Eingang zur Kadachi-Wüste, schon jetzt merkte Endrik, dass es besser war, ab jetzt nachts weiterzureiten. Die Wüste zeigte in ihrer Ausdehnung die verschiedensten Gesichter, hier am nördlichen Rand dominierte die Steinwüste mit ihrem scharfen Geröll, das die Hufe der Tiere verletzte und ein Fortkommen schwierig machte. Keine hundert Kilometer weiter wechselte das Bild schließlich in eine Sandwüste mit seinen Dünen. Allein gleich war die Hitze und die gleißend helle Sonne, die alles versengte, was sich nicht versteckte. Hier am Rand der Steinwüste würden sie bis zur

228

Dämmerung lagern und dann in der Kühle der Nacht weiter reisen. Das Lager war schnell aufgebaut, Fleur und Endrik legten sich unter den aus Kleidung und Tüchern errichteten Schutz, um wenigstens ein wenig vor der unbarmherzigen Sonne geschützt zu sein.

Wirklich zur Ruhe kam keiner der Beiden, Endrik betrachtete immer wieder die in seiner Nähe liegende Frau, bewunderte ihre Haare, wie sie atmete und als schließlich die Sonne in einem roten Leuchten am Horizont verschwand, machten sie sich auf den Weg nach Süden. In der Ferne hörten sie das Klagen der Kojoten, als ob sie dem Licht ein Klagelied nachsangen.

Während ihrer Reise durch die Nacht orientierten sie sich an den Sternen, kamen aufgrund der Dunkelheit aber nicht so schnell voran, wie sie es sich erhofft hatten. Nach der dritten Nacht lag erst ein Viertel der Strecke hinter ihnen. Nachts war es teilweise empfindlich kalt, sie mussten sich nach ihrem Aufbruch häufiger in die Tücher hüllen, die sie zuvor vor der Hitze geschützt hatten, um sich jetzt damit warm zu halten. Trotzdem froren sie häufig und wünschten sich zumindest einen Teil der Wärme des Tages zurück.

Es war der Morgen des vierten Tages, Endrik errichtete gerade den Sonnenschutz und Fleur versorgte die Pferde, löste die Sättel und hatte sie gerade von der Last der Taschen befreit, als die Tiere sich eigenartig nervös verhielten. Das Geräusch, welches die Schlange machte, hörten die Menschen nicht, aber die Pferde waren sensibel genug, um nicht nur das leise Zischen zu hören, sie wurden sich auch der herrschenden Gefahr gewahr und taten das, was Fluchttiere immer in solch einer Situation machten, sie suchten das Weite.

Fleur versuchte noch verzweifelt, die Tiere zu halten, die Stricke, mit denen sie die Tiere an einen Stein binden wollte, glitten durch ihre Hände und verbrannten die Handinnenflächen, vor Schmerz schrie sie auf. Sie versuchte mit aller Willenskraft, die Tiere noch zu halten, doch ihr Schmerz in den Händen verhinderte es schließlich, die Situation zu retten.

Endrik der im Begriff gewesen war, den Sonnenschutz zu bauen, wurde zu spät durch die durchgehenden Pferde alarmiert. Er erspähte die Schlange am Boden, ergriff eines der Tücher, mit denen er den Sonnenschutz bauen wollte und hieb auf das sich windende Tier, das sich daraufhin schnell zurückzog. Besorgt schaute er Fleur an.

„Fleur, ist dir was passiert?“ Voller Sorge eilte er zu seiner Begleiterin.

„Meine Hände“, dabei starrte sie in die rot blutenden Handflächen, „so ein Mist, ich konnte sie nicht halten“, fluchte sie weinerlich.

„Fleur, Hauptsache, dir ist nichts passiert.“ Sorgenvoll schaute Endrik auf ihre blutigen Hände.

„Was glaubst du? Hier mitten in der Wüste, ohne Reittiere.“ Verzweifelt blickte sie ihn an und wies dabei auf die unendliche Weite der Wüste. In der Ferne sah man noch Staub, aufgeworfen von den Hufen der flüchtenden, unerreichbaren Tiere.

„Wir bringen jetzt erst mal den Tag rum, versorgen deine Verletzungen und dann sehen wir heute Abend weiter. Wir müssen immer noch nach Süden, um Kadachi-Stadt zu erreichen.“

„Hör auf, mich zu besänftigen“, schnaufte sie, mehr über sich selbst wütend als auf Endrik.

„Schon gut, lass mich deine Hände verbinden, dann legen wir uns hin.“

Grimmig blickend schaute sie ihn an, folgte ihm aber zum Unterschlupf. Endrik zerriss ein Tuch und wickelte es um die wunden Hände seiner Begleiterin. Dabei ging er sehr vorsichtig vor und versuchte, die blutigen Innenseiten nur ganz leicht zu berühren. Dankbar schaute Fleur ihn dabei an.

„Was machen wir nun, Endrik? Das Wasser wird so nicht reichen.“

„Erst mal ruhig bleiben, wir tränken die Pferde nicht, das Wasser hält so drei bis vier Tage länger und wir werden es weiter rationieren, dann strecken wir die Zeit noch etwas weiter.“

„Deinen Optimismus möchte ich gerade haben“, schnaufte sie verzweifelt, schaute ihn dabei aber voll Bewunderung an.

„Bisher warst du die Person, die uns immer aus Krisen gebracht hat, warum sollte es jetzt nicht auch so sein?“

Dankbarkeit sprach nun aus ihren Augen, es lag fast ein Knistern in der Luft, wenn sie Endrik anschaute, war aus diesem unbeholfenen Jungen ein bewundernswerter Mann mit etwas Besonderem geworden. Sie wunderte sich über sich selbst, dass sie einem anderen Menschen solche Gefühle entgegenbrachte. Wenn das vorbei wäre, könnte sie eventuell mit diesem Mann ein Leben beginnen, aber erst musste diese unselige Suche abgeschlossen werden, und sie die Wüste lebend überstehen würden.

Die nächsten Tage vergingen mühsam. Tagsüber rasteten sie unter den wenigen Tüchern, die übrig geblieben waren, und nachts marschierten sie weiter in Richtung Süden. Die ganze Zeit zeigte sich keine Wolke am Himmel, Endrik und Fleur konnten die Himmelsrichtung gut anhand der Sterne bestimmen, so navigierten sie zuversichtlich durch die Wüste. Das Einzige, was ihnen Sorgen machte, war die Tatsache, dass das Wasser mittlerweile trotz Rationierung sehr knapp geworden war. Endrik, der das Wasser in den Satteltaschen über der Schulter trug, wusste, dass sie nur noch Wasser für einen halben Tag haben würden.

In den letzten beiden Tagen hatte er Fleur nicht verraten, wie knapp das Wasser geworden war und teilweise nur so getan, als ob er an seiner Ration nippen würde. Er wollte ihr etwas mehr von dem kostbaren Gut zukommen lassen, da ihre Hände nicht gut aussahen, denn nur eine gesunde Fleur würde ihn weiter begleiten können und ihm eine Hilfe sein. Er war sich sicher, dass er ihre Begleitung weiterhin unbedingt haben wollte.

Schweiß lief Endrik in die Augen, durch den Wassermangel und die Erschöpfung wurden sie immer langsamer. Die sengende Sonne hatte ihre Spuren hinterlassen, ihre Gesichter waren wund von der Strahlung und vom Sand, der wie feines Schleifpapier wirkte, dazu kam noch, dass der feine Staub überall eindrang und jeden Schritt zu einem Martyrium machte. Der Durst kroch über ihre Zungen und mit jedem Meter, den sie in Richtung Süden zurücklegten, wurde es schlimmer. Langsam wurden sie müder und müder, der Durst wurde unerträglich und ihre Lippen schlugen Blasen, mehrfach glaubte Endrik, er würde etwas am Horizont sehen, er tat dies aber schnell als Fata Morgana ab.

Knapp hinter sich hörte er einen dumpfen Schlag, er drehte sich um und sah Fleur auf dem Boden liegen, ihr Oberkörper hob und senkte sich nur noch schwach und sie stöhnte leise.

„Fleur!" Endrik stürzte zu seiner Begleiterin und griff in die Satteltaschen, ergriff die letzte Wasserflasche, in der noch etwas von der flüssigen Kostbarkeit zu finden sein musste. Er kniete sich neben sie und drehte sie sanft zu sich und streifte ihre Haare aus ihrem Gesicht. Er nahm die Wasserflasche, schraubte sie auf und tröpfelte den letzten Rest des kostbaren Gutes in ihren halb geöffneten Mund.

Stöhnend öffnete sie ihre Augen und schaute ihn an: „Endrik, dein Wasser…"

„Ist gut, wir haben viel Wasser, nimm den Rest." Er streichelte dabei über ihre Haare und wiegte sie. Da es nicht mehr lange zum Sonnenaufgang sein würde, baute er schließlich ihren kleinen Unterschlupf für den Tag auf. Als die Sonne erbarmungslos über den Horizont kroch, lagen die Beiden still zusammen im Schatten und ertrugen erneut die aufziehende Hitze des Tages. Während es immer heißer wurde, schwanden langsam auch Endrik die Sinne. Er glaubte, Reiter zu sehen, die durch einen See weit entfernt in der flirrenden Hitze wateten.

Er dämmerte weg, seine Sinne schwanden gänzlich und er empfing die Dunkelheit, als wäre sie ein alter Freund. Ruhe, kein Leid mehr in seinem Geist.

Wind sang ein leises Lied, ein Surren, das die Luft erfüllte und ihren Sinnen einen Anker in der Realität gab. Sie hatte Durst, fast unerträgliches Verlangen nach Wasser, aber nicht mehr so stark wie zuvor. Irgendetwas stimmte hier nicht. Lang-

234

sam öffnete Fleur ihre Augen und blickte gegen einen schweren Vorhang aus grobem Stoff, den sie nicht kannte. Die Stoffbahnen flatterten leicht im Wind, das Geräusch, das sie so gestört hatte, war das Lied des Windes in den Seilen der Zelte.

„Willkommen in meinem Sarasani", ertönte eine harte, dumpfe Stimme hinter ihr.

Fleur schreckte hoch und drehte sich um: „Wer sind Ihr, wo bin ich?", fragte sie erschreckt.

„Mein Name ist Asim Ajal. Ihr seid in meinem Zelt", er machte eine sich ziehende Pause, ehe er seinen Satz beendete, „als Gast."

„Mein Name ist Fleur", erwiderte sie etwas verunsichert, sie hatte von diesen Stämmen in der Wüste gehört. Sie musterte den Mann eindringlich und konnte ein leichtes Zittern nicht unterdrücken, sie wusste, dass diese Männer der Inbegriff der Macht in der Wüste waren und hier nur ihr Gesetz galt. Asim war ein stattlicher Mann, fast zwei Meter groß, sein heller Kaftan umgab ihn mit einem Flattern und ließ seine durchtrainierte Figur nur erahnen. Als er sein Kufiya, seine Kopfbedeckung, abnahm, konnte man seine dunkle, von der Sonne gegerbte Haut und die schwarzen, gelockten Haare erkennen. Fleur sah einen attraktiven Mann im mittleren Alter, der sich seiner Macht bewusst und mit einem unbeugsamen Willen ausgestattet war.

„Ich bin mir dessen bewusst, Euer Begleiter berichtete mir über Eure Reise und wen Ihr sucht. Meine Hochachtung vor eurer Leistung, die meisten hätten nicht mal die halbe Strecke durch die Wüste überlebt. Ihr seid meine Gäste, ich werde mich für Euch verbürgen, in jeder Beziehung." Ihm war aufgefallen, dass sie zitterte und sich immer wieder unsicher in dem Zelt umschaute, als ob sie einen Fluchtweg suchen würde. So ganz abwegig war der Gedanke aus Fleurs Sichtweise auch nicht.

„Endrik? Wo ist er, geht es ihm gut?" Das Zittern in ihrer Stimme ließ sie wie ein kleines Kind wirken.

„Es geht ihm besser, als es Euch gegangen war, Ihr wart fast schon von der Erde erlöst, als wir Euch fanden. Der Junge hat jeden Tag bei Euch gesessen und Euch umsorgt, seit wir Euch hierher gebracht haben, er erholte sich schneller als Ihr."

„Jeden Tag? Wie lange... Ich meine...."

„Ihr wart drei Tage ohne Bewusstsein", beantwortete er ihre Frage.

In dem Moment stürzte Endrik in das Zelt, blieb wie angewurzelt stehen und lächelte der sich aufgerichteten Fleur entgegen, man sah ihm an, dass ein Stein von seinem Herzen gefallen war.

„Hallo Fleur, schön, dass du endlich wach bist. Ich hatte gehofft, dass es dir bald besser gehen wird.“

„Was ist passiert, Endrik?“, fragte sie ihn, ohne ihren Gastgeber aus den Augen zu lassen, ihre Unsicherheit und Angst dem Beduinen gegenüber lag noch immer spürbar im Raum.

„Ich werde euch alleine lassen“, verabschiedete sich der Mann höflich, den sie als Asim Ajal kennengelernt hatte. Endrik eilte zu Fleur und umarmte sie innig, es war ihm ganz klar anzusehen, wie glücklich er war, dass sie wieder zu Bewusstsein gekommen war.

„Ich bin froh, dass es dir wieder besser geht. Ich habe mir große Sorgen gemacht.“

„Endrik, sag mir bitte, wie wir hierher kommen?“, große Augen blickten Endrik an, sodass er sich in ihnen zu verlieren drohte. Endrik musste sich kurz räuspern, bevor er sich wieder konzentrieren konnte. Ihre Blicke brannten wie Feuer auf seiner Haut.

„Ich weiß es auch nur aus der Schilderung von unserem Gastgeber, er ist wohl so was wie ein lokaler Fürst. Sie haben uns schon Tage beobachtet, ohne dass wir das mitbekommen haben. Als wir uns dann nicht mehr bewegten, kamen sie und haben uns aufgesammelt.“

„Aber warum haben sie so lang gewartet, wir hätten sterben können."

„Ich denke, er wäre nicht traurig gewesen, wenn wir gestorben wären, aber sein Interesse war größer, und rate mal warum?"

„Endrik!", maßregelte sie ihm. Er hatte ihr zwischenzeitlich ein Glas Wasser gegeben, das sie langsam in kleinen Schlucken zu sich nahm.

„Wir werden jetzt über die Grenzen des Königsreichs hinaus gesucht. Der Erzprälat hat auf einen jungen Mann mit meiner Beschreibung und seiner Begleiterin ein Kopfgeld ausgesetzt und dieses ist nicht zu knapp, wenn ich es richtig verstanden habe", grinste er sie an.

„Aber wegen was?", erstaunte sie sich.

„Angriff auf eine Patrouille, Beschädigung eines Kriegsschiffes und so weiter, es ist gar nicht so niedrig, das Kopfgeld meine ich, ich wundere mich, dass Asim sich nicht das Geld verdienen wollte", lächelte er breit.

„Er hat dir nicht gesagt, warum er uns am Leben gelassen hat?", erstaunte sie sich.

„Nein, er wollte auf den Tag warten, wenn wir beide zuhören. Er will heute Abend eine kleine Feier geben und uns berichten", grinste Endrik sie zur Abwechslung freudig an. Fleur schien nicht so fröhlich, sie hatte zu viele Horrorgeschichten über die Stämme der Wüste gehört,
238

sodass sie sich lieber nicht entspannen wollte. Auch wenn sie Asim gerettet hatte und sie als Gäste bewirtete, die Furcht vor diesem Mann blieb in ihrem Inneren erhalten.

Neue Freunde, alte Feinde

Kapitän Rolfes stand mit seinen beiden Passagieren an der Reling. Er hatte sie in der Spelunke schnell erkannt, zumindest einen der Zwei, Garion war ihm als erster Minister des Königreiches kein Unbekannter. Seinen Begleiter konnte er erst nicht zuordnen, aber mit der Zeit hatte Rolfes mitbekommen, dass die Beiden wohl alte Militärfreunde sein mussten und dieser Kloth seine Berufung in der Lehre über die Sapale gefunden hatte. Die Beiden unterhielten sich meist leise, sodass er wenig hören konnte, aber heute trug ihm der Wind doch einen großen Teil des Gespräches der Zwei an seine Ohren. Und was er hörte, ließ ihn hellhörig werden.

„Wenn wir Pedro gefunden haben, kann er uns helfen, den Jungen zu finden."

„Ich hoffe, Ihr habt Recht und wir sind nicht den ganzen Weg umsonst gereist, Garion."

„Kloth, ich bewundere eure Zuversicht", grinste er.

„Ich bin mir nur nicht so sicher, dass wir ihn hier finden, nicht so, wie Ihr es seid."

„Haben wir eine andere Möglichkeit? Dass ein Sarrazen nach Hause zurückkehrt, ist so gut wie sicher, wo sollte er auch sonst hin und sich verstecken, im nördlichen Land fällt er wie ein bunter Hund auf.“

Rolfes hatte genug gehört, den Namen, den die Beiden erwähnt hatten, hatte er vor nicht allzu langer Zeit gehört. Damals aus dem Munde eines jungen Mannes, den er zu schätzen gelernt hatte. Er wollte sich zwar nicht in vertrauliche Gespräche einmischen, aber er war sich sicher, dass die Passagiere seine Informationen zu schätzen wissen würden.

„Entschuldigt meine Einmischung, aber wie es der Zufall will, habe ich vor nicht mal zwei Monaten einen jungen Mann nach Seglin gebracht, er hatte bei mir angeheuert, er suchte auch einen Pedro“, mischte er sich ein wenig unsicher ein. Fast wirkte der mächtige Kapitän auf seinem eigenen Schiff ängstlich, was Garion ein wenig zum Grinsen brachte.

„Erzählt uns davon, ehrenwerter Kapitän“, schmeichelte sich Kloth ein, um dem Kapitän die Unsicherheit zu nehmen.

„Er war ein aufgeweckter Junge, er suchte einen Gardisten mit Namen Pedro, seine Eltern hätten ihm das aufgetragen, als sie starben, mehr war er nicht bereit zu erzählen. Ich schickte ihn zum Handelskontor Kois. Ich hörte später davon, dass er verhaftet worden war, von der Theokratie und dass er wieder aus den Fängen der Kirche entkam, ein wahrer Teufelskerl.“

„Habt Ihr uns noch etwas mitzuteilen, Kapitän?“, fragte Garion neugierig.

„Nur, dass es in den Gewässern vor Seglin ein paar Tage später ein Gefecht mit einem Linienboot und einem Piraten gab. Schon eigenartig, kurz darauf wurde auf den Jungen ein Kopfgeld ausgesetzt. Die Linienschiffe der Kirche pflegen für gewöhnlich nicht in diesen Gewässern zu patrouillieren und schon gar keine Piraten anzugreifen, dafür geben die sich normalerweise nicht her.“

„Könnt Ihr mir den Jungen beschreiben?“, hakte Kloth neugierig nach.

„Strohblond, leichte Hakennase und ein markantes Gesicht, er war selbstsicher und fleißig, konnte gut anpacken.“

Kloth blickte Garion hart an, er begann nun auch, sich unwohl zu fühlen, die Zufälle waren einfach zu ungewöhnlich.

„Ich danke Euch, Kapitän“, verneigte sich Garion.

„Wenn Ihr etwas über den Jungen erfahrt, dann sagt es mir, ich bot dem Jungen eine Anstellung an, er war fleißig und mir sehr sympathisch. Würde gerne wissen, was aus ihm geworden ist, er wollte weiter diesen Pedro suchen“, verabschiedete sich der Kapitän, um die Männer nicht weiter zu belästigen.

242

Garion und Kloth blickten sich überrascht an. Die Informationen drangen langsam in ihr Unterbewusstsein und sie erkannten, was sie bedeuteten.

„Haben wir die Reise umsonst gemacht?" Garion war verzweifelt. Vor allem, weil ihm durchaus bewusst war, dass Lord Kois einer der Spione des Erzprälaten war. Sollte er über die Reise des Jungen genug herausgefunden haben, würde die Kirche Informationen haben, die sie zu ihm führen konnten.

„Ich bin mir nicht sicher, die Beschreibung des Jungen könnte auf den Sohn des Broda passen, aber auch auf hundert andere. Trotzdem ist es ein ungewöhnlicher Zufall", analysierte Kloth die Situation.

„Wir wissen nicht, wo der Junge jetzt ist, aber wir vermuten, wo Pedro sich aufhalten könnte", stimmte Garion ein.

„Noch dazu kommt, dass wir fast unser Ziel erreicht haben, noch vier Tage und wir sind in Sabres, von dort ist es nur noch ein Katzensprung."

„Wir sind uns also einig, wir gehen erst nach Kadachi-Stadt und sehen zu, dort unseren alten Freund zu finden. Wenn das klappen sollte, gehen wir die Suche nach dem Jungen an, wo immer er sich jetzt auch rumtreiben wird." Garion stimmte Kloth in dieser Sache voll zu, aber die Erzählungen des Kapitäns ließen ihn nicht los.

„Mein Freund, hast du mal versucht, mit deinem Sapal ein Bild aus dem Geist eines Mannes zu entnehmen?"

„Ich weiß, wie es geht, aber versucht habe ich es bisher noch nicht."

„Ich denke, wir sollten den Kapitän noch mal zu uns bitten und du versuchst es, ich muss wissen, wie der Junge aussieht."

„Wir können das heute Abend nach dem Essen machen, wenn wir zusammen ein Glas Groeg trinken, ich denke wir sollten nichts übereilen, es könnte jemand misstrauisch werden, wenn wir so sehr Interesse zeigen." Garion stimmte seinem Freund zu und beließ es dabei, aber er dachte immer wieder über die eigenartigen Zufälle nach, die sie durch dieses Gespräch erfahren hatten, konnte der gesuchte Junge wirklich so nah gewesen sein.

Der Abend kam schnell und Kapitän Rolfes hatte zum Essen geladen. Die kleine Tafel in seiner Kabine war mit vielen Leckereien gedeckt, Wein stand in einer Karaffe bereit und Rolfes hatte sich nicht lumpen lassen, um seine Gäste zu bewirten. Braten und Obst mit erlesenen Süßspeisen stapelten sich auf dem kleinen Tisch, fast hätte man Angst haben können, dass der Tisch unter der Last der Speisen nachgeben würde, so großzügig hatte der Kapitän seinen Gästen auftischen lassen.

Garion und Kloth trafen eine Viertelstunde nach der verabredeten Zeit ein, Kloth hatte sich noch auf seine bevorstehende Aufgabe vorbereitet und meditiert. Schon beim Eintreten in die Kajüte drang den Beiden der Geruch des Groegs, des Weines und der Speisen in die Nase, sodass sie sich schnell wohlfühlten. Kloth wusste theoretisch, was er zu tun hatte, hatte aber etwas Angst, in den Geist eines Menschen einzudringen. Trotzdem war er vor allem neugierig, ob der Kapitän seinem Vorhaben zustimmen würde.

„Guten Abend, Kapitän", grüßten beide wie aus einem Mund.

„Bitte, setzen Sie sich", wies Rolfes sie freundlich an, „Ich wollte Sie vorhin nicht mehr unterbrechen, aber da sich unsere Reise dem Ende neigt, wäre ich schon etwas neugierig, was mich zu dieser Ehre gebracht hat."

„Fragen Sie ruhig, Kapitän, wir sind Ihnen sehr dankbar, dass Sie uns geholfen haben, den Wachen zu entkommen."

„Ach, wenn es eine Möglichkeit gibt, den Kirchentruppen eins auszuwischen, bin ich dabei", winkte er ab und steckte sich einen Happen Huhn in den Mund, schenkte sich großzügig von dem bereitgestellten Wein ein und verbarg seine neugierigen Blicke nicht, er wartete sichtbar darauf, dass die Beiden anfingen zu berichten.

„Sie mögen den Erzprälaten nicht?", fragte Garion unverhohlen und nahm sich einen Schluck aus seinem Humpen.

„Ich glaube, vor zwanzig Jahren waren wir besser dran, als der Erzprälat; in der Hölle soll er schmoren; nicht an der Macht war und der König die Geschicke des Landes leitete, zumindest musste man sich Nachts nicht davor fürchten, von den Kirchentruppen gemeuchelt zu werden. Früher war die Kirche für den Glauben; heute ist sie für Gewalt; was soll man an so einem Haufen gut finden können?" Verächtlich spuckte der Kapitän beim Erwähnen der Kirche aus.

„Wie ich sehe, mögen Sie den Erzprälaten sehr", ergänzte Garion mit einem schelmischen Grinsen auf den Lippen.

„Mögen, ja so kann man es ausdrücken. Ihr seid mir ehrlich gesagt ganz recht gekommen, außerdem hatte ich Euch, Garion, sofort erkannt; erster Minister des Königs, so jemanden erkennt man."

„Ertappt, Kapitän, umso mehr muss ich mich bedanken, ihr bringt Euch in Schwierigkeiten, sollten wir erwischt werden", sagte er zwischen zwei Bissen.

„Ihr seid mir allerdings ein Rätsel, Herr Kloth", deutete Rolfes mit einem fragenden Blick auf den Gelehrten, sich bewusst, dass er auch eine Abfuhr bekommen könnte.

„Ich bin nur ein alter Freund des Herrn Garion und ein Gelehrter", meinte er unverbindlich zu seinem Gastgeber.

„Ein Gelehrter wovon?", hakte Rolfes nach.

„Des Lebens und des Wissens. Aber da komme ich auf eine andere Sache, Ihr erwähntet den Jungen, der Pedro sucht, wir würden gerne sein Gesicht sehen."

„Ich bin kein guter Zeichner, Freund Kloth."

„Wer sagt, Ihr sollt zeichnen, es gibt eine andere Möglichkeit, die allerdings, ich will es zugeben, nicht ganz ungefährlich ist."

„Was meint Ihr?", erkundigte sich der Kapitän neugierig.

Garion betrachtete den Kapitän wachsam, als Kloth den kleinen Sapal herausholte und ihn als Hinweis auf den Tisch legte. Die Augen des Kapitäns wurden groß, er erkannte, was Kloth vorhatte und dies ließ ihm einen Schauer über den Rücken laufen. Er wusste, dass es nicht ungefährlich war, mit einem Sapal in den Geist eines Menschen einzudringen. Horrorgeschichten von Menschen, die dadurch ihren Verstand verloren hatten und nur noch als sabberndes Etwas durch die Welt liefen, traten in seine Erinnerung.

„Ich kenne diese Steine nur zu gut, komisch, der Junge hatte auch einen, viel größer als diesen hier", wies der Kapitän auf den Juwel, der auf dem Tisch lag, „er spielte andauernd während unserer Reise damit herum und machte uns etwas nervös."

„Jetzt macht Ihr mich neugierig, er war größer als dieser hier?" Kloth zeigte nun wirklich reges Interesse.

„Es ist schwer abzuschätzen, wie groß er wirklich war, aber ja, erheblich größer, fast so groß wie eine Pflaume", nickte Rolfes.

Kloth schaute staunend zu Garion, sein Stein war keiner der kleinen Juwelen, die die Gardisten erhielten, er war fast doppelt so groß und kam an die Größe des Sapals des Erzprälaten heran, damit war er aber nur unwesentlich größer als eine Kirsche.

„Würdet Ihr trotzdem einer Sondierung zustimmen?", lenkte Kloth den Kapitän auf sein eigentliches Anliegen.

„Ich bin nicht glücklich darüber, aber allein aus Neugier, wie das ist, werde ich zustimmen; habe schon viel davon gehört und da es ja kein Verhör der Kirche ist…", stimmte er zu.

„Dann werde ich mal beginnen, Kapitän. Eine Bitte, wenn ich darf, hätte ich allerdings noch."

„Nun, dann raus mit der Sprache."

„Schließt die Augen und denkt an den Jungen, sein Aussehen, was Euch auffiel, und so weiter,

248

alles, was Euch an ihn erinnert, ist wichtig. Versucht nicht, meinem Eindringen Widerstand entgegenzusetzen, dann wird es schmerzhaft."

Ohne weiteres Wort schloss der Kapitän seine Augen und konzentrierte sich auf Endrik, so wie er ihn in Erinnerung hatte. Als sich Kloth auf seinen Sapal konzentrierte, passierten zwei Dinge, zum einen schien es, als ob das Licht der Laternen in der Kajüte weniger hell wäre, obgleich sie immer noch in derselben Intensität schienen, zum anderen flimmerte die Luft über dem Sapal, den Kloth nun in den Händen hielt. Wie aus dem Nichts schien das flimmernde Gesicht Gestalt anzunehmen und zeigte die markanten Züge Endriks, wie er sich über etwas beugte, das Bild wurde klarer, man erkannte sein blondes Haar und seine markante Nase sowie das Feuer, das aus seinen Augen zu lodern schien. Staunend betrachteten sie das in der Luft stehende Abbild, es schien, als ob alle Geräusche der Welt für einen Augenblick zum Schweigen gekommen wären. Kloth erkannte sofort den jungen Broda, so wie er Broda von damals in Erinnerung hatte, dabei verlor er kurz seine Konzentration und es entstand unbeabsichtigt eine geistige Verbindung mit dem Kapitän. Alle Wünsche, Gefühle und Hoffnungen, die Kloth auf den Jungen Endrik hatte, projizierten sich in einer Woge aus purer Energie auf Kapitän Rolfes, der die ihm dargebotenen Erinnerungen wie seine eigenen verinnerlichte. Stöhnend sackten Beide zusammen, das Wogen der Wellen kehrte zurück, das Licht wurde wieder heller, als sie aus der Verbindung gerissenen wurden. Beide mussten sich kurzfristig am Tisch festhalten, um nicht auf den Boden zu gleiten, der Sapal rutschte Kloth aus der Hand und blieb harmlos auf dem Tisch liegen. Garion erstarrte vor Angst, als er sah, was passiert war, zum Glück bemerkte er schnell, dass der Kapitän und sein Freund anscheinend bei guter körperlicher Gesundheit waren.

Sich schwerfällig aufrichtend schaute Rolfes Garion an: „Ich verstehe nun, was Ihr vorhabt, ich hoffe, Ihr habt recht und der Junge ist der, wofür Ihr ihn haltet."

„Ich weiß nicht, was Ihr meint?", fragend schaute Garion die Beiden an.

„Er weiß alles", antwortete Kloth erschöpft, „ich habe kurz meine Barriere fallen lassen und er konnte alles sehen, unser Geist war für einen Augenblick verschmolzen."

„Kapitän, was Ihr eben erfahren habt, müsst Ihr für Euch behalten, sollte der Erzprälat davon etwas davon erfahren, seid nicht nur ihr in höchster Gefahr, sondern auch wir und der Junge." Garion hatte die Lage schnell erkannte, machte seinem Freund keine Vorhaltungen, dass Risiken bestanden, war ihm von Anfang an klar gewesen, als sie dieses Experiment planten, nun konnten sie aber dem Ziel ein Gesicht zuweisen, was sich für sie als Vorteil erweisen würde.

„Darauf könnt Ihr Euch verlassen, mehr noch, ich werde Euch begleiten, keine Diskussion, sonst kann ich einfach nicht schweigen", meinte Rolfes knapp und erstickte sämtliche Kommentare, die Garion auf den Lippen lagen, im Keim.

Garion war trotzdem geschockt: „Ihr wollt uns begleiten, Kapitän…"

„Ihr wollt mein Schweigen, das ist mein Preis", setzte er nach, sich bewusst, eventuell zu hoch zu pokern.

Garion und Kloth schauten sich verstehend an, Worte brauchte keiner auszusprechen. Resigniert ließ Garion seine Schultern hängen.

„Dann sind wir wohl jetzt zu dritt." Kopfschüttelnd erhob sich Kloth von seinem Stuhl und ging auf den Kapitän zu, um ihm die Hand zu reichen, diese nahm der Mann und blickte dabei fest in die Augen seines Gegenübers, seinen Humpen mit einem Grinsen hebend und den Kameraden zuprostend.

Die Nachrichten waren nicht besonders erfreulich, erst schlug der Versuch fehl, Garion und diesen Gelehrten zu erledigen, dann wurde auch noch berichtet, dass sie aus einer abgeschotteten Stadt geflohen waren und sich wahrscheinlich auf dem Weg nach Kadachi-Stadt befanden, der Stadt, wo sich seiner Meinung nach jener lang gesuchte Pedro aufhalten würde. Für Daniel war der Zeitpunkt zu handeln gekommen, wollte er nicht weitreichende Probleme bekommen. Zwar war er sich der Gefährlichkeit der Lage bewusst, diese beiden Männer zwangen ihn jedoch zum Reagieren und die Initiative abzugeben, einen Zustand, den er als unerträglich empfand. Vor allem, da es der Bruderschaft nicht gelungen war, Garion aufzuhalten und es sogar diesem Minister gegönnt gewesen war, einen der ihren gefangen zu nehmen, zwar nur kurz, aber lange genug, dass Garion erkennen konnte, wer hinter dem Anschlag steckte. Aus diesen unerfreulichen Gründen quälte er sich und war zum Handeln gezwungen. Um seinen Plan umzusetzen, hatte er erneut der Assassinen-Gilde eine Nachricht zukommen lassen, zu schnell entwickelten sich die Gegebenheiten, um nicht endlich Resultate zu erzielen und die Initiative zurückzuerhalten. Als Antwort hatte er lediglich ein leeres Stück Papier und eine kleine Phiole bekommen, eine ganz besondere Kombination. Schon früher hatte er dieses Papier benutzt, er würde nur ein paar Stunden benötigen, um alles vorzubereiten. Das Papier war zuvor in einer anderen Flüssigkeit getränkt worden, geruch- und farblos. Mit einem breiten Grinsen setzte er sich an seinen Schreibtisch und schrieb eine kleine Nachricht auf das Papier. Als er damit fertig war, ließ er sich zwei Boten kommen, der eine kam etwa eine Stunde früher. Daniel händigte die Phiole aus, mit dem Befehl, die enthaltene Flüssigkeit in das Waschwasser des Königs zu tun, der zweite

252

Bote erhielt das Stück Papier, mit der Order, es dem König gegen Abend auszuhändigen. Der Plan, der dahinter steckte, war einfach und genial. Es handelte sich um ein binäres Gift. Keines der einzelnen Anteile, weder die Flüssigkeit noch das präparierte Papier, würden bei anderen Menschen eine Reaktion auslösen, es sei denn, die Flüssigkeit der Phiole war vorher auf die Haut aufgetragen worden, dann löste das Papier eine tödliche Vergiftung aus, die die Symptome einer schweren Krankheit imitierte. Innerhalb von einem Jahr würde Broda an dem Gift langsam zugrunde gehen, ohne dass ein Verdacht auf ihn als Erzprälat oder auf die Assassinen-Gilde fallen würde, der perfekte Königsmord, sicherlich mit etwas Zeit behaftet, aber sicher.

Zufrieden lehnte sich Daniel in seinem Stuhl zurück und genoss sein Spiel, die ersten Züge waren gemacht, dass Broda bei der ganzen Sache unendliches Leid und Schmerz erleiden würde, machte es für ihn noch angenehmer, er empfand eine gewisse angenehme Erregung, wenn er sich die nächsten Monate des Königs vorstellte. Mit glasigen Augen genoss er sein Spiel, er würde alle Stricke ziehen und Broda würde es wissen, ohne etwas tun zu können, eine zusätzliche Befriedigung für ihn. Die Zukunft war schön und hatte gerade erst begonnen, interessant zu werden.

Die Sonne brannte den ganzen Tag auf den Sand. Endrik und Fleur tranken im Schatten des großen Gemeinschaftszeltes einen Tee mit Pfefferminz und Honig. Ihr Gastgeber war weggeritten und hatte die Beiden in seinem Heim irgendwo in der Wüste mit seinen Frauen alleine gelassen. Fleur und Endrik wussten, dass die Vielweiberei bei den Sarrazenen durchaus üblich war und so störten sie sich nicht wirklich daran. Im Lager hatte Endrik etwa fünf Frauen gesehen, zwei waren ihm besonders aufgefallen, die erste Frau war Najam, eine burschikose Dame, musste man schon sagen, im mittleren Alter, dann war da noch die zweite Frau mit dem schönen Namen Eleisa, sie war es, die die Beiden versorgte und ihnen die Nachricht überbrachte, dass es am Abend zu ihrer Abreise ein kleines Fest geben würde. Dass es so frühzeitig weitergehen sollte, überraschte sie etwas, aber da sie genesen waren, stand einer Weiterreise nichts im Weg.

Fleur und Endrik hatten keine großen Habseligkeiten mehr, so verstauten sie den Rest ihrer Sachen und machten sich schon vor dem Fest reisefertig, immer noch auf ihren Retter, Asim Ajal, wartend. Dieser kam gegen Abend auf einem stattlichen Vollbluthengst herangeritten, schon von weitem sah man das mit Silber besetzte Zaumzeug im roten Licht der untergehenden Sonne glitzern und blinken.

Staub stob hoch, als Asim in das Lager galoppierte und aus dem scharfen Ritt abrupt hielt und abstieg. Seine Augen funkelten wie immer und das Leben sprach aus ihnen, er freute sich sehr, wieder in seinem Heim zu sein.

„Salam, ihr Zwei", grüßte er Fleur und Endrik, während er sich seine Kufiya aus dem Gesicht zog. Staub hatte sich in einem kleinen Streifen auf die von der traditionellen Kopfbedeckung nicht bedeckten Hautregionen gelegt.

„Salam Asim", grüßten die Beiden zurück.

„Ich freue mich darauf, heute Abend ein anregendes Gespräch mit euch zu führen, man kommt hier nicht häufig dazu, sich auszutauschen. Und ich musste noch etwas vorbereiten, bevor ihr uns morgen verlasst." Er beachtete dabei einen seiner Männer, der herbeigeeilt war und ihm das Pferd abnahm, um es zu versorgen, nicht.

„Wir sehen uns gleich, lasst mich nur noch schnell in saubere Kleider steigen", merkte er kurz an.

„Keine Eile, Asim, es ist dein Heim", verneigte sich Endrik kurz. Asim verschwand, ohne sich weiter um jemanden zu kümmern, in seinem Zelt.

Die Sonne verschwand schnell hinter dem Horizont und tauchte die Dünen in der Ferne in ein blutiges Rot. Der Wind trieb Schwaden von Sand über die Kämme der Dünen und gab ihnen den Eindruck, als ob sich eine Spur Blut von dem Gipfel der Dünen in die Ferne zog. Das Geräusch des Windes, das durch die Zelte zog, schien in diesem Moment an Lautstärke zu gewinnen, wie hundert Violinen in einem Konzert, während alle anderen Geräusche von dem Wind verweht zu werden schienen. Dieses Ereignis war Endrik schon bekannt, beeindruckte ihn aber jeden Abend erneut, seit er und Fleur durch Asim gerettet worden waren. Jeden Abend schwoll der Wind für eine halbe Stunde an und unterbrach so das Leben im Lager komplett.

Als das Tageslicht vollends schwand, wurden die Fackeln, die außen um die Zelte standen, angezündet, sie flackerten in dem nur noch leichten Wind. Die seitlichen Zeltbahnen des großen Gemeinschaftszelts, in der Mitte der Ansammlung an Zelten, wurden aufgewickelt, als sich der abendliche Wind genauso schnell gelegt hatte, wie er gekommen war und die Frauen den Tisch im Zelt mit allerlei unbekannten Köstlichkeiten deckten.

Kaum waren sie fertig mit den Vorbereitungen, wurden Fleur und Endrik dazu gebeten. An der Stirnseite der Tafel hatte Asim auf einigen weichen Kissen Platz genommen und lächelte seine Gäste zufrieden an. Fleur trug ein Kleid, welches sie von Asim bekommen hatte, roter Tüll mit goldenen Web-Arbeiten, mit einem Schleier, der ihre elfenbeinartigen Züge noch mehr zur Geltung brachte. Sie leuchtete förmlich, als sie Endrik anblickte. Mit feinen leichten Bewegungen umgarnte sie Endrik unterbewusst, sie war für jeden Mann im Lager eine Offenbarung an Weiblichkeit und Sinnlichkeit. Asim bewunderte die Frau, die so ganz anders war als seine Frauen, offen selbstbewusst und eine Perle der Natur.

Großzügig deutete er auf die freien Plätze rechts und links neben ihm: „Nehmt Platz und speist mit mir."

„Ich danke Euch, edler Asim", erwiderte Fleur herzlich. Nachdem Fleur und Endrik Platz genommen hatten, klatschte der Stammesfürst in die Hände, sofort trugen mehrere Frauen warme Speisen und Getränke zu ihnen. Asim griff sofort zu, ergötzte sich an der Reichhaltigkeit der Speisen, trank von den belebenden Getränken und schwelgte in Zufriedenheit.

„Asim, Ihr seid großzügig zu uns gewesen, Ihr wolltet uns heute sagen, warum", lenkte Endrik das Gespräch in eine Richtung, die Asim sichtlich nicht gefiel, er rümpfte die Nase und war über die plötzliche Gesprächsrichtung mehr als erstaunt, Endrik war zwar eine starke Persönlichkeit, hatte aber ihm gegenüber nie auch nur ein Zeichen von Ungeduld gezeigt.

„Ihr überrascht mich, junger Endrik, aber ich hätte wissen sollen, dass ein junger Mann, der von der Kirche wegen Hochverrat gesucht wird, eine gute Auffassung für die Situation hat." Asims Augen leuchteten, als er sich ein Stück kandierte Frucht in den Mund steckte und Endrik war sichtlich schockiert, Hochverrat galt nun wirklich nicht zu den Dingen, die er sich vorzuwerfen hatte.

„Ihr meint mich? Das kann nur ein Witz sein, wie kann das sein, ich habe nie etwas gemacht, was der Kirche aufgestoßen wäre und schon gar keinen Hochverrat, kleine Dinge wie die Flucht aus Seglin, ja, aber Hochverrat!?“ Fleur brachte den Bissen in ihrem Mund nicht mal herunter, als sie Asims Worte hörte, schaute ihn mit großen Augen an, der junge Mann stieg gewaltig in ihrer Achtung. Auch wenn sie nicht glaubte, was man ihm vorwarf, er war nun einer der ihren, vom Gesetz verfolgt.

„Nun, das klang anders, als mir die Nachricht vor einer Woche zugespielt wurde. Es hieß, ein gewisser Endrik würde mit seiner Begleiterin wegen Hochverrats gesucht, der Preis war erstaunlich hoch.“ Dabei weiteten sich Asims Augen merklich und fast hätte Endrik gedacht, Asim wolle sich ein Zugeld verdienen und das alles hier diente nur dazu, sie in Sicherheit zu wiegen.

„Ich bin ehrlich sprachlos, was soll ich getan haben und was habt Ihr nun vor, Asim?“ Endrik hatte nun doch ein wenig Angst, er wusste, dass sie Asim und seinem Stamm ausgeliefert waren, sie waren ohne Pferde oder Kamele hier in der Wüste komplett abhängig, an Flucht war nicht zu denken, noch dazu wo sie nicht wussten in welche Richtung sie hätten fliehen sollen.

„Wenn ich gewollte hätte, wärt Ihr schon in der Hand der Theokratie, aber wie das Leben so spielt, sind wir diesen Despoten nicht gerade freundlich gesonnen. Man beschuldigt Euch der
258

Verschwörung gegen den Erzprälaten", beschwichtigte Asim, der sofort erkannt hatte, dass Endrik so einen Gedanken hatte. Dies zeigte nur umso mehr, wie sensibel dieser Mann war.

„Heißt das, Ihr liefert uns nicht aus?", hakte Fleur nach.

„Um nichts in der Welt, vielmehr werden wir Euch unterstützen, mein Volk wird seit Jahren von der Theokratie versklavt, wir sind Gefangene in unserem eigenen Land, wer keine Steuern an die Kirche zahlt, wird in den Kerker gesperrt oder gleich geköpft, Angst beherrscht das Land", Asim spukte die Worte fast aus, zeigte unendlichen Hass und Verachtung in seinem Tonfall. „Ich weiß nicht genau, warum sie Euch suchen, aber hier seid Ihr aus diesem Grunde meine Freunde und meine Verbündeten, eine Verschwörung gegen den Tyrannen wäre mal etwas Neues. Ich selbst werde mit hohem Kopfgeld gesucht, aber das ist nebensächlich." Dabei grinste Asim verschwörerisch. Fleur, die es als Einzige gemerkt hatte, bekam eine Gänsehaut, für sie war dieser Mann eiskalt und gefährlich, sie kannte Mörder, die eine wärmere Ausstrahlung hatten.

„Dann werdet Ihr uns helfen, nach Kadachi zu kommen?", staunte Endrik.

„Ich werde mehr tun als das, ich werde Euch hinführen und Euch bei Eurer Suche helfen. Die Wüste ist ein grausamer Feind und ein guter Freund, wenn man sie kennengelernt hat, ihr werdet es ohne meine Hilfe nicht schaffen, die Stadt zu erreichen."

Irgendwie war Endrik klar, das Asim seine eigenen Motive verfolgte, aber um schnell und sicher ihr Ziel zu erreichen, würde er sich mit diesem Mann verbünden. Sie mussten aufpassen. Auf der anderen Seite, wenn Asim ihnen wirklich etwas Böses gewollt hätte, hatte er mehr als eine Gelegenheit gehabt, sie auszuliefern: „Ich kann eure Bewegründe nicht verstehen, Asim. Ihr begebt Euch auf ein Abenteuer, bei dem das Ende offen ist."

„Meine Beweggründe? Junger Endrik", erwiderte er mit aller Härte, die nun auch Endrik einen Schauer über den Rücken laufen ließ, „die Freiheit meines Volkes, die Absprengung sämtlicher Ketten, die uns bindet. Und wenn ich dafür den Teufel selbst unterstützen muss, dann werde ich das tun. Jeder tote Priester der Theokratie oder deren Unterstützer ist mir ein Dankgebet zu Gott wert, bringt mich ein Stück näher an meine Erlösung, an die Erlösung und Befreiung meines Volkes."

„Ist das Töten eines Feindes wirklich eine Genugtuung für Euch oder verschlimmert sie die Situation nur noch?", fragte Fleur.

„Ich werde jeden Feind mit eigenen Händen erwürgen, wenn es sein muss, und mit seinem Blut die Wüste zum Blühen bringen, seine Knochen in der Sonne bleichen lassen. Und damit fangen wir

260

morgen früh an." Asim erhob sich und verließ ohne ein weiteres Wort das Zelt.

Endrik und Fleur wechselten vielsagende Blicke, ihnen war klar geworden, dass eben etwas ganz Besonderes passiert war, sie waren nicht mehr alleine, sie hatten einen weiteren Begleiter, auch wenn ihr Begleiter nicht so ganz zu durchschauen und zudem radikal in seinen Ansichten war, so würde er ihnen doch helfen, die Wüste zu durchqueren und heil nach Kadachi-Stadt zu gelangen.

„Ich für meinen Teil werde auch ins Bett gehen, ist das in Ordnung für dich, Endrik?", versuchte Fleur die Aufmerksamkeit des Jungen auf sich zu lenken, dieser beachtete sie aber kaum, zu tief war er in seine Gedanken abgetaucht.

„Sicherlich Fleur, mach das, ich komme auch gleich in das Zelt, will nur noch einen Schluck Groeg trinken", bemerkte er und schaute Fleur dabei tief in die Augen. Endrik glaubte zu sehen, wie sie ihm kurz zublinzelte, mit Sicherheit konnte er das aber nicht sagen.

Gedankenverloren tastete er mit seiner rechten Hand nach seinem Sapal und blickte starr auf die Süßspeisen vor ihm, mit der linken Hand nahm er einen tiefen Schluck aus seinem Humpen Groeg. Es war für ihn schon ungewohnt, dass er von zu Hause weg war, aber jetzt war er noch ein gesuchter Verbrecher, aus welchen Gründen er auch immer dazu gemacht worden war. Es war ihm jetzt egal, er erhob sich mit einem Seufzen und machte sich auf, in ihr Gemeinschaftszelt zu gehen, immer noch grübelnd über die Ereignisse des Abends.

Als Endrik sein und Fleurs Zelt betrat, umspielte seine Sinne ein Duft aus Zedernholz, Rauch und Rosenwasser, die Wüste zeigte sich heute von ihrer schönen Seite, die Temperatur fiel nicht so stark ab, wie es die Nächte zuvor geschehen war und im schwachen Licht der noch immer brennenden Fackeln sah er Fleur auf der Seite in ihrem Lager liegend, in einem Hauch aus Nichts. Er erschreckte sich etwas, als er die Schemen der Frau sah, wie sie sich aufrichtete und in seine Richtung blickte.

„Fleur, schläfst du noch nicht?“, wunderte er sich, die Situation war einfach zu eigenartig für ihn, Fleur war seine Begleiterin, seine Freundin, er sah sie zwar auch als Frau, aber bisher nur in freundschaftlichem Rahmen. Bisher hatte er in ihr nie etwas Sexuelles gesehen, diesen Eindruck musste er nun revidieren.

„Nein, ich habe gewartet“, hauchte sie in seine Richtung und ein Schwall des verführerischen Geruchs kam in seine Nase, als sich Fleur bewegte.

„Warum, Fleur, was ist?“ Verwundert kam er ihr etwas näher, er hatte das Gefühl, dass er sich auf sehr dünnem Eis bewegte und sich schon die ersten Risse unter seinen Füßen aufgetan hatten.

Fleur streckte die Arme aus und nahm seine Hand, zog ihn langsam zu sich herunter: „Wir haben so viel zusammen erlebt, ich will dir nur zeigen, wie sehr ich mich an dich gewöhnt habe, dich mag." Ihre Stimme war bei diesen Worten in einer Stimmlage, die er bei ihr nicht einordnen konnte, zu wenig hatte er selbst seine Gefühle ihr gegenüber erforscht.

Endrik war verwirrt, er empfand etwas für seine Begleiterin, aber seine Gefühle wurden hier auf eine Art verstärkt, die er nicht einordnen konnte, tief in seinem Inneren wusste er, das Fleur ihm etwas bedeutete, aber er konnte ihr Verhalten in diesem Moment nicht verstehen. Fleur hatte seine Gefühle einfach überlastet, noch nie war solch ein Kribbeln durch seinen Bauch getobt, hatten seine Finger beim Anblick einer Frau angefangen zu zittern und seine Haut so zu schwitzen. Für ihn war es in dem Moment klar, entweder er war krank, was ihm als unlogisch erschien, oder er hatte wirklich Gefühle für Fleur. Das konnte und wollte er in dieser Situation nicht verarbeiten, er schob ihre Hand weg und schaute sie fragend an, Angst machte sich in ihm breit, hunderte Gedanken kreisten durch seinen Kopf und ließen ihn schwindlig werden.

„Fleur, was ist, wir sind noch nicht am Ziel, ich kann nicht... Erst muss es wieder ruhig werden, wir werden gesucht... So kann ich nicht...", stammelte er unsicher und wischte Fleurs Hand von seinem Arm, drehte sich um und ging zu seinem Lager. Eine Träne bahnte sich den Weg über seine Wange, die er vorsichtig, ohne dass sie es mitbekam, abwischte.

Fleur wusste nicht, wie ihr geschah, es war das erste Mal, dass sie für einen Mann solche Gefühle wahrnahm und wurde auf so eine Weise zurückgewiesen. Hätte Endrik sie in diesem Moment sehen können, wäre er erstaunt gewesen, welche Regungen sich auf ihrem Gesicht zeigten. Sie wurde rot, Wut und Enttäuschung huschten über ihr Gesicht, sie hatte sich in ihren Augen vor ihm lächerlich gemacht.

„Endrik, das ist nichts Neues für mich, ich bin eine Diebin", versuche sie ihn zu beschwichtigen und die Situation zu retten.

„Für dich ja, aber ich bin der Sohn eines Bauern, ein Leben auf Weiden und zwischen Tieren, für mich ist das sehr wohl völlig neu." Endrik legte sich auf sein Bett, wandte ihr den Rücken zu, wagte es nicht mehr, ihr in das Gesicht zu sehen. Sie schnaufte und legte sich auch auf die Seite, Tränen rollten still über ihr Gesicht. In dieser Nacht schlief sie nicht wirklich, Träume quälten sie, es ging um Endrik, ihre Suche und eine verlorene Liebe.

Es war Morgen, als sie sich alle bei den Pferden trafen. Am Himmel zeichnete die Sonne ein Muster aus roten Farben auf die wenigen Wolken, eine Erscheinung wie Flüsse aus Blut, die sich über den Horizont ergossen. Nach einer unruhigen Nacht hatte Endrik beim Aufstehen gesehen, dass Fleur sich schon erhoben hatte, ohne ihn zu wecken. Die Vollblüter, die ihnen Asim zur Verfügung gestellt hatte, trampelten nervös mit den Hufen und konnten es nicht erwarten, dass sie die Reise beginnen und laufen konnten. Als Endrik Fleur fand, stand sie schon bei den Pferden und verstaute Ausrüstungsgegenstände in Satteltaschen und Bündeln auf dem Rücken der Tiere. Endrik ging zu ihr und wollte mit ihr reden, sah aber nur die sprichwörtliche kalte Schulter, nicht einmal ein „Guten Morgen" kam über ihre Lippen. Enttäuscht wand sich Endrik wieder ab und bestückte wie Fleur die restlichen Pferde mit den wenigen Habseligkeiten, die ihnen noch geblieben waren, einige Dinge hatte ihnen Asim zur Verfügung gestellt, damit ihre weitere Reise gelingen würde.

„Fleur, hilfst du mir mal mit meinen Taschen?", fragte er freundlich mit der Hoffnung, dass sie ihn beachten würde.

„Hilf dir selbst", gab sie aggressiv zurück. Endrik war verwirrt, er konnte sie nicht verstehen, ihre Reaktion konnte er nicht einordnen, dafür war er zu unerfahren.

„Fleur, habe ich dir was getan?" Leid sprach aus seiner Stimme.

„Die Frauen haben eine Macht über uns, die manchmal unheimlich ist", bemerkte Asim zu niemand Speziellem, aber das Ziel war klar zu erkennen. Geheimnisvoll entfernte sich der Beduine wieder.

Völlig resigniert befestigte Endrik seine Taschen und schaute zu Fleur, die sich abweisend gab, sie schaffte es sogar, stetig eines der Packpferde zwischen sich und Endrik zu bringen, sodass er keinen Blickkontakt herstellen konnte. Endrik verstand es nicht, gestern machte sie ihm Avancen und heute war sie ein Eisblock. Kopfschüttelnd stieg er auf sein Pferd. Asim hatte ihm eine Vollblutstute gegeben, das schwarze Fell des Tieres glänzte in der Sonne und fühlte sich fast heiß an. Fleur hatte eine braune Stute erhalten und Asim hatte seinen schwarzen Hengst fertig gesattelt, die Tiere schnauften und stampften unruhig, merkten, dass es losgehen sollte.

Um nicht noch mehr Zeit zu verlieren, machten sich die drei auf den Weg, Endrik schaute immer wieder heimlich zu Fleur, langsam dämmerte ihm, was passiert war, sie hatte sich in ihn verliebt und er hatte sie abgewiesen, die Erkenntnis traf ihn wie ein Gewittersturm und ihm wurde ganz flau im Magen, die Gefühle, die er für diese Frau hatte, waren unumstritten da, aber irgendwie konnte er sich nicht offenbaren.

Sie folgten Asim Stunde um Stunde. Endrik war sich längst nicht mehr sicher, in welche Richtung sie geritten waren, zu einheitlich sah für ihn alles
266

um sie herum aus, die Dünen und die Sonne verschwammen mit der Zeit zu einer Einheit. Das Einzige, was er noch empfand, war die Hitze und der Sand, der in jede kleine Ritze eindrang und auf der Zunge eine harte Substanz hinterließ, die jeden Versuch zu schlucken unmöglich machte.

Die Sonne neigte sich langsam dem Horizont entgegen, als Asim sein Pferd zügelte und auf eine kleine Kuhle in den Dünen wies.

„Hier werden wir die Nacht verbringen", entschied er, stieg ab und begann ein kleines Zelt aufzubauen, das ihnen gerade genug Platz einräumte, um gemeinsam die Nacht zu verbringen und Schutz vor der Kälte der nächtlichen Wüste zu bieten.
Fleur hatte die ganze Zeit die Kommunikation mit Endrik eingestellt, zu verletzt war sie, alle Anstalten, die er unternahm, sich ihr wieder zu nähern, wurden von ihr im Keim erstickt. Kurze Zeit, nachdem sie ihr Camp eingerichtet hatten, tranken sie einen Tee, den ihnen Asim zubereitete. Fleur musste kurz austreten und verließ das Zelt, in der Zeit nahm Asim Endrik einen Augenblick zur Seite.

„Du musst das klären mit ihr, egal was passiert ist. Sie hat sich in dich verliebt." Dabei kaute Asim an einem Stück Dörrfleisch, während er auf dem Boden saß. Endrik war überrascht, soviel Mitgefühl hatte er dem Wüstenkrieger nicht zugetraut.

Endrik schaute seinen Begleiter deshalb verwirrt an, konnte es sein, dass Asim die Situation besser durchschaute, die sich zwischen ihm und Fleur abgespielt hatte, als Endrik es selbst getan hatte? Als er ansetzen wollte, etwas zu sagen, stand Asim wortlos auf und verließ das Zelt, einen verblüfften jungen Endrik zurücklassend. Keine Minute später betrat Fleur erneut das kleine Zelt und schaute von oben auf Endrik herunter, die Spannung, die sie Endrik entgegenbrachte, stand greifbar im Raum.

„Was möchtest du? Asim hat mir gesagt, ich soll zu dir kommen", verschränkte sie ihre Arme ablehnend vor der Brust.

„Ich habe ihm nichts gesagt", gab er kurz von sich, senkte jedoch dabei schuldbewusst seinen Kopf.

„So, war ja klar, der Herr Endrik hat kein Interesse an mir und will nicht mit mir reden, ignoriere mich, dann wird es besser." Sie wand sich schon zum Gehen, als er sich erhob und sie am Arm festhielt.

„Fleur, ich weiß, ich habe dich verletzt, es tut mir leid. Ich empfinde doch genauso, aber die Zeit ist so unpassend für uns", versuchte er die Situation zu entschärfen, ihre Augen schienen ihn dabei zu durchbohren, ihr Blick senkte sich auf seine Hand an ihrem Arm.

„Na wenigstens gibst du zu, dass du mich magst“, entspannte sie sich etwas, ihr war klar, dass Endrik in einer verzwickten Lage war, aber er hatte ihr wehgetan und dafür musste er noch etwas leiden.

„Wie könnte ich dich nicht mögen, du bist mir eine Stütze, ohne dich wäre ich nicht so weit gekommen, Fleur“, flehte er die Frau an, die er in der letzten Zeit als immer reizvoller empfand.

„So, nur eine Stütze bin ich für dich, gut zu wissen“, fuhr sie ihn an.

„Nein, so meinte ich das nicht, ich habe mich in dich verliebt und nur durch dich war ich in der Lage, bis hierher zu kommen“, versuchte er verzweifelt, die Situation zu drehen.

„Jetzt kommen wir der Sache ja endlich näher, aber wenn du mich liebst, warum hast du mich gestern zurückgewiesen, ich habe das noch nie für einen Mann getan.“ Scham breitete sich über ihrem Gesicht aus.

„Ich bin mir nicht sicher, Fleur“, senkte Endrik seinen Kopf und ließ sie gleichzeitig los, wissend, dass er kein Argument mehr anbringen konnte.

„Wir werden darüber noch mal reden müssen, aber nicht heute, heute bin ich satt, will nur noch meine Ruhe und schlafen.“ Sie setzte sich auf ihr Lager und bereitete sich für die Nacht vor.

Endrik konnte nur dastehen, in dem kleinen Zelt, hundert Worte lagen ihm auf der Zunge, aber keines, was er sagen konnte, würde jetzt etwas an der Situation ändern, sodass er sich schließlich dazu entschloss, die Sache erstmal auf sich beruhen zu lassen. Als ob es abgesprochen war, betrat nun auch Asim das Zelt und bereitete sich gleichfalls auf die Nacht vor, wissende Blicke auf Endrik werfend und mit einem verschmitzten Grinsen auf den Lippen.

„Schlaft jetzt, morgen wird anstrengend, erst in drei Tagen kommen wir durch eine Oase, dort können wir die Wasserreserven ergänzen und rasten, bis dahin werdet ihr gefordert werden", wies Asim die Beiden an und bettete sich zur Nacht. Endrik lag noch eine ganze Zeit wach und lauschte dem Atem der Menschen um ihn herum, nichts war mehr einfach, nichts war, wie es sein sollte, er war ein Ausgestoßener, ein Mensch, der sein Leben lang auf der Flucht sein würde, wie konnte er da an eine Familie denken, aber genau das tat er. Dabei schaute er zu der friedlich schlafenden Fleur hinüber und wurde sich erneut bewusst, wie stark seine Empfindungen für sie waren.

Sie ritten die nächsten drei Tage durch die sengende Hitze der Wüste und schon bald neigten sich ihre Vorräte dem Ende entgegen. Asim hatte als Beduine nicht mehr Wasser und Proviant als Last mitgenommen, als sie benötigten. Am frühen Nachmittag des dritten Tages zeigte sich am

Horizont die Silhouette einer Oase in der flimmernden Luft. Endrik war sich sicher, dass dies eine Fata Morgana war, so wie die, die sie in den letzten Tagen immer wieder gesehen hatten, ohne Asim hätten sie sich hoffnungslos verirrt. Nur dass er sich diesmal irrte, Asim steuert geradewegs auf die Silhouette zu, Endrik erinnerte sich an das Gespräch vor drei Tagen, in dem Asim ihnen diese Oase angekündigt hatte. Erleichtert ritten die Gefährten weiter auf die hoffnungsgebende Oase zu, mit der Aussicht auf Wasser, Schatten und vielleicht eine Nacht in Ruhe ohne Sand in jeder Ritze der Kleidung.

Langsam kamen sie näher und die schemenhaften Bäume zeichneten sich mit jeder Minute mehr gegen den Himmel ab. Nach ein paar Minuten hielt Asim sein Pferd an und starrte in die Sonne, er kniff die Augen dabei zusammen, schien irgendetwas zu sehen, was er aber nicht einzuordnen wusste.

Endrik lenkte sein Pferd neben Asim: „Siehst du etwas?" Auch Endrik starrte in die Ferne, konnte aber keine Bewegung oder etwas anderes sehen, das Asim stutzig zu machen schien.

„Nein, eben nicht, das ist es ja." Kein Auge löste er von der Oase und betrachtete aufmerksam jedes Detail in der Ferne. „Irgendetwas stimmt hier nicht." Asim schnalzte und sein Pferd trabte los.

Endrik schaute kurz unsicher in Richtung Fleur, beschleunigte dann aber sein Pferd, um sich Asim anzuschließen. Das Schlusslicht bildete Fleur, auch sie hatte ein ungutes Gefühl, folgte den Beiden aber, so schnell es ihr Pferd vermochte.

Asim ritt als Erster in die Oase, an Lehmhütten vorbei, der Schatten der Palmen spendete schon am Eingang der Oase ein wenig Kühle, die Luft roch nach Wasser und es lag noch ein Geruch in der Luft, den Endrik nicht einzuordnen vermochte, ein süßlicher, unangenehm scharfer Geruch, dieser legte sich wie ein feines Parfüm über die Oase und war mehr zu erahnen, als dass man ihn wahrnahm.

„Geda, Shari, Dagu…", rief Asim immer wieder, als er sein Pferd zwischen die Lehmhütten lenkte, aber das Einzige, was er als Antwort bekam, war Schweigen. Er stieg ab und eilte in eine der Hütten, der Vorhang, der den Eingang versperrte, staubte, als ihn Asim zur Seite fegte. Nicht viel Zeit verging und als er wieder hervortrat, waren seine Augen leer und abweisend, keine Regung schien in seiner Seele hervorzubrechen. Endrik schaute sich genauer um und dann sah er die Leichen im Wasser der Oase liegend, aufgedunsen und mit einem weißen Panzer umschlossen, ein Anblick wie aus einem Alptraum, von Ketten kurz unter der Oberfläche des Wasser gehalten.

„Alle sind tot, keiner lebt mehr." Dabei drehte Asim abwesend ein kleines Objekt in den Hän-
272

den, seine Knöchel waren weiß, als er die Faust um das Objekt spannte.

„Was habt Ihr da, Asim?", fragte Fleur den Beduinen, Tränen zeigten sich in ihren Augen.

Asim reichte ihr das kleine Objekt, ein Rangabzeichen der Kirchengarnison. „Oh, Asim, können wir irgendwas für dich tun?" Mitleid schwang in ihrer Stimme.

„Ihr fragtet mich, ob meine Rache ein Menschenleben wert ist, schaut Euch um, ist es das wert, sie haben Frauen und Kinder abgeschlachtet, nur weil wir nicht ihren Glauben haben, nicht unter ihrer Herrschaft leben wollen, hier lebten hundert Menschen, viele meiner Verwandten", zum Schluss spuckte er die Worte nur so aus, Hass war das einziges Gefühl, das er noch zu spüren schien, „ich werde alles tun, damit der Erzprälat seine gerechte Strafe erhält und jeder, der ihm hilft, wird des Todes sein. Sie werden mit hundertmal hundert ihre Schuld zurückzahlen."

Wie in einem Traum schritt Endrik zwischen den Leichen umher, er konnte nicht glauben, dass die Kirche solche Taten anrichtete, aber der Beweis lag vor ihm, für jeden sichtbar, der hier herkam.

„Lasst uns die Toten beerdigen", Endrik nahm eine Schaufel, die an einer der Wände lag, und begann etwas außerhalb der Oase mit dem Graben eines Massengrabes, „das zweite Mal beerdige ich wegen der Kirche Menschen, ich fürchte, es wird nicht das letzte Mal sein."

„Vor allem müssen die Toten aus dem Wasser, sonst kommen wir nicht weiter, ohne sauberes Wasser werden wir verdursten", ergänzte Asim und nahm sich ebenfalls eine Schaufel, wortlos begann er mit der Arbeit.

Fleur weinte vor sich hin, sammelte einige Gegenstände ein, machte ein Feuer und konnte die Brutalität, die hier geherrscht hatte, nicht fassen. Still verrichteten die drei ihre Arbeit, in Gedanken bei den toten Freunden und Verwandten, die jeder auf seiner Reise gelassen hatte.

„Wir müssen das Wasser abkochen, auch wenn wir noch warten, bis die Quelle es getauscht hat, wir können es uns nicht leisten, dass wir in der Wüste krank werden, das würde unseren Tod bedeuten", wand Asim sich schließlich an die Beiden.
Fleur machte sich sogleich wortlos auf, dankbar, irgendetwas an Arbeit leisten zu können. Sie besorgte aus einer der Lehmhütten einen großen Topf, so konnten sie das Wasser abkochen und dann in ihre Wasserflaschen und Schläuche füllen.

„Wie lange werden wir nach Kadachi-Stadt brauchen?", erkundigte sich Fleur, als sie ihre Arbeiten erledigt hatten.

274

Asim schaute sich um, dachte kurz nach und seufzte bei dem Gedanken an die Verluste, die er erlitten hatte: „Wir werden in vier Tagen das Ziel erreichen, aber etwas habe ich morgen früh noch zu tun, dieser Schandfleck muss ausgelöscht werden."

Es war einige Stunden später, Fleur schlief auf einem der Lager, als sich Endrik zu Asim begab, der an dem Feuer saß und von Zeit zu Zeit einen Scheit Holz nachlegte.

„Es tut mir leid für Euch, es muss furchtbar sein, solches Leid zu sehen, auch ich habe durch die Kirche Mutter und Vater verloren", begann er das Gespräch mit dem Beduinen.

Asim blickte Endrik mit einem undurchsichtigen Blick an, soviel Verständnis hätte er von dem Jungen nicht erwartet: „Ihr habt mein Wort, auch Eure Eltern werden hundertfach gerächt werden, ich kann es nicht mehr ertragen, seit Jahren ist der Tod unser Begleiter in diesem Land, ausgelöst von Machtgier und Hass, das muss auf die eine oder andere Weise enden."

„Ihr ehrt mich, Asim." Endrik dachte nach. „Als ich die Reise begann, dachte ich, ich würde Pedro schnell finden und hätte ein neues Heim, einen Platz, an dem ich sicher und geborgen wäre, aber mit jedem Tag, den wir länger auf der Suche sind, ist mir das fast nichts mehr wert, zu viel Leid und Trauer ist in meine Welt gekommen und ich habe den Eindruck, ich bringe auch nur Leid und Trauer zu den Menschen, die mir begegnen." Endrik war sich bewusst, dass er zu einer Erkenntnis gelangt war, es war nicht mehr wichtig, jedenfalls in dem Maß, wie es ihm bisher wichtig gewesen war, jetzt galt es, nur noch ein Versprechen zu erfüllen.

„Ihr könnt nichts dafür, auch Ihr seid nur ein Spielball in einem größeren Spiel, einem Spiel, das wir nicht verstehen und das nur ein Ziel haben kann: Es geht um Macht."

„Ich werde meine Suche beenden, wenn wir Kadachi erreicht haben, vielleicht werde ich mir eine Anstellung suchen, vielleicht auf einem Schiff, das gefiel mir damals sehr gut." Der Entschluss stand für ihn fest, er konnte nicht noch mehr Leid ertragen, seine Suche musste enden, bald, mit oder ohne Ergebnis.

„Auch Ihr könnt Eurem Schicksal nicht entrinnen, Endrik. Wenn es so sein soll, werde ich froh sein für Euch und hoffe, Ihr findet Ruhe." Asim erhob sich, verbeugte sich vor Endrik, für ihn völlig überraschend. „Ihr werdet den Euch zugewiesenen Platz in der Geschichte erhalten, da bin ich sicher, kaum ein Mensch in Eurem Alter hat ein so strahlendes Licht."

Endrik betrachtete Asim, wie er das Feuer verließ und sich zur Ruhe begab, seine Gedanken kreisten um seine Eltern, sein Leben und das Leid, das er in der letzten Zeit erlebt hatte.

Nachdem sie sich am nächsten Morgen zur Abreise fertiggemacht hatten, nahm Asim ein noch brennendes Scheit vom Feuer und betrachtete kurz das rauchende Ende. Er ging schließlich mit sicheren Schritten von Hütte zu Hütte und legte an die Dächer aus Palmwedel und Blätterwerk Feuer. Schon nach kurzer Zeit drangen schwarze Rauchsäulen in den Himmel.

Selbst als sie schon eine ganze Zeit die Oase hinter sich gelassen hatten, zeigte der Qualm der brennenden Häuser wie ein Monument am Himmel die Stelle des Verbrechens. Keinen Blick warf Asim zurück, sein Hass und seine Rachegelüste trieben ihn in die Zukunft nach vorne, nur von einem Gedanken beseelt, den Toten ihre Ruhe und Gerechtigkeit zu geben.

Verlorene Träume

Kapitän Rolfes war in regsames Treiben vertieft. Möwen zogen am strahlend blauen Himmel ihre Kreise um die Segel der Viktoria, erste Vorboten des nahenden Landes. Sabres musste nach Berechnungen des Kapitäns in greifbarer Nähe sein. Das azurblaue Wasser stob unter dem Kiel des Schiffes auseinander und wob einen feinen Nebel vor dem Bug des Schiffes. Seit drei Tagen war ihnen der Wind mehr als gewogen, blies stetig mit drei Windstärken in ihre Richtung, sodass sie sogar einiges an Zeit gutmachen konnten und früher als berechnet ankommen würden. Tümmler hatten sie in der letzten Zeit begleitet und spielten um den Bug in unbekümmerter Gelassenheit, alles in allem war es eine perfekte Reise.

Garion stand am Heck und blickte auf die See hinaus, er hoffte inständig, dass ihre Reise bald enden würde, zu lange war er nun schon von zu Hause weg, zu lange hatte er seine Regierungsgeschäfte nicht wahrgenommen, zu lange war er der Hauptstadt fern, er wusste, wie schnell Intrigen und Verschwörungen in der Hauptstadt das Rad der Zeit drehten. Er hoffte nur inständig, dass er durch diese Reise das Richtige tat und er mit einer Erfolgsmeldung heimkehren würde. So in seine Gedanken vertieft, störte ihn nicht die Gischt, die sein Gesicht benetzte, störte ihn nicht der Wind, der ihn, trotz angenehmer Temperaturen, frösteln ließ.

278

Kloth hatte sich derweil mit seinem Sapal in die Kajüte begeben, er musste mal wieder ein wenig Zeit mit seinem Stein verbringen. Training war auch hier ein wichtiger Bestandteil im Umgang mit den Edelsteinen, die Gefahr, dass er ohne Training die Kontrolle über den Stein verlor, war nicht ganz auszuschließen, sodass er sich immer bemühte, seine geistigen Kräfte und die Verbindung zum Stein zu festigen.

Er konzentrierte sich auf den blauen Stein und ließ langsam seinen Geist in ihn gleiten. Wie immer, wenn er dies machte, verschwamm die Realität um ihn in einer Kaskade aus Funken, die um ihn herum tanzten. In alten Schriften hatte er gelesen, dass es zehn Ebenen der Beherrschung der Steine gab, die meisten Menschen, die es versuchten, schafften gerade die erste Ebene, konnten kleine Dinge mit den Steinen bewirken wie Feuer machen oder Gegenstände nur durch den Geist bewegen. Die zweite Ebene umfasste alle Tricks, die etwas mit Leiten von Energie und Kräften zu tun hatten, dies kam schon seltener vor. Die Beeinflussung des Geistes war noch eine Stufe höher, etwa das Erscheinen lassen eines Bildes aus dem Gedächtnis oder jemanden einschlafen zu lassen. Alles, was über die sechste Stufe ging, war Kloth ein Rätsel, der Geist des Sapal-Nutzers musste sich dafür komplett vom Körper trennen, er wandelte dann durch eine Art Traumwelt, in der Energie, Licht und Willen eins waren. Er wusste, dass nur ein Mensch im Moment dazu in der Lage war, der Erzprälat selbst.

Zur fünften Ebene gehörten auch die Übermittlungen von Nachrichten, fast verzögerungsfrei war es dann möglich, eine Nachricht um die ganze Welt zu schicken, leider nicht immer ganz sicher, manchmal strahlten sie ab in Träume, sodass man bestimmte Dinge doch lieber einem Boten und einem Stück Papier anvertraute. Wie man es auch immer drehte, mehr als bis zur fünften Stufe war Kloth nicht vorgedrungen, trotz seiner vielen Bemühungen, zwar war er damit höher als die meisten anderen gekommen, ausreichend war dies jedoch für ihn nicht. In Schriftrollen hatte er über Menschen gelesen, die bis zur neunten Stufe gekommen waren, seiner persönlichen Überzeugung nach war aber noch mehr möglich, die Grenzen bis ins Unermessliche zu verschieben. Er glaubte nicht einmal, dass der Erzprälat Daniel Stufe neun erreicht hatte. Seiner Ansicht nach kam er dieser Stufe aber sehr nahe, wenn man manche Dinge erlebt und berichtet bekommen hatte, die er vollbracht hatte.

Kloth schreckte hoch, als ein Klopfen an der Tür die Ankunft eines Besuchers verkündete. Etwas genervt ließ er von seiner Konzentration ab und versicherte sich seiner Umgebung. Der jedes Mal nach seinen Übungen auftretende Effekt der zeitlich-räumlichen Desorientierung gestattete es ihm nicht, sich sofort zu erheben und seinen Besuch zu empfangen.

Nachdem er wieder klar und orientiert war, bat er Garion etwas gereizt herein: „Kommt herein."

Garion betrat mit von Gischt benetztem Gesicht die Kajüte: „Rolfes lässt uns mitteilen, dass wir in drei Stunden den Hafen erreichen." Aufmerksam betrachtete Garion seinen Reisegefährten in dem Wissen, dass Kloth so viel mehr über die Eigenarten der Sapale wusste, als er selbst.

„Ich werde packen. Weißt du schon, wo wir anfangen werden zu suchen?", erhob sich Kloth und trat zu seinem Freund.

„Wir sind unserem Ziel noch nie so nahe gewesen. Ich denke, ich werde zuerst den hiesigen Steuereintreiber des Königs aufsuchen, während du wieder in die Bibliothek gehst und versuchst, einige Informationen zu ergattern." Garion zeigte währenddessen ein sehr selbstsichereres Gehabe, sodass sich Kloth schulterzuckend daran machte, seine wenigen Habseligkeiten, die ihn auf der Reise begleitet hatten, zu verstauen.

„Ich hoffe, wir sind auf der richtigen Spur. Wir sind um die halbe Welt gereist und haben nichts als ein paar Anhaltspunkte gefunden." Kloth schaute nicht mal auf, als er seine Habseligkeiten einpackte, das süffisante Grinsen seines Freundes nicht bemerkend.

„Ich denke, wir haben eine gute Chance und der Einsatz, den wir gegeben haben, lohnt sich, sollten wir Erfolg haben." Garion setzte sich auf den Stuhl, vor dem noch wenige Minuten zuvor Kloth gesessen hatte, legte die Beine auf den Tisch und schaute seinem Freund beim Einräumen der Gegenstände zu.

Kloth, der sich in der Enge des Schiffes nicht wirklich wohl fühlte, war froh darüber, die eingeschränkte Bewegungsfreiheit zu verlassen: „Hast du dir eigentlich je darüber Gedanken gemacht, ob wir Pedro finden? Was, wenn unsere Suche erfolglos bleibt; was, wenn der Junge nicht mehr am Leben ist; was, wenn dieser Endrik einfach nur ein Bauernjunge ist, der zufälligerweise eine gewisse Ähnlichkeit mit unserem König Broda hat, hast du dir darüber mal Gedanken gemacht?"

Garions Lächeln wurde in keiner Weise weniger, vielmehr traten in seiner Antwort Entschlossenheit und Willen zutage: „Das ist keine Option. Wir werden Pedro finden, wir werden den Jungen finden und ich bin fest davon überzeugt, dass dieser Endrik der Junge ist, den wir suchen, Brodas Sohn. Es sind einfach zu viele Zufälle passiert, das Schicksal meint es gut mit uns."

„Ich hoffe, du hast Recht, denn sollten wir scheitern, wird der Erzprälat noch mehr Macht gewonnen haben, das muss dir klar sein."

„Du hast recht, das ist mir bewusst", räumte er ein, erhob sich und verließ seinen Freund, der immer noch geschäftig in seinen Sachen kramte. Als sich die Tür schließlich schloss, blickte Kloth von seiner Tätigkeit auf und nickte bestätigend im

Bewusstsein, dass das Wissen seines Freundes aus der Notwendigkeit der Situation entsprang.

Endrik lag neben dem knisternden Feuer, Nacht umgab ihn. Die Sterne funkelten so klar und intensiv wie Juwelen. Zu seiner Linken schlief Fleur. Er lauschte ihren leisen Atemzügen und bedauerte tief, dass er ihr in jener Nacht nicht mehr hatte geben können. Die Liebe, die er für diese Frau empfand, wenn er an sie dachte, wühlte seine tiefsten Empfindungen auf.

Wie so häufig, wenn er nachdachte, tastete er nach seinem Sapal in der Tasche, spielte mit ihm herum, drehte ihn zwischen seinen Fingern und betastete die glatten Flächen, zu lange hatte er nicht mehr mit seinem Juwel geübt. Diesmal war es anders, er holte den Sapal hervor, betrachtete das dezente Feuer im Inneren des Steins, seine Facetten. Endrik betrachtete weiter die vielen kleinen blauen Funken, die im Inneren des Juwels auftraten; als sein Blick weiter ins Innere drang. Ohne zu merken, was er da tat, konzentrierte er sich immer mehr auf den Sapal, löste seinen Geist und schickte ihn in einem ballettartigen Tanz in das Innere des Edelsteins. Er konnte sich selbst sehen, wie er da im Sand der Wüste saß, alles war von blauem Feuer umwoben.

Fleur regte sich in einer tiefstehenden gleißenden Sonne, sie hatte das Gefühl, sich gerade erst hingelegt zu haben. Blinzelnd öffnete sie die Augen und erkannte, dass das Licht nicht von der Sonne kam, sondern von Endrik, der ein Stück gleißenden Lichtes in den Händen hielt. Sofort war ihr klar, dass hier etwas passierte, etwas, was sie noch nie in ihrem Leben gesehen hatte. Auch Asim war von dem grellen Licht wach geworden, rasch stand er auf, hechtete zu Endrik und versuchte, ihn an den Schultern zu greifen, um ihn aus der vermeintlichen Gefahr zu ziehen oder um ihn einfach nur zu wecken. Einen Lidschlag später sah Fleur, wie sich das Licht in einem leuchtenden Bogen auf Asim übersprang und sich schließlich in einem Funkenregen auflöste. Asim ging augenblicklich zu Boden. Dunkelheit umspielte nun die drei, als einzige Lichtquelle erhellte das kleine Feuer ihr Lager.

Ein Stein fiel Fleur von Herzen, als sie sah, dass Asim trotz der Energieentladung nichts passiert war. Schwerfällig und stöhnend richtete Asim sich auf, trat zu Fleur, die geschockt Endrik betrachtete, wie er schweißüberströmt mit einem nur noch leicht glimmenden Sapal in der Hand in der nächtlichen Wüste saß. Seine Atemzüge waren schnell und flach, es schien, als ob Endrik dem Tode gerade noch entkommen war. Wie in Zeitlupe neigte sich Endrik langsam zur Seite und blieb im Sand liegen.

Weder Asim noch Fleur wagten, einen Atemzug zu machen, als sie geschockt auf den leblosen Endrik blickten. Sie wollte zu ihm laufen, doch

Asim packte ihren Arm und hielt sie zurück. Energisch schüttelte sie die Hand des Beduinen ab, setzte sich zu Endrik und nahm seinen Kopf in ihren Schoß. Langsam und zärtlich streichelte sie über die blonden Haare des jungen Mannes. Schweigend saß sie dort, schaute zu Asim, der verwundert auf das Paar schaute.

Hätte Endrik seinen Brustkorb nicht regelmäßig gehoben und gesenkt, sie hätte gedacht, er wäre gestorben. So saß sie da, Trost schenkend und wartend, dass er zu sich kam.

„Fleur, wo bin ich", stöhnte Endrik nach geraumer Zeit und kam langsam wieder zu sich. „Ich habe geträumt, ich wandelte auf den Ebenen aus Nebel, Vater und Mutter waren bei mir, haben mich geführt und Trost gespendet."

„Nein, du bist bei mir. Was hast du getan, wir hatten solche Angst um dich?", fragte sie, ohne die Streichelbewegungen an seinem Kopf zu unterbrechen.

„Es ist der Juwel, er beherrscht ihn, übernimmt teilweise die Kontrolle, Endrik hat nie gelernt, ihn zu beherrschen und dieser Stein ist verdammt groß und gefährlich", bemerkte Asim, seine Augen lagen auf dem Sapal, seine rechte Hand lag an seinem Messer.

Endrik und Fleur blickten zu ihm auf, eine Art Wahn blinzelte in Asims Augen: „Die Treiber der Kirche benutzen sie, um uns zu unterjochen, ich hasse diese Steine so sehr, wie ich diejenigen hasse, die meinem Volk das alles antun."

„Endrik ist ein junger Mann, hat mit der Kirche nichts zu tun. Es war Zufall, dass er den Stein fand", reagierte Fleur energisch. Plötzlich hatte sie Angst, Asim würde ihnen was antun, aber so schnell wie die Wut in seinen Augen aufgetaucht war, so schnell verschwand sie wieder und Asims Blick wurde wieder weich.

„Passt bloß auf mit dem Ding, benutzt es nicht in meiner Gegenwart. In meinem Volk gibt es Geschichten über Männer, die durch so ein Juwel zu Sklaven geworden sind, sie machten unvorstellbar grausame Dinge damit." Asim schaute weiterhin misstrauisch auf den blauen Juwel, aber Fleur war sich sicher, dass die Gefahr vorüber war.

„Fleur, ich konnte Euch kurz sehen, Euch beide, dann zog es mich in eine Art Landschaft aus Wolken und Nebel, darauf schwamm ich in einem Meer aus Stimmen und Gedanken, alle so klar zu verstehen, aber nicht fassbar. Es war, als würde ich in dem Stein leben, unglaublich, schließlich ging ich über die Ebenen bei unserem Haus, mit meinen Eltern, sie waren bei mir und sagten mir, ich solle weitergehen. Sie waren so real, wie ich dich sehe, sie wussten, was passiert war, wussten, wo ich bin, sie sagten, ich habe mein Ziel fast erreicht, solle nicht aufgeben. Fleur, bin ich verrückt?" Endrik rasselte seine Worte nur so herunter, so aufgeregt war er mittlerweile, er konnte
286

spüren, dass er tief in ein Geheimnis eingedrungen war.

„Endrik, das passiert dir immer wieder, erinnere dich an das, was auf dem Schiff passiert ist, du brauchst Hilfe, sonst beherrscht dich der Stein und nicht du ihn." Fleur war wirklich besorgt, man konnte sehen, wie sich ihre Stirn in Sorgenfalten legte.

„Ich kann dir nur versprechen, vorsichtig zu sein. Wenn ich jemanden finde, der mich unterrichtet und dem ich vertraue, werde ich alles tun, um es unter Kontrolle zu bringen", versprach er ihr und schaute ihr liebevoll in die Augen.

„Wir sollten schlafen, die Nacht ist noch jung, und morgen erreichen wir ein Beduinenlager, hat Asim gesagt, von dort ist es nicht mehr weit bis Kadachi." Sie erhob sich und legte sich auf ihr Lager, in Gedanken war sie noch immer bei dem, was gerade passiert war. Sie wusste, dass Endrik ein ungewöhnlicher junger Mann war. Schlafen konnte sie eine geraume Zeit lang nicht, sie dachte viel über Endrik nach, den Mann, in den sie sich verliebt hatte, obwohl oder gerade weil er so ungewöhnlich war.

Der nächste Morgen begann in einer gedrückten Stimmung. Sie machten sich schnell und wortlos zur Abreise fertig, begannen ihren Ritt unter dem strahlenden Himmel, der einen heißen Tag verhieß. Die ganze Zeit hatte Asim Endrik immer wieder verstohlene Blicke zugeworfen, die Fleur nicht verborgen geblieben waren.

In den nächsten Stunden schwiegen sie sich an. Asim schaute immer wieder in einer Mischung aus Angst, Unbehagen und Verachtung zu Endrik, wissend, dass der Junge nichts für seine Gefühle konnte. Asim projizierte all seine Erfahrungen und das erlebte Leid auf die Sapale, von dem Endrik den Größten besaß, den er je gesehen hatte.
Fleur war verunsichert. Eigentlich wollte sie diesen jungen Mann als Partner, war sich jetzt aber bewusst, dass ihn ganz andere Dinge quälten, was der Vorfall ihr ein weiteres Mal bestätigt hatte, und sie stellte ihre Absichten nun in starke Zweifel.

Und Endrik, er grübelte über das Erlebte nach. Irgendetwas hatte ihn geführt, manchmal hatte er das Gefühl, wenn er den Stein benutzte, dass da irgendetwas oder irgendwer war, irgendwo am Rande seiner Wahrnehmung auf ihn wartete, ihn in einer positiven Art entführte und leitete.

So hingen die drei ihren Gedanken nach, als am Rand ihrer Sichtweite schon längst die ersten Zelte und Hütten des Beduinenlagers erschienen waren.
Der schrille Schnalzer von Asim holte die Anderen aus ihren Gedanken. Sie schauten auf und erkannten, dass ihr Ziel in kurzer Zeit zu erreichen war. Im strengen Galopp eilten sie weiter,

Asim war vorweggeritten und nicht zu halten gewesen.

Als sie den staubigen Weg in das Camp nahmen, wurden sie von vielen Augenpaaren beobachtet, sie waren schon ein seltsames Trio, ein Beduine, eine Diebin und ein junger Bauernsohn, die zusammen aus der Wüste kamen. Asim ritt gezielt auf ein großes Zelt am Rande des Lagers zu, stieg ab und band sein Pferd an einem Holzpflock fest. Die Beiden taten es ihm gleich, gaben den Tieren noch Wasser, das bereitstand und traten dann zusammen durch die schweren Zeltbahnen ins Innere ein.

„Asim, mein Freund, es ist lange her, seit du uns beehrt hast, möge Gott mit dir sein", begrüßte sie ein schlanker, hagerer, braungebrannter Mann im gehobenen Alter. Seine Augen wanderten lebhaft zwischen den Besuchern hin und her, blieben auf Fleur hängen. „Was für eine schöne Wüstenblume bringst du uns mit, Asim." Mit einer einladenden Handbewegung zu Fleur sagte er: „Mein Zelt steht Euch offen, möge mein Wasser Euer Wasser sein."

„Wie immer ein Charmeur, Sadif, wie geht es den Enkeln und den Frauen?", erwiderte Asim hinter ihrem Gastgeber.

„Asim, sie schwärmen immer noch von dir, du hast mal wieder ein paar Köpfe verdreht", lachte er.

„Ich werde dieses Mal nicht lange bleiben können, wir suchen jemanden, und ich hatte gehofft,
dass du uns helfen kannst, die Person zu finden,
Pedro Alfaro ist sein Name."

Sadif schien etwas größer zu werden, seine Augen wanderten zu Asim zurück und er hob die
Augenbrauen: „Das letzte Mal, als du jemanden
gesucht hast, wurde ein hohes Kopfgeld auf deinen Kopf ausgesetzt, muss ich mir Sorgen machen?"

„Nein, musst du nicht, darf ich dir Fleur vorstellen,
eine Diebin aus dem fernen Seglin." Sadif wand
sich wieder der jungen Frau zu, seine Augen
schienen zu leuchten. „Und dieser junge Mann ist
Endrik, er sucht diesen gewissen Pedro, seine
Eltern trugen ihm das an ihrem Sterbebett auf."
Nachdem Sadif Endrik seine Hand gegeben hatte, schaute er erneut Asim an.

„Brauchst du Ketten für sie?", fragte er nicht ganz
ernsthaft, sich bewusst, dass Asim die Beiden als
Gäste mitgebracht hatte.

Fleur wurde rot, sie wusste, dass Ketten in dieser
Kultur nichts Verächtliches waren, sondern ein
Zeichen, dass sie vermählt war und unter dem
Schutz eines Mannes stand, trotzdem fand sie
diese Eigenart dieser Kultur verachtenswert.

„Wollt Ihr mich beleidigen?", gab sie direkt Kontra.

„Und Temperament hat sie auch noch" lachte Sadif, „da musst du noch etwas Arbeit investieren", grinste er Fleur an, sie absichtlich provozierend.

„Sadif, bitte, ich kenne deinen Humor, unsere Gäste aber nicht, wir brauchen wirklich deine Hilfe. Kennst du ihn, er war mal Gardist im Dienste des Königs", unterbrach Asim seinen alten Freund, der achselzuckend verneinte.

„Nun, es kommt mir bekannt vor, was Ihr mir erzählt habt, da war etwas vor einer Ewigkeit, ich wüsste aber nicht, wo er ist. Moment, ich habe da eine Idee", er stürzte zum Zelteingang und begann lauthals zu schreien. „Abdalla, kommst du mal bitte rüber." Sadif kam zurück und grinste Asim auf eine freche Art an.

Asim und Sadif schauten sich an, als Sadif bemerkte, dass er etwas Essentielles vergessen hatte: „Asim, ich bin unhöflich, darf ich Euch einen Tee anbieten oder einen Groeg?"

„Danke, wir nehmen einen Tee", sprach Asim für die Anderen. Sadif schenkte ihnen ein und servierte ihn in kleinen Porzellanschalen, bot den Reisenden einen Platz an seinem Tisch an. Die bequemen Kissen luden die Drei nach ihrer langen Reise zum Rasten ein. Kaum hatten sie sich entspannt hingesetzt, öffneten sich erneut die Stoffbahnen und ein kleiner, ebenso schlanker Mann mit grauen Haaren betrat das Zelt.

„Ah Abdalla, da bist du ja“, erhob sich Sadif und begrüßte seinen Gast. „Fleur, Endrik und Asim kennst du ja, komm, setz dich. Nimm einen Tee.“

„Danke, jetzt nicht, ich muss noch arbeiten. Was kann ich für dich tun?“, vertröstete er seinen Gastgeber.

„Du erinnerst dich an die alte Schänke in Richtung Lannion, die von dem alten Soldaten betrieben wird, wie hieß er noch?“, kam Sadif zur Sache.

„Wenn du den alten Pedies Addro meinst, ja so heißt er, warum fragst du?“, grübelte der Mann und kratzte sich dabei an der Stirn.

„Danke Abdalla, diese Herrschaften suchen nach jemandem“, verwies Sadif seinen Bekannten kurz an. Abdalla verstand die nicht ausgesprochenen Zeichen seines Freundes, verneigte sich und verließ das Zelt. Die Angelegenheit schon beim Verlassen wieder vergessend, manchmal war es besser nicht zu wissen was sein Freund machte.

„Er könnte es sein, der Name passt nicht ganz, trotzdem, ich denke, die Spur ist gut genug, um sie zu überprüfen“, wand Asim ein, trank einen Schluck seines süßen Tees und sah Endrik fragend an.

„Es würde sich auf alle Fälle lohnen, das ist die erste Spur, die wir hier haben“, stimmte Endrik seinem Begleiter zu.

„Wollt Ihr heute schon hin oder lieber warten? Nach der langen Reise seid Ihr bestimmt müde und solltet Euch erholen. Frisch eine Aufgabe zu erledigen bringt mehr, als überstürzt hinzureisen. Ihr braucht ja nur durch Kadachi, dann seid ihr da."

„Es wird besser sein, wir schlafen erst eine Nacht und ruhen uns aus, da habt Ihr recht", stimmte Asim zu. Endrik wollte schon etwas einwenden, wurde aber durch eine energische Handbewegung von Asim zum Schweigen gebracht. „Niemandem wird geholfen, wenn wir etwas überstürzen, nach all der Zeit macht ein Tag keinen Unterschied."

Endrik war nicht besonders angetan von dieser Entscheidung, aber sie hatten sich so lange auf Asim verlassen, dass er auch jetzt wusste: Asim hatte Recht, manchmal musste man anderen vertrauen.

Garion, Kloth und Rolfes hatten in Lannion neue Pferde organisiert, da Garion Zugriff auf die Staatskasse hatte, war Geld während der Reise kein Problem gewesen. Dass es keine ausgebildeten Militärpferde waren, die er in Lannion erhalten hatte, konnte er verschmerzen und so machten sie sich mit ihren Neuerwerbungen frohen Mutes auf den Weg nach Kadachi. Die Reise dauerte nicht mehr als zwölf Stunden, sodass sie damit rechneten, nur einen Zwischenstopp machen zu müssen, um etwas zu essen und den Pferden eine Pause zu gönnen.

Die Straße nach Kadachi war eine der am meisten benutzen, die es im Königreich gab. Die Reise durch die Wüste war beschwerlich und Lannion das Tor zur Welt für die Wüstenstadt Kadachi. Vor allem die großen, legendären Gold- und Juwelenvorkommen in der Kadachi-Wüste machten den Handel in dieser Gegend so ertragreich und die Straßen waren sicher und gut ausgebaut. Auch gab es eine nicht unerhebliche Anzahl an Räubern, die auf große Beute hofften, vor allem seit einigen Jahren. Der Erzprälat hatte die Daumenschrauben angezogen und so versuchten die Beduinenstämme, den Handel so sehr es ihnen möglich war, zu stören und sich ihr Geld durch Diebstähle zurückzuholen. Garion sah, trotz seiner vielen Reisen im Dienste des Königs, das erste Mal in seinem Leben diese Wüste. Er hatte viel über die Eigenart der Kadachi-Wüste gelesen, in Verträgen und vor allem in Geheimdienstberichten war diese Wüste immer wieder ein Anlass für Abhandlungen, Spekulationen und Beschwerden. Besonders die Übergriffe der Beduinen waren für ihn immer wieder Anlass für Spekulationen, er wusste, es gab ein Muster, er konnte dieses aber nicht fassen. Vor etwa zwei Jahren schickte der Erzprälat einen Stoßtrupp aus, um die Beduinenvölker zu bändigen, die Unternehmung war eine Katastrophe gewesen, ein Stammesführer mit dem Namen Asim hatte dreihundert Kirchensoldaten und Priester getötet

294

und dem Prälaten die Köpfe der Offiziere geschickt, etwas Schadenfreude konnte sich Garion damals nicht verkneifen. Ärgerlich war nur, dass die Staatskasse auch darunter gelitten hatte und die Einnahmen aus dem Handel und Steuern um mehr als die Hälfte gesunken waren. Außerdem schossen in der Folge die Preise von Edelmetallen und Juwelen in die Höhe, sodass der Markt für diese, im Königreich heiß begehrten Dinge, zusammengebrochen war und der Schwarzhandel blühte.

Nachdem Rolfes die Wüste das erste Mal nicht aus der Perspektive des Seemannes sah, war er sich nicht mehr so im Klaren darüber, ob es eine gute Entscheidung gewesen war, den Beiden zu folgen. Er schwitzte so sehr, dass seine dunkle Uniform nass war. Alle hatten ihm geraten, einen der hiesigen Kaftane zu tragen, aber er war stolzer Kapitän und wollte auf keinen Fall seinen Rang abtreten. Kurz vor der Reise hatte er sich eine erhebliche Menge an Wasser in die Schläuche gefüllt, sodass Kloth ihn schon belächelt hatte, aber die Vorräte neigten sich nun unbehaglich schnell dem Ende entgegen. Außerdem war ihm dieser ruhige, nachdenkliche Kloth ein Rätsel, er konnte ihn nicht einschätzen, immer wieder schaute er auf den Mann, der halb schlafend auf seinem Pferd döste und das trotz der unerträglichen Hitze. Des Weiteren tat ihm langsam sein Hintern weh, Reiten war er nicht gewöhnt. Seine Beine sehnten sich nach den schwankenden Balken seines Schiffes, er merkte immer noch, wie sich das Land unter den Füßen bewegte und

das erinnerte ihn ständig so sehr an seine Viktoria, seine große Liebe, dass er sehnsüchtig an sie
dachte.

Kloth döste in seinem Sattel, so sah es zumindest
aus. Tatsächlich aber meditierte er über seinem
kleinen Sapal, versuchte erneut, seine Rätsel zu
lösen, woher kam er, was konnte er, wie ging
man mit dem Stein um. Er war sich, umso länger
er mit den Steinen arbeite, immer sicherer, dass
sie so etwas wie eine Seele hatten, etwas nicht
Fassbares, aber es war vorhanden, denn teilweise hatten diese Steine einen eigenen Willen.
Irgendetwas, das nicht zu erklären war, manchmal widersetzte sich der Sapal seinem Willen,
dann wieder half er ihm bei bestimmten Aufgaben, die zu erledigen waren. Dieser Widerspruch
wurde von ihm immer wieder zu ergründen versucht, ohne jedoch auch nur im Ansatz eine Lö-
sung   zu   erhalten.
So ritten die drei Richtung Kadachi-Stadt, jeweils
ihren Gedanken nachhängend, dabei verging für
sie die Zeit wie im Flug und erst, als es dunkel
wurde, bemerkten sie, dass es Zeit wurde, das
Nachtlager aufzuschlagen.

Am nächsten Morgen waren alle drei frohen Mutes. Rolfes freute sich daraufhin beim Erreichen
von Kadachi–Stadt, endlich der sengenden Hitze
der Wüstenstraße zu entgehen. Sie waren am
Vortag zehn Stunden geritten und sollten in kürzester Zeit ihr Ziel erreichen. Kloth hatte die be-
rühmte Bibliothek von Kadachi als Ziel vor Augen,

296

Garion hoffte auf das Ende ihrer Odyssee und auf die Wiederaufnahme der Staatsgeschäfte, aber alle hofften sie, dass ihr Leben durch diese Reise ruhiger und geordneter werden würde.

Erkenntnisse

Als der Morgen dämmerte, weckte Asim seine beiden Begleiter mit bereits gesattelten Pferden. Ihm war klar, dass Endrik und Fleur ungeduldig dem Ende ihrer Reise entgegenfieberten. Auch wollte er sich ein wenig dafür entschuldigen, dass er Endrik gestern eine Weiterreise zu seinem Ziel verweigert   hatte.
So machte sich das ungleiche Trio auf den Weg, diesmal nur mit begrenztem Gepäck, Asim hatte sie angehalten, ihre Ausrüstung im Lager zu lassen.
Schon auf dem Weg zum genannten Gasthaus fiel dem erfahrenen Beduinen das Wetter auf, ungewöhnlich launisch war der Wind und trieb immer wieder Schwaden voll Staub vor sich her. Die Luft schien vor Energie knisternd geladen zu sein, ein Wetter das der Wüstenkrieger nur zu gut kannte. Auch wenn es jetzt eigentlich nicht die Zeit für Stürme war, war sich Asim sicher das einer aufziehen würde.

Genauso energiegeladen waren die drei Freunde, die nach ihrer langen Reise das Ziel in greifbarer Nähe sahen. Entgegen seiner sonst üblichen Gewohnheit ritt Endrik der Gruppe voraus, sodass Asim und Fleur Mühe hatten, ihm zu folgen. Als Endrik das erste Mal die Stadt, die das Ziel seiner Träume und Wünsche war, zu Gesicht bekam, konnte er weder die Gänsehaut, die über seinen Rücken lief, unterdrücken, noch die einzelne Träne, die eine Spur in sein Staub belegtes Gesicht zog. All die Trauer über den Tod seiner Eltern, die Ungewissheit, warum er diesen Pedro suchen sollte, die Hoffnung ihn nun endlich zu finden, die Anstrengungen und Gefahren der langen Reise und nicht zuletzt die Gefühle für Fleur übermannten ihn bei diesem Anblick.

Die gesamte Stadt schien wie in ockergelbe Farbe getaucht, als Kontrastpunkt zeigte sich das Grün einiger solitärstehender Palmen. Die hohen Sandsteinmauern prägten das Bild einer Stadt, die in ihrer Geschichte Invasionen, Räuber und Belagerungen abgewehrt hatte. Schon von außen fielen die vielen kleinen Marktstände auf, die entlang der Stadtmauer wie eine Perlenkette aufgereiht waren. Zum Schutz vor der gleißend hellen Sonne hatten die Händler weiße Stoffbahnen über ihre Stände gespannt, die etwas Schatten gaben. Überragt wurde die Stadt von einer Vielzahl großer Türme im typischen zwiebelähnlichen Aussehen. Lapislazuli-Intarsien leuchteten von einigen schlanken Türmen wie Leuchtfeuer in der Nacht. Die Stadttore, die die drei Reiter passierten, waren mit farbigen Mosaiken verziert, die den Besuchern einen Hauch von Glanz und Macht offerierten.

Kadachi war eine reiche Stadt. Auf den Straßen, durch die sie ritten, drängelten sich Hunderte von nobel gekleideten Passanten, einzelne Bettler saßen an den freien Stellen der Hauswände und hofften auf milde Gaben der Passanten. Es dauerte einige Zeit, bis sie die Stadt durchquert hatten und auf der anderen Seite auf die Straße nach Lannion ritten, um nach wenigen Minuten das gesuchte Gasthaus zu erreichen. Auf dem Schild, welches dem Gast offerieren sollte, dass es hier Speis und Trank gab, prangte noch ein stilisierter Ritter hoch zu Ross, ein Hinweis, welcher Zunft der Gastwirt angehörte. Sie stiegen ab, banden die Pferde an dem dafür vorgesehenen Pfosten fest und schauten sich eindringlich in die Augen. Endrik war immer nervöser geworden, sein Herz schlug bis zum Hals und seine Hände schwitzten, zitterten sogar so sehr, dass er Mühe hatte, sie unter Kontrolle zu halten.

„Endlich, nach langer Zeit, erreichen wir unser Ziel. Ich hoffe nur, die Spur, die uns hierher geführt hat, ist keine Enttäuschung", bemerkte Endrik zu niemand Speziellem.

Asim musste lachen, so nervös hatte er den jungen Mann noch nie erlebt: „Endrik, auf die eine oder andere Art werden wir weiterkommen, selbst eine falsche Spur wird uns neue Erkenntnisse bringen."

Fleur konnte nur grinsen und beobachtete die beiden Männer, die langsam auf die Tür des Gasthauses zugingen, schloss sich ihnen an und konnte die seit Wochen aufgestaute Nervosität, wie sehr sie es auch versuchte, nicht ganz verbergen.
Als die drei das Gasthaus betraten, offenbarte sich ihnen eine saubere, gepflegte Gaststube,
300

Tische und Bänke aus fein gezimmertem Holz, zeigten Spuren der jahrelangen Nutzung. Einen Tresen konnten die drei nicht erkennen, jedoch klimperten in einem Nebenzimmer Töpfe und Teller. Es musste also jemand hier sein.

„Hallo, ist jemand hier?", rief Asim, um sich Aufmerksamkeit zu verschaffen, dabei hatte er Endrik, der nervös von einem Fuß auf den anderen trat, immer im Auge.

Eine sonore Stimme aus dem Hintergrund antwortete schließlich etwas genervt: „Moment, bin gleich da."

Alle drei schauten neugierig auf die Tür, die in den hinteren Raum führte, mit der Absicht, der Erste zu sein, der einen Blick auf diesen Mann erhaschte. Nach kurzer Zeit, das Klappern in der Küche hatte geendet, hörten sie, wie sich aus der Küche Schritte näherten.

Als Endrik den Mann erblickte, war ihm sofort klar, dass das Pedro sein musste, eine andere Alternative kam für ihn nicht infrage. Sich die Hände abtrocknend, verließ ein schlanker, braungebrannter Mann die Küche. Der Eindruck, den die sonore Stimme zuvor hinterlassen hatte, wurde durch ein markantes, scharf gezeichnetes Gesicht und einen muskulösen Körper ergänzt. Wachsame Augen blickten auf Endrik und seine Begleiter, die grauen Pupillen schienen Endrik förmlich zu durchbohren.

„Was kann ich für Euch tun?", fragte er, ohne seinen Blick von Endrik zu lösen, die zuvor auffällige Wachsamkeit wurde durch Neugier ersetzt, es schien fast so, als ob er in Endrik jemanden erkennen würde.

„Wir suchen einen Pedies Addro oder vielleicht doch eher einen Mann mit dem Namen Pedro Alfaro, seid Ihr dieser Mann?" Asim stand dabei wachsam vor dem Gastwirt und versuchte, jede kleine Regung des Wirtes in sich aufzunehmen.

Es war schon sehr auffällig, wie sich das Verhalten des Gastwirtes plötzlich veränderte, eben noch neugierig und wachsam, spannte er im nächsten Moment seine Muskeln an und seine Augen schienen die Personen vor ihm zu durchbohren, die Luft um ihn herum schien zu brodeln.

„Wer seid Ihr?", seine Augen fixierten dabei Endrik, so als versuchte er hinter das Gesicht des jungen Mannes zu sehen und ein Zeichen oder einen Wink zu erkennen. „Wie heißt der Junge, Ihr erinnert mich an jemanden." Man hatte das Gefühl, als kühlte die Luft in einer Sekunde merklich ab. Nur Asim war es aufgefallen, dass der Wirt hinter sich gegriffen hatte und seine Hand sicherlich eine Waffe umfasste.

„Bitte, seid Ihr dieser Mann, seit dem Tod meiner Eltern versuche ich Euch zu finden, wenn Ihr Pedro Alfaro seid." Endrik machte einen Schritt auf den Mann zu, dass er für einen Augenblick in Lebensgefahr schwebte, war Endrik nicht klar.

302

„Junge, wie hieß Euer Vater, wenn Ihr mir das sagt, bekommt Ihr eure Antwort." Die Anspannung des Gastwirtes war merklich gesunken, die Ähnlichkeit des Jungen mit einem alten Bekannten beruhigte den Wirt. Er wollte gerade ansetzen, um eine adäquate Antwort zu geben, als das Scheppern eines Fensterladens ihre Aufmerksamkeit auf den stetig an Stärke zunehmenden Wind richtete.

„Ein Sandsturm, schnell holt Eure Pferde und bringt sie hinten in den Stall", befahl der Gastwirt knapp. Die Antwort, die so brennend von Endrik erwartet wurde, blieb er ihm erst einmal schuldig. Vielmehr bemühte sich der Mann so schnell wie nur möglich seinen Gastraum sturmsicher zu machen, indem er die Fensterläden schloss und sie mit einem Riegel blockierte.

Endrik blieb unschlüssig stehen, als Asim und Fleur schon auf dem Weg nach draußen waren, um wie geheißen die Pferde in den sicheren Stall zu bringen. „Los bewegt Euch" raunte der Gastwirt „die Stürme hier sind schnell und stark." Endrik folgte seinen Freunden, um möglichst rasch wieder bei dem Gastwirt zu sein. Ein Blick nach Osten zeigte ihm, dass sie der Sandsturm in den nächsten Minuten erreichen würde. Er hoffte für die auf der Straße sichtbaren Reiter, dass sie noch rechtzeitig die Stadt oder eine Unterkunft erreichen würden, ehe sie die gesamte Kraft des Sandsturms traf. Ihm blieb nicht viel Zeit, um sich weiter auf die Reiter zu konzentrieren, er schnappte sein Pferd, führte es den anderen hinterher in den Stall und beeilte sich, möglichst rasch wieder in die Gaststube zu kommen. Hier hatte der Wirt schon sämtliche Fenster gesichert, vor der Tür lag ein Tuch, das den Bodenspalt vor dem feinen Staub des Sturms abschotten sollte.

„Das war knapp", bemerkte Asim leicht außer Atem, als sie wieder vereint in der nun düsteren Gaststube standen.

„Seid froh, dass Ihr nicht draußen seid", ergänzte der Gastwirt den Beduinen, „es wäre gut, wenn Ihr erst mal etwas essen und trinken würdet. Ihr seid mir noch eine Antwort schuldig", fuhr er fort und schaute dabei auf Endrik.

„Ich bin Endrik, mein Vater hieß Robert und meine Mutter Amalia", beantwortete Endrik die im Raum stehende Frage.

„Noch eins Endrik, wo seid Ihr aufgewachsen?" Die Nervosität in der Stimme des Wirtes war nicht zu verkennen, ein leichtes Zittern hatte sich in seine Stimme gelegt.

„Unser Bauernhof stand in den Trois-Ebenen."

Gerade, als der Gastwirt zu einer Erwiderung ansetzen wollte, brach der sich angekündigte Sandsturm über die Wirtschaft herein. Die Lautstärke des Windes war ohrenbetäubend, unterband erstmal jedes Gespräch und die Anwesenden schauten misstrauisch die Fenster und Türen an, immer damit rechnend, dass einer der Läden nachgeben könnte.

Garion, Kloth und Rolfes strebten am Vormittag des Tages ihrem Ziel entgegen, nur am Rande fiel auf, dass ein warmer Wind ihnen in die Gesichter blies. Am frühen Nachmittag zeigten einige Rauchsäulen am Horizont, dass sie der Stadt nicht mehr fern sein konnten. In den letzten Stunden war die Straße immer staubiger geworden, ihre Konzentration hatte langsam nachgelassen und so bemerkten sie die ersten Anzeichen des nahenden Sturmes nicht. Die ersten außerhalb von Kadachi gelegenen Häuser kündigten schließlich das baldige Erreichen der Stadt an. Als sie merkten, dass der Wind, der seine sandige Last in den Mündern der drei Freunde ablud, ihnen immer kräftiger in Böen entgegen blies, war es schon fast zu spät. Rolfes, der durch seine Reisen auf dem Meer ein Gespür für das Wetter entwickelt hatte, schaute sich aufmerksam um und bemerkte den sich nähernden Sandsturm. Weit hinter ihnen, kurz über dem Horizont, zeigte sich eine, einer Barriere gleiche, schwarze Wand aus Sand, die sich bedrohlich schnell näherte.

„Garion, Kloth, schaut euch um, wir sollten uns beeilen", rief er den beiden Freunden zu und gab seinem Pferd die Sporen.

Als die Freunde die sich ihnen nähernde Walze erblickten, taten sie es dem Kapitän gleich und beschleunigten ihre Pferde. Noch während sie auf die fast greifbar nahe Stadtmauer zuritten, wurde ihnen klar, dass sie es nicht schaffen würden, vor dem sich nähernden Sandsturm in die Stadt zu gelangen.

Garion mit seinen militärischen Kenntnissen war nun der Erste, der erkannte, wie gefährlich ihre Lage war, schnell ergriff er die Initiative: „Wir versuchen in eines der Gasthäuser vor der Stadt zu gelangen", teilte er seinen Gefährten mit.

Mittlerweile war das Dröhnen des Sturms so laut geworden, dass sie sich nur noch schreiend verständigen konnten. Die Wand aus Staub und Sand kam drohend auf sie zu. Hinter und vor ihnen war die Straße nicht mehr zu erkennen, der Staub hatte sich wie ein Nebel über alles gelegt und erstickte sämtliche Versuche der Orientierung, nahm den Freunden die Luft zum Atmen. Kloth war der Erste, der das Gasthaus im letzten Moment erreichte. Er stieg vom Pferd, nahm es an den Zügeln und betrat einfach mit seinem Reittier den Wirtsraum, die anderen folgten ihm auf dem Fuße.

Kaum waren die Reisenden in dem Gastraum, da erstarrte Kloth wie eine Salzsäule. Mit weit aufgerissenen Augen erkannte er den Jungen, den er in den Erinnerungen des Kapitäns gesehen hatte. Das musste jener Endrik sein, den sie suchten. Völlig konfus starrte er auf Endrik, die anderen um ihn herum gar nicht wahrnehmend.

„Bist du angewurzelt?", fragte Garion von hinten und schob seinen Freund weiter in den Raum hinein.

Erst da erkannte auch Garion das Gesicht, welches ihnen Kapitän Rolfes gezeigt hatte. Auch er stand verdutzt hinter seinem Freund und war zu keiner Regung fähig, sie hatten ihr Ziel erreicht, schneller, als sie je gedacht hatten.

Nur Kapitän Rolfes schien durch diesen unfassbaren Zufall nicht gänzlich seiner Sinne beraubt: „Na, da laust mich doch der Affe, welch ein Zufall, junger Endrik, wie seid Ihr denn hierher gelangt?", rief er erfreut aus und durchbrach somit die Lähmung, die sich breitgemacht hatte.

„Mit Euch hätte ich ja am wenigsten gerechnet, Kapitän, was führt Euch hierher?" Endrik war wirklich erfreut, den Kapitän wiederzusehen, die anderen Personen kannte er nicht und schenkte ihnen so keine Beachtung. Freudig ging Endrik auf den Kapitän zu und reichte ihm die Hand.

Rolfes zog ihn in seine Arme. „Ihr führt uns hierher, Endrik, wir suchten einen Anhaltspunkt, wo wir Euch finden können und haben deshalb versucht, die Spur von Pedro aufzunehmen. Dass wir Euch selbst hier finden, hätten wir nie gedacht." Rolfes drehte sich freudestrahlend zu seinen Gefährten um, die sich mittlerweile gefasst hatten und den jungen Mann aufmerksam musterten. Garion und Kloth hatten die Ähnlichkeit mit Broda sofort erkannt und waren sich, völlig unabhängig voneinander, sicher, dass sie hier, auf ihrer Suche nach Pedro, den Sohn des Königs vor sich hatten.

„So langsam wird mir das hier zu viel, wer seid ihr alle, kenne ich euch?", der Wirt betrachtete eindringlich die Neuankömmlinge, der Mann im Hintergrund kam ihm eigenartig bekannt vor.

„Pedro, Ihr seid es, solche Zufälle können ja gar nicht wahr sein. Ich bin es, Garion, Minister Garion, um genau zu sein, Ihr müsst Euch erinnern", begrüßte er den Wirt, ihn als den Mann erkennend, der vor Jahren in der Leibgarde des Königs gedient hatte.

„Ich glaube, ich brauche einen Groeg, natürlich erinnere ich mich an Euch, hätte nie gedacht, dass Ihr mit mir nochmal Kontakt aufnehmt, zu viel Zeit ist vergangen, außerdem habe ich mir hier ein Leben fern von dem Prälaten und den Fängen der Kirche aufgebaut, in Sicherheit." Ungläubig schüttelte Pedro seinen Kopf.

„Ihr seid es also, Ihr seid Pedro Alfaro, endlich." Endrik staunte, hatte er doch endlich, nach all dieser Zeit und einer solch langen, aufregenden Reise den Mann gefunden, auf den seine Mutter beim Sterben hingewiesen hatte. Er freute sich, gleich würde all das aufgeklärt werden, in kurzer Zeit wäre er von einer Last befreit und könnte sich wieder ein Heim suchen, er könnte Fleur lieben und sie könnten eine Familie gründen, fernab von Gewalt und Tod.

„Ja, das bin ich, junger Endrik, es ist mir eine Ehre, Euch kennenzulernen", verbeugte sich Pedro. „Ich kannte eure Eltern sehr gut, du bist im Grunde mein Enkel, ich hatte eurem Vater geschworen, auf Euch aufzupassen." Dabei warf er Garion einen verschwörerischen Blick zu, hoffend, dass Garion und seine Begleiter im Moment nicht mehr Informationen herausgeben würden, die den jungen Mann mehr verwirren würden, als in dieser Situation gut für ihn wäre.

„Endlich können wir klären, ob du der Endrik bist, den wir zu finden hofften. Die ganze Reise wegen dir junger Mann", ließ Kapitän Rolfes unbedacht heraus.

„Er meint, wir können dich endlich an deine Großeltern übergeben, du brauchst ja eine Familie", fiel ihm Pedro ins Wort, hoffend, den Fehler des Kapitäns zu kaschieren.

„Ich verstehe nicht." Endrik schaute verwirrt zwischen den Männern umher, irgendetwas stimmte hier nicht, das spürte er.

„Können wir heute hierbleiben, Pedro?", lenkte Garion das Thema auf ein anderes Ziel. „Dann können wir später über alles reden. Ich denke es gibt viel zu erzählen."

„Du wirst verstehen, Endrik", beschwichtigte Pedro den Jungen, nahm ihn väterlich in den Arm und beendete somit die weitere Diskussion. Er ging kurz in die Küche und kam mit einem Tablett

voll Groeg zurück. Der Abend mit vielen Gesprächen nahm seinen Lauf. Endrik und Garion berichteten über ihre Reisen, dass sie sich schon
einmal fast getroffen hätten, erheiterte die ganze
Gruppe, die die halbe Nacht trinkend und erzäh-
lend in der Gaststube verbrachte, gleichwohl auf
das Ende des Sturms wartend und Freundschaf-
ten knüpfend.

Scharmützel

Pater Gabriel von der geheimen Bruderschaft hatte die letzte Spur von Minister Garion in Sabres verloren, er hatte die Flucht des Staatsmannes über Lannion mithilfe eines Schiffes rekonstruiert. Die Befehle aus der Hauptstadt waren klar und unmissverständlich gewesen, wenn er ihn nicht festsetzen konnte, sollte er dafür sorgen, dass Garion nicht mehr in die Hauptstadt zurückkehren würde. Weiterhin war ihm das Ziel Garions mittlerweile durchaus bekannt, Sabres war das Tor nach Kadachi, er wusste, dass es nur einen Weg gab und hatte dementsprechend seine Spione an den Toren der Stadt postiert.

Diesen war vor weniger als sechs Stunden eine Reitergruppe aufgefallen, die sich in ein Gasthaus nahe des Osttors begeben hatte. Nach den Beschreibungen seiner Männer war es sehr wahrscheinlich, dass es die Gesuchten Männer waren, die Spur war also wieder aufgenommen worden.
Aus diesem Grunde hatte er sechs Soldaten zu Hilfe geholt und lag nun auf der Lauer, knapp vor dem Eingang der Stadt hatten sie in einem kleinen Haus, das der Kirche gehörte, Position bezogen und warteten nun auf das Abflauen des Sturmes. Dass der Sturm ausgerechnet jetzt erschienen war, kam ihm entgegen, verhinderte er doch, dass ihm die Männer entkamen. Niemand,

der klaren Verstandes war, würde bei diesem Sturm ein sicheres Haus verlassen.

Kurz nach Mitternacht begann der Wind merklich abzunehmen. Schnell instruierte er noch einmal seine Männer und machte sich dann im Gefolge der Soldaten auf, dem Gasthaus und Minister Garion einen Besuch abzustatten.

Er hatte beschlossen, vorsichtig an die Sache heranzugehen, die Berichte des ersten Attentat Versuchs seiner Bruderschaft klangen ihm noch in dem Ohren und warnten ihn, maximale Vorsicht walten zu lassen, ein erneutes Scheitern wäre nicht zu akzeptieren und würde auch ihm nicht nützlich sein. Sie würden dieses Mal subtiler vorgehen und einen direkten Angriff, mit dem Ziel, die Männer sofort zu töten, durchführen. Sollten es schließlich die richtigen Ziele sein, würde er den Minister und seine Begleiter eliminiert haben und sollte bei dem Sturm ein Unbeteiligter zu Schaden kommen, wäre das nicht sein Problem, die Kirche stand schließlich hinter ihm und seine gerechte Sache würde allen zugutekommen, so würden ein paar verlorene Seelen nicht ins Gewicht fallen.

Als der Sturm noch ein wenig abgeflaut war, es war nur ein paar Stunden vor Sonnenaufgang, machte sich der Trupp auf den Weg. Die Laternen maximal abgedunkelt, nur ein kleiner Lichtspalt spendete ihnen das Licht, um den Weg zu finden, sodass niemand ihr Näherkommen bemerken würde.

312

Langsam schlich sich der Trupp voran. Als sie sich dem Wirtshaus näherten, brannte kein Licht mehr im Inneren, sicherlich ein großer taktischer Vorteil für sie. Pater Gabriel folgte den ersten beiden Soldaten, als sie sich der schweren Eingangstür näherten, die Fenster waren mit massiven Läden verschlossen. Zwei weitere Soldaten dirigierte er an die Hintertür des Gasthauses, um ein mögliches Entkommen der Gesuchten zu vereiteln. Es war abgesprochen, dass er als Zeichen zum Vorstürmen einen Pfiff abgeben würde, daraufhin würden sie in das Haus eindringen und sämtliche Personen, die sie trafen, ohne Zögern töten.

Bevor er aber das Zeichen gab, wartete er fünf Minuten, um den Soldaten die nötige Zeit zu geben, sich zu positionieren. Dann pfiff er und die Soldaten brachen mit schweren Tritten die Eingangstüren auf. Er folgte den Männern in den hinteren Teil des Hauses, wo eine Treppe zu den Gastzimmern führte. Im kargen Schein der Laternen stürmten sie die Treppe hinauf und begannen systematisch damit, die einzelnen Zimmer zu durchsuchen.

Pedro hatte sich, schwer von dem Groeg, zur Ruhe begeben und schlief schon einige Zeit, als ihn ungewöhnliche Geräusche aus dem Gastraum und von der Treppe aufhorchen ließen. Obwohl seine militärische Zeit schon fast in Vergessenheit geraten war, griff er instinktiv zu seiner stets bereitliegenden Waffe, einem goldenen

Militärsäbel, der ihm als Mitglied der Garde zugestanden hatte. Obwohl er sich sicher wahr, dass jemand in seine Gaststätte eingedrungen war, legte er sich mit dem Säbel unter der Decke versteckt zurück, schloss die Augen und lauschte angestrengt, wie sich schwere Schritte auf den Holzbohlen seinem Zimmer näherten. Er konnte anhand der Geräusche mindestens fünf Männer ausmachen, alle in schweren Stiefeln und mit feinen Schritten. Wer immer diese Menschen waren, es waren keine Amateure.

Einen Moment später sprang die Tür auf und drei Bewaffnete stürzten in das Zimmer, der Vorteil lag aber auf Pedros Seite, die Männer waren mit Langschwertern bewaffnet, die Klingen stießen bei jeder Bewegung an die Wände der engen Kammer, außerdem kannte er sich in seinem Zuhause selbst im Dunklen bestens aus. Als einer der drei Eindringlinge über einen Stuhl stolperte und dabei seine Männer behinderte, war Pedros Zeitpunkt gekommen. Er sprang auf und stach in die Richtung des Gestürzten. Der Widerstand, den er verspürte, zeigte ihm, dass er ihn getroffen hatte, sofort ließ er seinen Säbel fallen, in der Dunkelheit half er ihm nicht wirklich und stürzte sich mit aller Kraft auf die zwei verbliebenen   Eindringlinge.
Ohne, dass Pedro auch nur einen der Beiden gesehen hatte, wusste er, dass einer keine körperliche Gefahr darstellte, dieser trug eine Robe und bewegte sich ungeschickter, sodass er ihn erstmal links liegen ließ und sich dem Soldaten

mit dem Schwert zuwandte. Dieser versuchte wild fuchtelnd, den Angreifer mit dem sperrigen Gegenstand zu treffen. Er war zu langsam und Pedro drückte ihn, mit seinem Arm auf dessen Kehlkopf, mit voller Wucht gegen die Wand, dabei hörte er ein verdächtiges Knacken. Mit der anderen Hand spürte er, dass der Angreifer mehrere Dolche am Gürtel trug. Flink entwendete er eine der Waffen und stach dem hilflosen Soldaten mit seinem eigenen Dolch in den Bauch. Röchelnd fiel dieser daraufhin zu Boden und blieb liegen.

Pedro hatte sich kaum erhoben, als ihn ein Schlag am Hinterkopf traf. Er drehte sich um, Sterne glitzerten vor seinen Augen, er hatte den anderen Mann unterschätzt. Dieser wusste durchaus auch, wie man in solchen Situationen kämpfte. Um sich nicht noch weiter in Schwierigkeiten zu bringen und vor allem, um Zeit zu gewinnen, umfasste Pedro den Mann am Oberkörper und riss ihn mit sich zu Boden, darauf achtend, die Hände des Gegners unter Kontrolle zu bekommen.

Sich am Boden hin und her rollend ließen die beiden Kontrahenten keine Möglichkeit aus, dem Gegner zu schaden, sie traten und hieben in jeder nur erdenklichen Weise aufeinander ein. Kampflärm war etwas, das Garion schon seit einiger Zeit nicht mehr gehört hatte. Zwar hatten sie Endrik noch nicht die ganze Wahrheit gesagt, aber das würde noch kommen und nun wurden sie angegriffen. Erinnerungen an den Angriff im

Schloss von Challions wurden wach. Er musste dafür sorgen, dass Endrik überlebte. So ergriff er sein Schwert und öffnete vorsichtig die Tür zum Gang, die Holzbohlen knarrten leicht. Aufgrund des Geräusches verzog Garion das Gesicht, wollte er doch den Vorteil der Überraschung weiterhin ausnutzen. Im Gang sah er im Schein abgedunkelter Laternen drei Gegner, die sich vor Endriks und Fleurs Zimmer postiert hatten; um die Ecke aus der Richtung von Pedros Zimmer kamen die Kampfgeräusche, die ihn alarmiert hatten.

Langsam öffnete er die Tür komplett, pirschte sich an seine Gegner heran, diese bemerkten ihn erst nicht. Als sie die Tür zu Fleurs Unterkunft eintraten, griff er an, stach mit seinem Schwert zu und erwischte einen der Männer auf Höhe der Nieren, das Schwert fuhr fast dreißig Zentimeter in den Körper des Angreifers, der, von dem Angriff überrascht, nicht einmal schreien konnte.

Die Tür von Endriks Quartier flog auf, als der junge Mann sich durch die entstandene Öffnung in den Kampf stürzte. Auch er hatte die Geräusche gehört und sein Schwert erhoben, der Stahl der Klinge funkelte im Schein des schwachen Lichtes wie ein Juwel. Geschickt wehrte er den ersten Gegner ab, der zweite versuchte, mit einem Säbel auf Endrik loszugehen. Der parierte den zweiten Schlag, sah sich aber nun zwei Gegnern mit gefährlichen Kurzwaffen gegenüber,

316

Endrik merkte, dass er sich in Schwierigkeiten gebracht hatte.

Er machte einen Fehler, trat einen Schritt zurück und befand sich nun in einer ungünstigen Position, die Türzargen behinderten ihn, so war Endrik ein leichtes Opfer für die beiden auf ihn zu drängenden Soldaten. Garion, der Endriks Lage bemerkt hatte, warf sich dazwischen, wurde aber durch den schweren Schlag eines Angreifers zur Seite geworfen, sodass Endrik hilflos dem kommenden Angriff gegenüberstand.

Ein mächtiger Schlag des Soldaten fegte ihm das Schwert aus den Händen, darauf holte dieser erneut aus, um sein Werk ein für alle Male zu beenden. Gerade, als die Waffe niederfuhr, weiteten sich die Augen des Soldaten und er drehte sich schockiert um, nicht verstehend, was da gerade passiert war, hatte doch vermeintlich gerade den Kampf gewonnen.

Hinter Endrik stand in einiger Entfernung Fleur, noch in leicht geduckter Haltung, Endrik sah, dass sie einen ihrer Dolche geworfen hatte. Er sah die Klinge mit der vergifteten Schneide in der Schulter des Soldaten steckend, der daraufhin wie in Zeitlupe auf seine Knie sank und schließlich leblos zusammen brach.

Asim stürzte mit seinem Krummsäbel voraus aus seinem Zimmer, er hatte den Kampflärm wie alle Anderen auch gehört und sprang nur mit einem Tuch gekleidet aus dem Zimmer. Er trug eine

Laterne in der Hand und sah im Zimmer gegenüber, wie Pedro mit einem mit einer Kutte gewandeten Mann im Clinch lag. Ohne groß nachzudenken hieb er mit der Laterne gegen die Stirn des oben liegenden Mannes, der daraufhin sofort zu Boden ging. Stöhnend befreite sich Pedro von dem auf ihm zu liegen gekommenen Mann und erhob sich mühsam, noch nach Luft schnappend. Beide schauten sich schweigend an, sie konnten nicht fassen, was hier gerade passiert war. Es konnte kein Zufall sein, dass gerade zu dem Zeitpunkt, als sie alle aufeinander getroffen waren, ein Trupp Bewaffneter sich auf sie gestürzt hatte. Keine Sekunde später stürzte Garion zu ihnen, seinen Säbel noch im Anschlag. Dieser erkannte, dass hier etwas nicht stimmte. Garion und Pedro schauten sich schweigend an und brauchten nicht zu kommunizieren, um ihren Entschluss zu fassen.

„Ich habe mit dem hier sieben gezählt, wir müssen hier schnell verschwinden, ich hoffe, es kommen nicht noch mehr. Reicht, wenn wir von denen hier überrascht worden sind", versuchte Garion atemlos, die Lage zu erklären, seine Entschlusskraft gab ihm jetzt die Möglichkeit, die Situation zu lenken.

Endrik und Fleur kamen in diesem Moment um die Ecke, beide zitternd noch von dem Adrenalin, welches durch ihre Körper pumpte.

„Das ist ein Geistlicher. Haben mich gefunden", stotterte Endrik mit verwunderten Augen.
318

„Was um Himmels willen hast du mit der Theokratie zu tun, das ist kein Geistlicher, das ist ein
Pater des Assassinen-Ordens, schaut seine Dolche am Gürtel an", wies Garion sie auf den bewusstlos am Boden liegenden Mann hin.

„Naja, mein Vater hat doch Soldaten der Kirche
getötet, als das mit der Steuer gewesen war",
versuchte Endrik, sich zu erklären, auf die Gespräche am Abend hinweisend.

„Deshalb schicken die aber keinen Assassinen",
warf Asim ein, sich langsam fragend, mit wem er
es hier zu tun hatte.

„Die Gilde tritt nur auf Order der höchsten Ebene
der Kirche in Aktion, denke, es ist klar, wem das
galt, mir. Außerdem hatten wir mehr als nur
Glück, ich bin mir sicher, sie hatten nicht damit
gerechnet, es mit so vielen Gegnern zu tun zu
bekommen", erklärte sich Garion nachdenklich.
Obwohl er sich als Opfer erklärte, war er sich
nicht ganz im Klaren, ob nicht doch ein anderer
das eigentliche Ziel gewesen war, auf dessen
Spur er selbst den Klerus gebracht hatte.

„Ihr habt Recht, aber das heißt auch, dass wir so
schnell wie möglich hier weg müssen, sie werden
zurückkommen", warf Pedro ein, in den kurzen
Momenten des Kampfes war er wieder ganz der
alte Soldat geworden, dem seine Kameraden
sein Leben anvertrauen konnten.

„Wenn ich einen Vorschlag machen darf“, wand Asim ein, „wir sollten in das Lager meiner Leute vor der Stadt gehen, dort sind wir vorerst sicher, dort können wir in Ruhe die nächsten Schritte planen.“ Der Vorschlag Asims wurde schnell angenommen, allen war klar, dass sie handeln mussten.

„Was machen wir mit dem schrägen Bruder hier?“, fragte Endrik in die Runde. Alle Augen richteten sich auf den am Boden röchelnden Mann.

„Ihn hierlassen, so oder so werden sie uns folgen und dieses Gesicht kennen wir nun, er wird mich nicht mehr so schnell überraschen. Außerdem will ich ihn nicht des Zorns seines Herrn berauben. Es ist bereits das zweite Mal, dass seine Attentäter ihren Auftrag nicht erfüllt haben. Wir treffen uns in zehn Minuten bei den Pferden, wir machen uns sofort auf den Weg“, entschied Garion schnell.

Um ein wenig mehr Zeit zu gewinnen, besorgte Pedro ein Seil, mit dem sie den immer noch bewusstlosen Bruder fesselten. Schließlich machten sie sich rasch auf den Weg. Da sie es am Abend zuvor bei dem Sturm nur notdürftig geschafft hatten, die Pferde zu versorgen, brauchten sie nicht lange, um abmarschbereit zu sein.

Die Sonne erhob sich gerade am Horizont, als die Reisegruppe in dem Beduinenlager eintraf. Bis auf einige vor sich hin schwelende Lagerfeuer

320

und vereinzelte Händler, die die Nacht mit Geselligkeit verbracht hatten, war das Beduinenlager scheinbar menschenleer.

Abdallas Zelt war schnell gefunden, Asim führte die Gruppe in die Sicherheit der Zeltbahnen, während die Pferde von einigen Dienern versorgt wurden. Schlaftrunken und sichtlich schlechter Laune schaffte es Asims Freund, sich zu der Truppe zu begeben. Ihm war anzusehen, dass er die morgendliche Störung nicht gutheißen konnte.

„Ich hatte nicht um diese Uhrzeit mit Euch gerechnet", bemerkte er auch sogleich.

„Es war leider nötig, wir hatten eine Begegnung mit dem Orden", tröstete ihn Asim und wies seinen Begleitern gleichzeitig einen Platz an der langen Tafel zu.

„Was macht der Orden in Kadachi, reicht es nicht, dass sie uns mit ihren Steuern auspressen wie Zitronen, müssen sie jetzt auch noch ihre Mörderkommandos zu uns exportieren?" Abdalla schien genervt zu sein, seine Augen rollten merklich und zeigten den anderen, ihn ein wenig in Ruhe zu lassen. Er begab sich auch sogleich an den Samowar und bereitete für alle einen dunklen Tee zu.

„Es ist egal, wie wir es drehen und wenden, wir werden wieder Kontakt mit den Soldaten der Kirche haben und dieses Mal kommen sie wahrscheinlich nicht mehr nur mit einer Handvoll

Söldner, sondern werden uns mit ein paar mehr Männern begegnen. Außerdem müssen sie Spione in der Gegend haben, nur so konnten sie wissen, wo wir uns aufhielten", gab Garion zu denken.

„Sie wissen, was du vorhast, Garion, zumindest glauben sie es zu wissen", mutmaßte Kloth. „Gehen wir davon aus, dass sie es wissen, dann haben wir ein Problem. Sie werden uns alles entgegenwerfen, was sie an Truppen hier in der Gegend haben, nur um dich von Broda fernzuhalten."

„Wie immer eine klare Analyse von dir, Kloth, ich glaube, ich weiß auch schon, was wir tun müssen", darauf wandte er sich Asim zu: „Ich weiß, wer Ihr seid, Asim Ajal, würdet Ihr uns weiterhin zur Seite stehen, ich verbürge mich für den König und werde eurem Volk alle Rechte und Freiheiten garantieren, wenn Ihr uns in dem kommenden Konflikt zur Seite steht." Garion schaute Asim fest in die Augen, der sich plötzlich verneigte und mit hartem Blick sein Gegenüber anschaute.

„Ich hätte wissen müssen, dass Ihr mich erkennt. Ich kann nicht für alle Fürsten reden, aber mein Clan wird Euch unterstützen. Wenn Ihr mir gestattet, mit den anderen Kontakt aufzunehmen, werde ich Euch, Garion, hoffentlich eine Zusage von ihnen überbringen können."

Kloth schaute fragend zwischen Asim und Garion hin und her, auch ihm war aufgefallen, das Abdalla und die Diener sich verdächtig unauffällig in der Nähe einiger Kissenbündel herumtrieben, als Garion seine Ansprache begonnen hatte. Als Asim seine Worte sprach, nahm die Anspannung im Zelt deutlich ab und Abdalla entfernte sich wieder von den Bündeln.

„Würde mich mal bitte jemand aufklären?", regte sich Rolfes auf, der immer noch nicht begriffen hatte, wie nah sie eben einer Auseinandersetzung gekommen waren.

„Schaut ihn euch an, Asim Ajal, der Freiheitskämpfer, gesucht mit einem Kopfgeld, die Theokratie sieht in ihm den Feind, der sie daran hindert, Kadachi unter ihr Dekret zu stellen. Er ist, soweit meine Informationen stimmen, für einen großen Teil der verlustigen Karawanen verantwortlich", klärte Garion den Kapitän auf.

„Moment, der Asim, die Bestie von Kadachi?", wunderte sich Rolfes.

„Zuviel der Ehre, vieles wurde mir unterstellt, vor allem die gemetzelten Karawanen in der letzten Zeit, wir haben nie Unschuldige getötet. Die Kirche selbst überfällt die Karawanen, um Unruhe in die Gegend zu bringen und den König gegen unser Volk aufzuhetzen", versicherte Asim den Anwesenden.

„Ich hatte schon früh Zweifel an einigen Berichten, die uns die Theokratie über die Vorfälle vorlegte", bemerkte Garion in der Hoffnung, die Situation weiter zu entspannen.

„Ihr seid ein Mann von Ehre", verneigte sich der Beduine vor dem Minister.

„Fragt eure Fürsten, Asim, wir werden auf Euch warten, aber beeilt Euch, wir werden bald von der Kirche hören, ich bin mir sicher, sie werden uns hier finden und das schnell." Garion jubelte innerlich, er hatte einen Verbündeten gefunden. Der Zufall hatte ihnen mehr als nur in die Hand gespielt.
Ohne zu zögern drehte sich der Beduine um und verließ das Zelt. Kloth blickte verwirrt zu seinem Freund und auch Endrik und Fleur waren überrascht, schließlich hatten sie mit dem Mann eine nicht unerhebliche Zeit verbracht.

„Jetzt musst du mir aber mal bitte erklären, seit wann du weißt, dass unser Asim der gesuchte Schlächter von Kadachi ist", hakte Kloth nach, sich immer noch wundernd.

„Nun, ich ahnte es schon kurz nach unserem Gespräch am Abend, er kam mir bekannt vor, ich hatte mehrere Beschreibungen von ihm erhalten, aber dass er mit unserem Freund Endrik unterwegs war, wunderte mich und veranlasste mich zu warten, ich war mir sicher, dass die Berichte über ihn etwas übertrieben waren", dabei grinste Garion so sehr, das Kloth an dem Verstand seines Freundes zweifelte, „außerdem schadete

Asim mehr der Kirche als dem König, also kann ich gut damit leben, dass er weitermacht."

„So langsam verstehe ich dich, Garion, aber darüber werden wir nochmal in Ruhe reden, uns so lange in Ungewissheit zu lassen, ich hätte schon gern gewusst, dass ich einem gesuchten Verbrecher gegenübersitze", ermahnte Kloth seinen alten Freund.

„Na, sagen wir Freiheitskämpfer, um uns zu einigen." Garion drehte sich Endrik und Fleur zu, suchte angestrengt nach Worten und versuchte es schließlich auf die direkte Art. „Es tut mir leid, junger Endrik, auch zu dir waren wir nicht ganz ehrlich. Ich glaube, Freund Kloth will dich noch testen."

Endrik schaute überrascht zu Garion und Kloth, der sich unter den Blicken des jungen Mannes sichtlich unwohl fühlte.

„Komm mal her, Sohn", winkte Kloth Endrik väterlich zu sich, „du hast einen Sapal? Rolfes erzählte mir davon, kannst du ihn mir mal zeigen?"

Endrik griff in seine Tasche und suchte nur kurz, zögerlich hielt er seine Hand geschlossen, um den Juwel zu schützen. Endrik wusste immer noch nicht, ob er diesen Männern vertrauen konnte, zu undurchsichtig waren die letzten Stunden für ihn gewesen, er fühlte sich wie ein Ball in einem Spiel, das er nicht verstand.

Kloth schien zu wissen, was Endrik dachte, bemerkte sein Zögern: „Keine Angst, ich werde ihn dir nicht nehmen, und wahrscheinlich würde ich es gar nicht können, selbst wenn ich es wollte", versicherte er Endrik seiner Absicht. Zögerlich öffnete Endrik die Hand, zeigte dem Mann seinen Sapal. Kloth musste den Atem anhalten, so etwas hatte er noch nicht gesehen, der größte Sapal, den er je gesehen hatte. Kloth schaute Endrik in die Augen, er wusste, dass alles, was er jetzt tat, ein Risiko für den jungen Mann sein würde.

„Schließ deine Augen, Endrik, konzentriere dich auf das blaue Feuer in deinem Sapal, lass deinen Geist fließen und öffne dein Inneres", erklärte er ihm, sich bewusst, dass er einen feinen Grad beschritt, er wusste einfach noch nicht, wie weit Endrik war, wie weit er den Stein beherrschte oder der Stein ihn.

Dann nahm auch Kloth seinen Stein, ließ seinen Geist fließen und konzentrierte sich auf Endriks Sapal, immer darauf bedacht, keine Bedrohung für ihn zu sein.

Alle waren gespannt, was passieren würde, Fleur kannte die Ausbrüche, die Endrik ab und an produzierte, wenn er sich bewusst auf den Sapal konzentrierte, dass diesmal der Sapal in einem dezenten Blau leuchtete, überraschte vor allem Fleur, die mehr erwartet hatte. Leicht strahlte der Stein in seinem Feuer, auf Kloths Stirn bildeten sich Schweißtropfen.

Dann flackerte das Licht kurz auf, ein Geruch von Ozon füllte den Raum, Kloth stöhnte und brach den Kontakt in Sekundenschnelle ab.

„Es reicht", warf er Endrik kurz zu, „ich kann es fast nicht glauben, was ich gesehen habe." Alle Augen richteten sich auf Kloth, der sich jedoch in Richtung Garion drehte und ihn erschöpft anschaute, er brauchte nichts zu sagen, sein Gesicht zeigte alles, was Garion wissen wollte.

„Sag es ihm, Kloth", befahl er kurz, „sag ihm, wer er wirklich ist und wie wichtig er für das Reich sein wird."

Endrik, der den Abbruch der Verbindung bedauernd registriert hatte, setzte nicht zum ersten Mal heute ein fragendes Gesicht auf. Das, was in den letzten vierundzwanzig Stunden passiert war, verwirrte ihn immer mehr. Als sich schließlich Kloth an ihn richtete, war es, als ob die Welt über ihm zusammengebrochen war.

„Endrik, wir waren zuerst nicht ganz ehrlich, ja wir haben dich gesucht, wir wollten dich über Pedro finden, aber nicht, um dich zu einem Verwandten zu bringen, jedenfalls nicht zu dem, den wir sagten, sondern wir wollen dich an deinen angestammten Platz bringen. Wir wollen dich und das Reich vereinen, damit der Erzprälat sein Spiel nicht mehr weiterführen kann." Große Augen schauten Kloth an, als er seinen Text aufsagte.

„Wie meint Ihr das, ich bin ein Bauernsohn. Meine Eltern waren Bauern und ich werde Bauer sein", versuchte Endrik die Fakten zu klären.

„Du bist alles andere als ein Bauernsohn, du bist der Erbe des Throns, du bist Brodas Sohn." Nun war es gesagt. Stille legte sich über das Zelt, alle Anwesenden verharrten und schauten auf den jungen Mann, dessen Augen sich weiteten, eine Träne lief über seine Wange. Endrik erkannte, dass Kloth die Wahrheit sagte und gleichzeitig zerbrach die Hoffnung auf das Leben, das er sich wünschte, in ihm, hinterließ eine klaffende, blutende Wunde in seinem Geist.

Der Zauber des Momentes wurde durchbrochen, als Daggi die heiße Tasse Tee aus der Hand fiel, die er gerade eingegossen hatte, als die Wahrheit über Endrik gesagt wurde. Erschreckt sprang Endrik auf, seine Schreie gellten durch das Zelt und waren noch weithin zu hören.

„Nein, nein, nein", er stürzte aus dem Zelt, wollte nur noch allein sein, er konnte nie mehr in seine geliebten Ebenen zurück, konnte nie ein einfacher Bauer sein, das war ihm klargeworden, und was ihn am meisten störte: Fleur, er würde nie diese Frau heiraten können, eine Diebin, eine Gesetzlose.
Kloth wollte aufstehen und ihm folgen, Garion hielt ihn zurück, er wusste, dass Endrik Ruhe brauchte.

„Er wird es verstehen und sich beruhigen, zumindest hoffe ich das. Kloth, lass uns ein paar Lebensversicherungen besorgen", sagte Garion knapp und lächelte Kloth an.

„Ihr seid solche Ekel und Idioten", empörte sich Fleur und lief Endrik hinterher, sie verstand ihn so viel besser als diese alternden Männer, zumindest glaubte sie das.

Endrik stand vor dem Zelt, schaute in den Himmel und hielt seinen Sapal fest umklammert, irgendwie war nun alles stimmig, sein Training mit dem Schwert, der Sapal, seine Reise ins Ungewisse, in die ihn seine Mutter geschickt hatte. Er merkte, dass Fleur zu ihm trat und ihre Hand sanft auf seine Schulter legte, die andere fand ihren Weg um seine Hüfte und sie legte den Kopf an seinen Rücken. Man merkte, wie er sich deutlich straffte, Fleurs Nähe wie einen Duft einzog und genoss.

„Es ist vorbei, alles. Ich werde nie der sein, der ich eigentlich sein wollte, ein einfacher, glücklicher Bauer, wie es mein Vater war, mein angeblicher Vater. Ich werde nie mehr Ruhe haben in meinem Leben." Er sagte es einfach in die Welt, zu Fleur, aber auch zu sich selbst. Fleur verstärkte ihren Druck auf seinen Körper, gab ihm Nähe und Geborgenheit.

Pater Gabriel war wütend auf sich, er hatte seine Gegner unterschätzt, etwas, das ihm äußerst selten passierte. Nachdem er sich befreit hatte, war er wie eine nasse Katze in sein Quartier geschlichen und hatte sich um neue Männer gekümmert, noch einmal würde ihm ein solcher Fehler nicht passieren. Er glaubte zu wissen, wohin sie entkommen waren. Da die Straße nach Sabres frei war, was seine Spione berichtet hatten, konnten sie nur ein Ziel gewählt haben, vor allem, weil er einen seiner Gegner erkannt hatte, den Schlächter von Kadachi. Irgendwie war diese Person in die ganze Sache verstrickt. Aber das brachte ihm einen Vorteil, denn schon lange glaubten sie, dass diese Person in dem nahegelegenen Beduinenlager Unterschlupf gefunden hatte. Aus diesem Grund hatte er kurzerhand hundertfünfzig Mann der besten Söldner aus der hiesigen Garnison befohlen. Diesmal würden sie, wenn es sein musste, das gesamte Lager durchsuchen und ausradieren, er würde auch nicht lange warten, am Abend sollte es losgehen in der Hoffnung, dass er schneller reagiert hatte, als seine Gegner es in Betracht ziehen konnten.

Zuerst würden sie das Lager umstellen, über die Hauptwege eindringen und Zelt für Zelt durchsuchen. Während sich der Trupp in Bewegung setzte, ritt Bruder Balduin an vorderster Spitze, zwar hatte er keinen hohen Rang, aber mit einem Freibrief des Erzprälaten stand ihm die Befehlsgewalt über alle Truppen zu, die er brauchte, um seine Aufgabe zu erfüllen. Als er in Sichtweite der Zelte kam, befahl er seinen Männern, entsprechend der verabredeten Ziele vorzugehen. Fast fünfzig Soldaten schwärmten aus und nahmen in einer schnellen Aktion die wichtigsten Punkte um das Lager ein, sodass es abgeriegelt war. Die Wächter postierten sich an strategisch wichtigen Punkten und deckten den Vormarsch der restlichen Truppen.

Der Haupttrupp näherte sich über den Hauptweg und drang in einer schnellen Stoßbewegung zum Zentrum des Camps vor. Es kam zu vereinzelnden Scharmützeln, mit Beduinen, die sich nicht festsetzen lassen wollten, diese wurden aber durch die Übermacht an Soldaten schnell beendet. Wer sich weigerte, die Waffen abzulegen, wurde sofort getötet, Leichen wurden einfach aus dem Weg gezogen und am Rand liegengelassen.

Bruder Balduin bewegte sich zur Mitte des Lagers. Hier befand sich der Brunnen. Mittlerweile war Ruhe eingetreten, die letzten kleinen Gefechte waren beendet, einige tote Beduinen wurden von den Soldaten auf die Straße geschleift und durchsucht, sie würden ein abschreckendes Exempel für alle darstellen, die versuchen würden, sich der Kirche entgegenzustellen.

„Ich bitte um Aufmerksamkeit", rief er in die sich langsam versammelnde Menge an Beduinen, „ich will keinem etwas tun, aber ihr habt einen Mann unter euch, den ich dringend befragen muss, wo seid Ihr, Minister Garion?" Seine ohnehin schon laute Stimme wurde durch einen kleinen Trick mit dem Sapal um einiges verstärkt, sodass sie über das ganze Lager zu hören war. Eine ganze Weile passierte nichts, keiner der Anwesenden schaute sich um, bewegte sich, machte auch nur eine kleinste Regung, die verraten würde, wohin sich Bruder Balduin richten sollte.

„Nun gut, dann werde ich jede Minute einen von euch hinrichten lassen, vielleicht meldet sich dann jemand, der weiß, wo ich Garion finde." Seine Stimme war härter geworden, aber auch diesmal machte keiner auch nur die kleinste Bewegung. Balduin stieg jetzt von seinem Pferd, einige Soldaten hatten sich um den Innenplatz so verteilt, dass sie den Platz abriegelten, mit gezückten Schwertern und einigen Armbrüsten im Anschlag hielten sie die Gefangenen ruhig. Der Bruder schritt gemächlich die Reihen der Männer und Frauen ab, die sich vor ihm befanden. Langsam, von einem metallischen Kreischen begleitet, zog er einen kleinen, gefährlich wirkenden Langdolch von seinem Gürtel und spielte mit der Waffe in der Hand. Mit schnellen Schritten trat er zu einer vermummten Frau in schwarz, er holte mit seiner Waffenhand aus und stach mit aller Kraft zu. Seine Hand wurde nur einige Millimeter vor dem Bauch der Frau gestoppt, die sich in Angst zusammenkrümmte. Verblüfft schaute Bruder Balduin in das Gesicht des Mannes, der hinter der Frau hervortrat und seine Waffenhand in stählerner Umklammerung hielt.

„Ich bin Garion. Ihr seid spät gekommen, wart Ihr etwa unpässlich?", spuckte er dem Geistlichen entgegen, dabei ließ er die Hand des Bruders los.

„Ah, Minister, es freut mich, dass Ihr Euch zeigt. Ich hatte auch nicht erwartet, dass ihr wollt, dass, die armen Menschen hier für Euch leiden sollen", schnippisch betrachtete der Bruder sein Gegenüber.

Garion lächelte nur und nickte fast unmerklich mit dem Kopf: „Ihr seid zu spät, Bruder", wiederholte er, „Ihr legt besser die Waffen weg und ergebt Euch, ich will nicht, das Euch etwas passiert", flüsterte Garion dem Bruder in die Ohren, aber noch so laut, dass man ihn deutlich hören konnte. Der Geistliche fing schallend an zu lachen. Er verstand nicht, was hier um ihn herum passierte. Garion aber war sich dessen bewusst, er hatte mit einer solchen Reaktion gerechnet und nickte unmerklich einem Beduinen zu, der sich im Hintergrund gehalten hatte. Im gleichen Moment warf ein Großteil der Anwesenden ihre langen Kleider ab und brachten wie aus Zauberhand Schwerter, Armbrüste und Bögen zum Vorschein. Die Soldaten, die als Wachen abgestellt worden waren und der Geistliche erstarrten und schauten sich erschrocken um. Aus den Augenwinkeln sah der Bruder Balduin, dass seine Wachen verschwunden waren, an ihren Positionen standen jetzt Beduinen, mit langen, gekrümmten Dolchen bewaffnet, die rot vom Blut glänzten.

„Nun denn, ein kleinen Kampf." Herausfordernd lächelte der Bruder sein Gegenüber an, immer noch siegessicher.

„Ich denke nicht, Bruder." Dabei wies Garion auf die nahen Dünen, in denen sich in diesem Moment der Schatten einiger hundert berittener Beduinen erhob. Die Situation glitt dem Geistlichen aus der Hand, in dessen Augen sich unzählige Gefühle widerspiegelten, die jedoch alle in einer Erkenntnis endeten: verloren.

„Außerdem habe ich die Männer, die das Camp umstellt hatten, beseitigen lassen, Ihr seid alleine, Bruder, ergebt Euch." Fast beiläufig berichtete Garion von seinem Schachzug.

Der Geistliche war wütend, Röte stieg ihm ins Gesicht und seine Augen weiteten sich sichtbar: „Was wollt Ihr, Minister?", spuckte der Geistliche voll Hass aus. Seine Augen suchten nach einem Ausweg, er fand jedoch keinen.

„Ich möchte, dass ihr Euch dem Thron unterwerft, dem rechtmäßigen Herrscher des Landes, dass ihr aufhört, mich zu jagen, dass ihr aufhört, Kadachi zu unterjochen!", die letzten Worte brüllte Garion fast, der darauf entstehende Jubel zeigte ganz klar, wen die Anwesenden unterstützten und auch, dass die Truppen des Erzprälaten hier keine Chance mehr hatten, sich zu formieren.

„Ich diene dem Thron, der König ist krank, der Erzprälat ist der kommissarische Herrscher des

Landes und somit der rechtmäßige Regent." Geschockt schaute Garion den Geistlichen an, alle Farbe war aus seinem Gesicht gewichen. „Ich sehe, Ihr wusstet dies nicht." Ein hämisches Lächeln huschte über das Gesicht des Paters.

Garion besann sich schnell und überlegte nicht lange. Er legte ein schelmisches Grinsen auf, sich bewusst, dass er jetzt einen Schritt tat, der gefährlich sein würde, vor allem für seine Freunde: „Dann werdet Ihr Euch hier und jetzt Prinz Endrik unterwerfen, dem Sohn des Broda, rechtmäßiger Herrscher und Erbe des Reiches, oder wollt ihr der Folgschaft entsagen?" rief Garion in die Menge. Die unterschwellige Drohung, Hochverrat zu begehen, lag wie eine Giftwolke über dem Geistlichen. In einer überlegenen Geste reckte Garion seine Nase in die Höhe, wissend, dass er nur so diesen Mann vor ihm beeindrucken konnte. Nur ein kleiner Wink war es für Endrik gewesen, der die Aufforderung jedoch sofort verstanden hatte. Trotzdem trat Endrik zögerlich in den Kreis der Bewaffneten, schaute den Geistlichen voller Geringschätzung, aber auch voll Furcht an. Der steckte seine Waffe weg, drehte sich um und drängelte sich ohne ein weiteres Wort wutschnaubend durch die Soldaten und verließ den Platz.

Die Soldaten, voller Furcht aufgrund der überwältigenden Übermacht an Beduinenkriegern, schauten auf den jungen Mann, wussten nicht, wie sie reagieren sollten. Schließlich fiel einer der

Hauptmänner auf die Knie und senkte den Kopf, damit löste er eine Kettenreaktion aus, alle anderen Soldaten knieten nieder und erkannten den Jungen als ihren rechtmäßigen Führer an.

„Hoch lebe Prinz Endrik", kamen vereinzelte Rufe aus den Reihen der Soldaten. Garion schaute zufrieden zu seinen Gefährten, der Zug im Spiel um den Thron war vollendet.

Da Broda krank war, würde der Prälat alle Fäden in der Hand halten, das war sicher. Garion zweifelte nicht daran, dass der Erzprälat auch die Garnison und die Stadtwachen in der Hand hielt, aus diesem Grund konnte Garion nicht direkt mit Endrik in die Hauptstadt zurückreisen, wie er es ursprünglich geplant hatte. Der Erzprälat würde alles daransetzen, sie aufzuhalten, auch darüber war sich Garion sicher. Die nächsten Schritte sollten wohlüberlegt sein, sie hatten einen Gegner, der nicht nur über eine unermessliche Macht verfügte, sondern auch nahezu unbegrenzt an Soldaten herankam. Die Situation war in keiner Weise einfacher geworden, vielmehr hatten die Kontrahenten den ersten Schlagabtausch hinter sich gebracht. Eine Schlacht war gewonnen, aber bestimmt noch nicht der Krieg

Die letzte Frage war nur, wie er es schaffen würde, den jungen Herrscher auf den Thron zu setzen, Broda würde, bis sie in der Hauptstadt sein würden, wahrscheinlich nicht mehr am Leben sein, so gut kannte er den Erzprälaten. Noch ein Punkt, den er diesem Verbrecher und Mörder

336

ankreiden könnte, er würde mit Freude zusehen,
wenn der Prälat sich auf dem Boden winden würde.
So machte sich Garion mit Kloth zu den Bedui-
nenführern auf, es mussten einige Schritte geplant werden und nur zusammen würden sie die
Welt von der Plage der Theokratie befreien können.